HEYNE
BÜCHER

Das Buch

Hamburg im Frühling des Jahres 1398: Der reiche Hamburger Kaufmann Godert van Damme feiert mit einem großen Festessen die Verlobung seiner Tochter Anna. Seine 24jährige Nichte Engelke Geerts wird zufällig Zeuge eines Gesprächs, das ein Geschäftsfreund ihres Onkels am Rande des Festes mit einem abenteuerlich wirkenden Ausländer führt. In den Gesprächsfetzen, die sie aufschnappt, dreht es sich um verschollene Schiffe und um ein weiteres Schiff, das bald auslaufen soll. Noch am gleichen Abend wird der Geschäftsfreund ermordet.

Engelke beschließt, der Sache mit dem Fremden nachzugehen. Die Spur führt zum Hafen; das Schiff, von dem es hieß, daß es bald auslaufen solle, gehört ihrem Onkel. Engelke heuert als Junge verkleidet auf dem Schiff an, wo sie den Kapitän vor einem Piratenüberfall warnen will. Aber die Freibeuter sind schon an Bord.

Die Autorin

Barbara von Bellingen hat bereits mit Erfolg eine ganze Reihe historischer Kriminalromane veröffentlicht.

BARBARA VON BELLINGEN

JUNGFERNFAHRT

Ein Roman aus dem Hamburg der Hansezeit

Originalausgabe

WILHELM HEYNE VERLAG
MÜNCHEN

HEYNE ALLGEMEINE REIHE
Nr. 01/9950

Umwelthinweis:
Das Buch wurde auf
chlor- und säurefreiem Papier gedruckt.

Redaktion: Bernhard Matt

Printed in Germany 1996
Umschlagillustration: Archiv für Kunst und Geschichte / Erich Lessing, Berlin
Umschlaggestaltung: Atelier Ingrid Schütz, München
Satz: (2582) IBV Satz- und Datentechnik GmbH, Berlin
Druck und Bindung: Pressedruck, Augsburg

ISBN 3-453-10840-X

1

»Schietwedder – gottsverdori!« Engelke trat über die Schwelle und warf die schwere, eichene Haustür mit einem ärgerlichen Stoß hinter sich zu. »Dat pladdert und pladdert – ik bün natt bis to'm Oors!«

»Fröl'n Engelke!« Die dünne, aber durchdringende Altfrauenstimme mit dem mißbilligenden Unterton gehörte Wiebke, die auf der rechten Seite der großen Diele, neben dem Eingang zur Küche, auf einem Schemel saß und ein Huhn rupfte. »Fröl'n Engelke, so sollst du nich' sprechen. Das is nich' fein!« Sie sah mit ihrem Kopftuch und dem Gebände aus grobem grauem Wollstoff, das in üppigen Falten Kinn und Schultern umhüllte, selber wie eine Glucke aus.

Engelke lächelte, schob die Kapuze vom Kopf, legte den kurzen Schultermantel aus gefetteter Wolle ab und hängte ihn, tropfnaß wie er war, an den Haken neben der Tür. Schon solange Engelke denken konnte, hatte Wiebke es als ihre Pflicht betrachtet, ihr ›Fröl'n Engelke‹ zu ›feinem Benehmen‹ anzuhalten. Daß ihr Ziehkind mit nunmehr vierundzwanzig Jahren längst über das Heiratsalter hinaus war und nie die Frau eines reichen Kaufherrn werden würde, das wollte ihr einfach nicht in den sturen alten Kopf. Aber für eine Engelke Geerts spielte es keine Rolle, ob sie ›fein‹ war oder nicht. Engelke Geerts maß fünf Fuß, sieben Zoll – eine Körpergröße, mit der längst nicht jeder Mann prahlen konnte. Im Lesen, Schreiben, Pfennigfuchsen konnte ihr keiner was vormachen – ein unheimlicher und abschreckender Gedanke für potentielle Bewerber um ihre Hand. Die Tatsache schließlich, daß sie keinerlei Mitgift besaß, machte ihre Möglichkeiten zu einer angemessenen ehelichen Verbindung vollends zunichte.

Nein, Engelke Geerts war eine alte Jungfer – da biß die Maus keinen Faden von ab. Und daran konnten Wiebkes Erziehungsversuche am allerwenigsten etwas ändern. Man mußte eben das Beste daraus machen. Es war auch gar nicht so schlecht, ungebunden zu sein. Solange Ohm Godert sie in seinem Kontor mitarbeiten ließ – und das tat er gern –, so lange würde sie sich als alte Jungfer sehr wohl fühlen. Es machte viel Spaß, sich kaufmännisch zu betätigen. Daneben war noch das große Haus zu führen, seit vor drei Jahren Möhn Gunda zu Grab getragen worden war... Gott, an Aufgaben mangelte es wahrlich nicht!

Engelke ging durch die Diele zu Wiebke hinüber. Ihre Holzschuhe und der Saum ihres dunkelblauen Wollkleides hinterließen nasse Schmutzstapfen und Schleifspuren auf den schwarz-weißen Fliesen. »Faß mal meinen Rock an«, forderte sie die alte Frau auf, »ich bin wirklich naß wie 'ne Wasserratte!«

Wiebke hob den Kopf. Ihre blaßblauen Augen blickten Engelke scharf an, erstaunlich scharf für die mehr als siebzig Jahre, die Wiebke schon auf dem Buckel hatte. Ihre dünnen weißen Brauen zogen sich in der Mitte zusammen und vermehrten noch die Unzahl der Fältchen in ihrem greisen Gesicht. Ein strenger Tadel stand darin geschrieben. Dann, wie durch einen Zauberspruch, verwandelte sich Wiebkes Miene. Die Alte lächelte, wackelte mit dem Kopf, nahm die Arbeit an dem Huhn, die sie einen Moment hatte ruhen lassen, wieder auf. »Zieh dir schnell was Trockenes an, Fröl'n Engelke«, sagte sie nachsichtig, »holst dir ja sonst den Tod.« Sie neigte sich vornüber; ihre knotigen Finger zupften mit der mechanischen Geschicklichkeit der Vielgeübten. »Blöhtiet«, fügte sie murmelnd hinzu, »Frühling is keine gute Zeit zum Sterben. Trotzdem kommt der grimme Schnitter meist, wenn Blöhtiet is...«

Engelke, die schon zur Treppe hatte weitergehen wollen, blieb stehen und wandte sich noch einmal der Alten zu. Wiebkes gemurmelte Worte beunruhigten sie. »Warum sagst du das«, fragte sie erschrocken, »hast du wieder was gesehen?«

Die Greisin ließ zum zweitenmal das Huhn los; ihre mageren Hände mit der pergamentenen Haut spreizten sich, lagen entspannt. »Nee«, sagte sie langsam und hauchleise, »gesehen hab' ich nix. Es ist man nur so'n Gefühl... Da kommt was...«

»Was, Wiebke?« Engelke neigte sich, um sie besser verstehen zu können. »Was kommt?«

Die Alte saß ganz still auf ihrem Schemel. Einen Augenblick starrte sie vor sich hin. Dann rührte sie sich, strich gedankenverloren eine Falte ihres groben rauhen Wollrockes glatt. »Weiß nicht«, flüsterte sie, und lauter: »Es ist man nur so'n Gefühl. Zieh dir was Trockenes an, Fröl'n Engelke. Willst du wohl?«

Die letzten Worte waren Frage, freundliche Bitte und energischer Befehl gewesen – all das in einem. Daraus sprach die Kinderfrau, die Wiebke immer gewesen war.

Engelke nickt und ging. Sie wußte, Wiebke würde ihr mehr nicht sagen – wenigstens nicht jetzt.

Nachdenklich stieg sie die schmale Wendeltreppe hinauf, die rechts an der Hinterwand aus der Diele ins Obergeschoß führte. Sie ging die schmale, mit einem hölzernen Geländer abgeschlossene Galerie entlang, an der im ersten Drittel die schmalen Gelasse der Dienstboten, am hinteren Ende drei kleine Schlafkammern lagen. Gleich die erste der Kammern – die kleinste nach den Verschlägen – diente Engelke zum Schlafen. Sie enthielt eine Kleidertruhe, eine kurze Bettstatt und, als einzigen Luxus, einen runden Spiegel aus echtem Glas.

Engelke betrat ihr Kämmerchen und ließ die Tür offenstehen. Das kleine Gelaß hatte kein Fenster; bei offener Tür drang wenigstens etwas Licht aus der Diele herein, wenn auch nur genug, um aus völliger Finsternis ein tiefes Halbdunkel zu machen.

Noch immer berührt von den nebelhaften Bemerkungen ihrer alten Kindsmagd entledigte Engelke sich des nassen Kleides und des langen weißen Leinenhemdes, das ebenfalls völlig durchweicht war. Während sie in ihrer Truhe kramte, ein frisches Hemd heraussuchte und dazu ihr rostbraunes Oberkleid wählte, stiegen alte Erinnerungen in ihr auf.

Schon immer hatte Wiebke Dinge vorausgeahnt, die geschehen sollten. Diese Gabe sei ihr angeboren, sagte sie. Viele Male, seit sie als junges Mädchen aus der Heide in Harm Geerts' Haus nach Lüneburg gekommen war, hatte sie schon Gesichte gehabt.

Engelke knüpfte die Hefteln auf, mit denen die bestickten, rot gefütterten Ärmel ihres durchnäßten Kleides im Oberteil befestigt waren, und knotete sie an dem rostfarbenen fest. Ihre Mutter hatte diese Ärmel einst mit eigener Hand verziert; aber an die Mutter – jüngste Schwester ihres Onkels – hatte sie keine Erinnerung. Sie war gestorben, ehe Engelke drei Jahre alt gewesen war. Nur den Vater, den sah sie noch genau vor sich, und ihren Bruder Hendrik, der zwei Jahre älter war als sie.

Es war Frühling gewesen damals, in dem schönen Haus in Lüneburg. Vater hatte, eingehüllt in seinen weiten schwarzen Mantel, bei der Tür gestanden, Hendrik an seiner Seite. Da war Wiebke aus dem Hof hereingerannt – damals vor vierzehn Jahren hatte sie noch rennen können. »Herr«, hatte sie gerufen, »lieber, guter Herr – geht nicht auf diese Fahrt! Diese Fahrt dürft Ihr nicht tun!«

Sie hatte laut gerufen, im Befehlston sogar. Sie war ja schon Harm Geerts' Kinderfrau gewesen. Aber er, er hatte nicht auf Wiebke gehört. Zuerst hatte er gelacht. Als sie gar nicht lockerlassen wollte, hatte er etwas von ›Weibergewäsch‹ gesagt. Am Ende war er zornig geworden.

Da hatte Wiebke sich aufs Betteln verlegt. Sie war auf die Knie gefallen. Engelke erinnerte sich, als sei es eben erst geschehen. »Geht nicht auf diese Fahrt – oder wartet bis nächstes Woche!« Die hellen Tränen waren Wiebke über die Wangen gerollt. »Wenn Ihr aber unbedingt reisen müßt – dann ist es vielleicht Gottes Wille. Dann laßt nur Hendrik zu Hause, er ist noch ein Kind!«

Hendrik hatte anfangs etwas betreten dreingeschaut. Als der Vater aber die Kindsmagd von sich wegstieß und sie anbrüllte: »Hendrik ist zwölf – da wird es Zeit, daß er das Geschäft kennenlernt«, da hatte Engelkes Bruder sich stolz gereckt, und seine Augen hatten voller Vorfreude gestrahlt.

Sie waren auf Fahrt gegangen, Harm Geerts und sein Sohn Hendrik. Es sollte zu Schiff nach Flandern gehen, mit einer Ladung Leinwand und Bernstein. Sie waren zusammen in den Wagen eingestiegen, der sie und die Ware nach Hamburg bringen sollte. Die Sonne hatte geschienen, die Bäume waren schon grün gewesen, und die Wiesen hatten in allen Farben geblüht. Hendrik hatte gelacht, seiner kleinen Schwester zugewinkt und der weinenden Wiebke eine lange Nase gedreht...

Das war im Frühling Anno 1384 gewesen. Engelke hatte Vater und Bruder nie wiedergesehen. Ihr Schiff war verschollen, verschwunden in der Weite der Nordsee; Ohm Godert van Damme hatte damals das verwaiste und völlig mittellos zurückgebliebene Kind seiner einzigen Schwester samt der Kinderfrau nach Hamburg geholt. Er war Engelke fast ein Vater geworden. Und fast eine Mutter war ihr Wiebke geblieben, die alte Wiebke, die Unglück vorausahnen konnte.

Mit steifen Fingern verknotete Engelke die letzte Ärmelheftel an ihrer linken Schulter. Der Gedanke an Bruder und Vater war immer noch schmerzhaft, selbst nach so vielen Jahren. Wiebke hatte damals im voraus gewußt, daß Harm und Hendrik Geerts verloren gehen würden. Was mochte sie diesmal wissen?

Engelke hängte das nasse Kleid über den hohen Bettpfosten am Kopfende ihrer Schlafstatt. An der Wand daneben verlief der Schornstein; die milde Wärme, die er ausstrahlte, würde das Gewand rasch trocknen lassen. Danach konnten die Dreckspritzer ausgebürstet werden, von denen es fast bis zur Taille verunziert war.

Engelke prüfte mit tastenden Fingern, ob sie ihr Haar neu flechten mußte. Aber die dicken Zöpfe fühlten sich noch glatt und ordentlich an. Der feuchte Wind hatte lediglich ein paar kürzere Strähnchen an Stirn und Schläfen zu krausen kleinen Locken geformt – wie immer bei Regenwetter.

Es gab heute noch entsetzlich viel zu tun. Einiges hatte Engelke bereits erledigt – die Fleischbestellungen zum Beispiel, die sie an diesem Morgen beim Knochenhauer am Küterhaus getätigt hatte, und den Gang zum Bäcker. Fleisch und Brot für die morgige große Festtafel würden im Lauf des Tages geliefert werden, darauf konnte sich Engelke verlassen. Die Handwerker rissen sich darum, den Haushalt des Fernkaufmanns Godert van Damme bedienen zu dürfen. Godert van Damme blieb keine Rechnungen schuldig – er war steinreich, belegt durch sein großes, ganz aus Ziegel gebautes Haus an der Reichenstraße. Er besaß mehrere eigene Schiffe und war mit Renten an weiteren Schiffen beteiligt. Ihm gehörten außerdem zwei Brauerben in Sankt Katherinen, und dazu kamen noch Renten und Besitzrechte auf diverse Grundstücke in der ganzen Stadt.

In gewisser Weise war Engelke stolz auf ihren Ohm Godert, auch wenn sie an seinem Vermögen keinen Anteil hatte. Sie war und blieb nur die mittellose Nichte, was rechtliche Ansprüche betraf. Aber sie war Teil der Familie – das zählte viel. Und sie liebte diese Familie, deren Mitglieder alle so tüchtig waren.

Peter und Everd der Jüngere, Engelkes Vettern, führten mit zwanzig und achtzehn Jahren bereits weitgehend selbständig die firmeneigenen Kontore in London und Brügge. Und Anneke, das Küken, würde morgen Verlobung feiern. Das war der Anlaß zu der großen Gasterei, die im Haus stattfinden sollte.

Engelke klappte den Deckel ihrer Truhe zu und trat wieder hinaus auf die Galerie. Ohm Godert war seinen Ehrengästen entgegengefahren. Er holte den Bräutigam Konrad Veckinghusen und dessen Vater von Lübeck ab, wohin sie aus Riga angereist waren. Die Gesellschaft wurde erst am späten Nachmittag zurückerwartet. Bis dahin standen noch Berge von Arbeit an. Wenn Engelke nicht langsam das Gesinde in Schwung brachte, würde das Haus van Damme die feinen Herrschaften kaum angemessen empfangen können. Man würde sich bis auf die Knochen blamieren vor der Familie Veckinghusen.

Die große Diele lag immer noch verlassen. Niemand hielt sich darin auf außer Wiebke, die nach wie vor neben dem Eingang zu Stube und Küche saß und arbeitete. Zwei fertig gerupfte Hühner lagen jetzt neben ihr auf den Fliesen; mit dem dritten war sie beschäftigt.

»Wo sind denn die Leute?« fragte Engelke.

»Wo werden sie schon sein?« Die alte Frau hob kurz den Kopf und blickte dann wieder in den Schoß, auf ihre flinken Hände, denen man, was die Geschicklichkeit betraf, das Alter nicht anmerkte. »Mette und Katrien werden wohl draußen in der Bude zusammenhocken und die Zeit verklönschnacken. Genau wie die Mannsleute, wenn keiner sie antreibt!«

»Das soll sich ändern«, sagte Engelke mit Nachdruck, »paß auf, wie ich die gleich scheuchen werde! Die sollen rennen, daß sie die Lappen verlieren – da steh' ich für. Alle miteinander – Weiber und Kerle. Un dat ganze Takeltüüg!«

»Man to«, murmelte die Alte mit einem zustimmenden Lächeln. »Wenn du noch fertig werden willst – denn waard dat hooge Tiet!«

Mit dem ›Takelzeug‹ waren Mettes Kinder gemeint. Eins von den fünfen kam gerade durch die Hoftür in die

Diele – Teetje, neun Jahre, fahlblond und so dreckig, wie ein Junge in seinem Alter es anscheinend manchmal sein mußte. Als er Engelke sah, versuchte er, seine nackten, pottschwarzen Füße an der hölzernen Türschwelle noch schnell notdürftig abzustreifen.

»Wo ist deine Mutter?« fragte Engelke streng und verbarg ihr Belustigung.

Teetje schauspielerte Betroffenheit. »Bi Katrien«, sagte er gedehnt.

»Und wo ist Katrien?«

»Bi Muddern«, gab Teetje zurück und grinste schlitzohrig.

Es fiel Engelke nicht schwer, ihr Mienenspiel unter Kontrolle zu halten, obwohl sie am liebsten über den kleinen Dreckspatz laut gelacht hätte. Nur manchmal hatte sie den Verdacht, daß das lustige Funkeln ihrer Augen sie an Teetje verriet. Also runzelte sie jetzt die Brauen. »Sofort gehst du hin«, befahl sie Teetje, »und holst die alle zu mir in die Diele. Ich habe viel Arbeit zu verteilen. Sie sollen vollzählig erscheinen.«

»Ik ook?«

»Du auch.«

Teetje machte ein langes Gesicht. »Ich hatt' mir grad 'n Kanal gegraben«, maulte er widerborstig, »dor wull ik 'n Schip of swemmen loten...«

»Der Kanal und das Schiff können warten«, schnitt Engelke ihm die Rede ab. »Erst die Arbeit. Wenn danach noch Zeit ist, kannst du spielen.«

Teetje trollte sich, glitzernde Abneigung in den Augen. »Un ik goh to See«, brummelte er in sich hinein, »de Doog is nich mehr fern...«

Engelke sah ihm nach, wie er hurtig zur Hoftür hinauslief, und schüttelte unmerklich den Kopf. Seit Teetje vier Jahre alt war, träumte er davon, zur See zu gehen. Genaugenommen war Engelke sogar schuld an seiner Begeisterung für Schiffe und alles, was damit zusammenhing.

Denn sie war es gewesen, die Mettes Lütten vor Jahren auf der Jolle hatte mitsegeln lassen, dem kleinen Boot, mit dem sie und ihre damals noch halbwüchsigen Vettern die Alster oberhalb des großen Mühlendamms unsicher gemacht hatten.

Seit damals hatte Teetje nur noch Schiffe, Segel, Masten und Spieren im Kopf. Er trieb sich bei jeder Gelegenheit im Hafen herum, kannte sämtliche Schiffstypen und die Unterschiede in ihrer Takelung, beherrschte alle Knoten und roch meistens penetrant nach Teer. Man mußte ein Auge auf Teetje halten. Sonst brannte er eines Tages wirklich durch und schlich sich als blinder Passagier auf einem fremden Schiff ein, um seine heimliche Sehnsucht, das Meer, kennenzulernen.

Engelke schüttelte noch einmal den Kopf. Sie würde Mette zum hundertsten Mal einschärfen, aufmerksam auf ihren Ältesten zu achten. Noch nie war ihr das so notwendig erschienen wie in letzter Zeit.

Im Augenblick war allerdings keine Zeit, um weiter über den Bengel nachzudenken. Die Hoftür öffnete sich von neuem, und das Gesinde kam in die Diele – vollzählig, wie Engelke es verlangt hatte. Mette – wieder hochschwanger –, Katrien die Jungmagd und Mettes ältere Kinder stellten sich in Erwartung der Anweisungen vor Engelke auf. Karl, der mit Mette verheiratet war, kam als nächster herein, Bartel, den Fuhrknecht im Schlepp. Die einzigen, die jetzt noch fehlten, waren der Kontorgehilfe Peder und der Lehrling Hein tom Hove, die natürlich ihre eigene Arbeit zu tun hatten und bei der Vorbereitung des Festes nicht mitzuhelfen brauchten.

»Euch ist ja wohl klar«, sagte Engelke ruhig, »daß es ab sofort rundgehen muß. Wir können nicht weiter so rumpüttjern wie bis jetzt. Ich will, daß heute abend, wenn der Besuch kommt, alles blitzt und blänkert – wie sich das in einem großen Haus gehört. Katrien«, sie wandte sich an die Jungmagd, »das ganze Täfelwerk in der Diele muß mit

Wachs abgerieben werden. Mettes Liseke kann dir helfen; an die unteren Bretter reicht sie ja schon ran. Wenn du damit fertig bist, polierst du mir den Leuchter, daß man sich drin spiegeln kann.«

Katrin nickte mißmutig. Sie haßte das mühsame Leuchter-Polieren und versuchte seit Jahren, sich davor zu drükken. Denn die große Krone mit den zwölf Armen, die an einem Rollenzug von der Decke hing und bei festlichen Gelegenheiten die Diele erleuchtete, war aus Messing gemacht. Ohm Godert hatte die kunstvolle Arbeit aus Flandern mitgebracht, und es kostete viel Kraft, das gelbe Metall immer wieder zum Strahlen zu bringen. Besonders die schwere Kugel, die als Gewicht die Mitte bildete und von der die geschwungenen Arme ausgingen, setzte mit blinden Stellen der reibenden Hand immer wieder zähen Widerstand entgegen.

»Is gut, Fröl'n Engelke«, sagte Katrien.

»Du, Sanne«, wandte sich Engelke Mettes zweiter, siebenjähriger Tochter zu, »du holst dir Eimer und Putzlappen, und dann wischst du die Fliesen in der Diele – aber blitzsauber, daß man davon essen kann. Ich komm' nachsehen!«

»Ist gut, Fröl'n Engelke«, gab das kleine Mädchen ernst zurück, ganz ohne den leisen Ausdruck des Widerwillens, der in der Antwort der Jungmagd so deutlich mitgeschwungen hatte. Susanne würde einmal sehr zuverlässig und fleißig werden, oder vielmehr, sie war es bereits. Sie kam ganz nach ihrem Vater Karl, auf den man sich jederzeit und unter allen Umständen verlassen konnte.

»Karl«, sagte Engelke, »du machst Holz für die Küche. Wasser brauchen wir auch im Haus – vier Bütten voll mindestens, falls die Gäste sich heut abend waschen wollen.«

Karl gab keine Antwort außer einem unverständlichen Brummen. Er war schon auf dem Weg in den Hof. So war er eben. Worte lagen ihm nicht.

Engelke schaute ihm dankbar nach, wie er, ein in graue

Wolle gehüllter Klotz von einem Kerl, davonstapfte. Dann teilte sie Bartel zum Hoffegen ein. Heute würde er sich außerdem um das Kleinvieh, die Hühner, Enten und Gänse kümmern müssen, das ging nun mal nicht anders. Die Frauen hatten schließlich genug anderes zu tun.

»Teetje«, trug sie zum Schluß der kleinen Teerjacke auf, »du holst frische Binsen und legst Vordertreppe und Laube damit aus. Träum nicht – und halt dich nicht auf. Nachher muß du nämlich los, um den Bartscherer zu holen. Der Altherr braucht ihn dringend.«

»Jümmers ik«, murrte Teetje und schob ab, die mageren Kinderhände zu Fäusten geballt. »So wat is Wieverkroom! Hebb ik nich Süsters 'noog?«

»Und beeil dich«, rief Engelke ihm nach, »ich hab' noch viel mehr Weiberkram für dich. Deine Schwestern werden anderswo gebraucht!«

Sie hatte ihr Nachwort scherzhaft gemeint. Aber der Blick, den Teetje ihr im Hinauslaufen zuwarf, war dermaßen verbittert, daß sie erschrak. Herrgott – sie würde sich den Jungen selbst einmal vornehmen, und bald. Wenn die Gasterei vorüber war.

Tief in Gedanken ging sie, nachdem fürs erste die Arbeit verteilt war, mit Mette daran, Leinenzeug für die Gäste herauszulegen und die Schlafgelegenheiten umzuverteilen. In der guten Stube, die sonst Ohm Godert und sein Vater, Evert der Ältere, bewohnten, sollten Konrad Vekkinghusen und sein Vater übernachten. Es verstand sich von selbst, daß die Gäste die besten Quartiere bekamen. Also mußten der Hausherr und Grootvadder Evert in die Kammer im Obergeschoß umquartiert werden – den Schlafraum, der als einziger ein Fenster aufwies und in dem Möhn Meta und Möhn Gesine ihre Betten hatten.

Die Tanten würden zwei, drei Nächte zu Anneke ziehen müssen – auch wenn sie, wie Engelke im voraus wußte, Zeter und Mordio schreien würden. Onkel Goderts alte unverheiratete Schwestern waren die einzigen

Mitglieder der Familie, die Engelke zwar nicht fürchtete, aber scheute. Den Zisterzienserinnen in Herwardeshude war dadurch, daß Meta und Gesine sich ihr Leben lang geweigert hatten, in ihren Konvent einzutreten, einiges erspart geblieben. Selbst die Beginen konnten Gott nur auf den Knien dafür danken, daß Er sie davor bewahrt hatte, diese beiden in ihre Reihen aufnehmen zu müssen.

»Wie Fröl'n Meta und Fröl'n Gesine das wohl aufnehmen werden?«

Mettes Frage hatte recht ängstlich geklungen. »Freuen werden sie sich bestimmt nicht«, gab Engelke ruhig zurück, während sie mit Mette, die einen Teil des Bettzeugs trug, die Treppe zu den Schlafkammern hinaufstieg. »Leider läßt es sich nicht ändern. Für unsere Gäste werden sich sogar die Tanten etwas einschränken müssen. Punktum.«

Die Tanten hockten, wie sie es immer taten, in ihren Lehnstühlen am Fenster, vor sich die Stickrahmen, auf denen Arbeiten aufgespannt waren, die wohl ewig unfertig bleiben würden. Meta und Gesine hatten Besseres zu tun: Sie beobachteten von oben herab die Straße und gaben giftige Kommentare zu dem ab, was sich da unten abspielte. Gleichzeitig lagen sie sich gegenseitig in den Haaren, zankten miteinander den lieben langen Tag. So auch jetzt. Engelke und die Magd platzten mitten in eines ihrer boshaften Streitgespräche hinein.

»Ach was«, sagte Gesine gerade, »du weißt sehr gut, warum der Brunswick dich damals nicht genommen hat! Du warst ihm zu blöd, Meta! Er wollte lieber 'ne kluge Frau wie mich. Und Vater mußte mir dann alles verderben.«

»Zu blöd?« Meta reckte sich und schob das spitze Kinn vor. »Daß ich nicht lache! Ulrich Brunswick wollte das Brauhaus. Von Anfang an war er nur hinter dem Brauerbe her, das Vater mir versprochen hatte. Wenn ich blöd gewesen wäre, dann hätte ich's nicht rechtzeitig gemerkt und den Schleicher tatsächlich geheiratet. So war das – damit du endlich Bescheid weißt.«

Gesine lachte boshaft. »Ich bleib' dabei. Du warst ihm zu blöd. Und zu häßlich. Gib's doch endlich zu. Liebend gern hättest du ihn genommen. Wenn er dich man bloß gewollt hätte!«

»Das is' nich' wahr!«

»Is' es doch. 'n anderen Bewerber hattest du ja sowieso nicht. Im Gegensatz zu mir.«

Meta holt tief Luft. Es klang wie ein böses Zischen. »Du hast sie mir alle weggelockt, verlottertes Fraumensch. Mit wie vielen du im Heu gewesen bist, möcht' ich gar nicht wissen. Aber die ganze Stadt weiß es – darauf kannst du dich verlassen. So was bleibt nicht im geheimen. So'n Lebenswandel wie deiner, damals –«

»Ha«, fauchte Gesine zurück, »kann es sein, daß du neidisch bist? Mir machen die Männer nämlich noch immer schöne Augen!«

»Die Männer? Höchstens die Hunde vom Abdecker! Die warten darauf, daß sie dich faltiges altes Aas bald abholen dürfen!«

Das war Gesine zu viel. Sie sprang aus dem Sessel auf, die schmalen Lippen zu einem Strich zusammengekniffen. Ehe sie sich ihrer Schwester handgreiflich nähern konnte, mischte sich Engelke energisch ein. »Ich wollte nicht stören«, sagte sie, »nur, liebe Muhmen – es ist Zeit für euch, nach nebenan umzuziehen. So zwei, drei Nächte müßt ihr bei Anneke schlafen. Euer Zimmer wird für Ohm Godert und Grootvadder Evert gebraucht, solange die Gäste im Haus sind.«

Die alten Frauen – beide näherten sich den Sechzig – wandten sich ruckartig zu Engelke um. Meta zupfte ihr altmodisches Gebände zurecht, das trotz seines üppigen Faltenwurfs groteskerweise ihren dürren Hals nicht kaschierte, sondern betonte, Gesine, während des Streits mit ihrer Schwester tiefrot angelaufen, sprengte tief atmend mit ihrem wogenden Busen fast die Enge ihres Obergewands. Plötzlich wieder einig gingen sie in geschlossener Front auf Engelke los. »Wir ziehen nicht aus«, keifte Meta, »Vater und Godert sollen gefälligst woanders übernachten!«

»Wir haben auch Rechte«, fiel Gesine ein, »das sollen die Männer sich merken. Oder sie lernen uns mal kennen. Ich kann das auf den Tod nich' ab, wenn ich übergangen werde!«

»Ich auch nicht«, zischte Meta und reckte ihre hagere Gestalt. »Überhaupt – wieso wird das ganze Haus auf den Kopf gestellt, bloß weil sich für Goderts dummes Gör irgendein Schwachkopf gefunden hat, der es nimmt! Wer sind sie denn, diese Veckinghusen – hä? Zu meiner Zeit hätte ich mit solchen Hungerleidern nicht mal ein Wort gewechselt!«

»Recht hast du«, stimmte Gesine ihrer Schwester zu. »So was kennt man einfach nicht. Geschweige denn, man verschwägert sich auch noch mit so was. Meta hat das sofort durchschaut.«

»Was ich durchschaue oder nicht – das bestimme ich selbst«, fuhr Meta Gesine an die schwesterliche Kehle. »Jedenfalls zieh' ich wegen denen nicht hier aus! Und wer bist du überhaupt, mir mit Unverschämtheiten zu kommen?«

Diese Frage war an Engelke gerichtet. Sie werden immer schlimmer, die beiden, dachte Engelke. Bitte, lieber Gott, laß mich niemals so werden wie sie!

»Du hast uns gar nichts zu sagen«, setzte Gesine den Angriff fort, »und das wirst du auch nie – dafür sorgen wir schon. Du bist nichts, und du hast nichts. Dein Vater war der erbärmlichste Versager, den ich je kennengelernt habe. Als der um deine Mutter anhielt, da war mir das längst klar. Und seine Brut – die taugt genauso wenig...«

»Richtig«, schlug Meta in die gleiche Kerbe, »lange Beine, kurzer Verstand – das zeichnete die Familie Geerts aus. Sieh dich doch an: Der Spiegel sagt dir, wem du nachgeschlagen bist, du Kranich! Wenn deine Mutter auf mich gehört hätte, dann hätte sie so'n Unglück wie dich nicht in die Welt gesetzt! Gott im Himmel hätte ein Einsehen haben sollen. Leider hat er dich nicht auch gleich wegsterben lassen, und wir müssen dich jetzt durchfüttern!«

Engelke blieb ruhig. Sie hatte Ähnliches aus den bösen Mäulern der Tanten schon zigmal gehört. Lediglich eins beschäftigte sie: Wie brachte sie die mißgünstigen alten Jungfern dazu, das Zimmer zu räumen?

Nach kurzem Nachdenken fiel ihr ein Winkelzug ein. »Anneke kriegt jedenfalls einen sehr passablen Schwiegervater«, sagte sie listig, »Hans Veckinghusen sieht für seine fünfundfünfzig Jahre ungemein stattlich aus. Ich hab' irgendwo sein Porträt gesehen...«

»Na und?« schnappte Meta. »Gutes Aussehen spielt doch keine Rolle. Wichtig ist nur, ob ein Mann was zu vererben hat. Veckinghusen – den Namen kennt doch hier keiner!«

»Du irrst, liebe Muhme«, widersprach Engelke milde. »Seit Jahren hat sich genau diese Familie überall hervorgetan. Sie ist, nebenbei bemerkt, sehr reich – im Gegensatz zu dem, was du glaubst. Hans Veckinghusen verfügt über ein riesiges Vermögen. Er ist Witwer, und er gedenkt sich wohl nicht mehr zu verheiraten, so daß sein Sohn alles kriegt.«

»Witwer?« Gesine hatte bei den letzten Worten glänzende Augen bekommen. »Der arme Mann. Er lebt also ganz allein – ohne weibliche Fürsorge?«

»Soweit ich weiß, ja«, antwortete Engelke, zum Schein ausweichend, »es scheint ihm nicht viel auszumachen. Er ist ja so oft auf Reisen.«

»Der arme Mann«, hauchte Meta, »da wird es schlecht um seinen Haushalt bestellt sein...«

»Du kannst ja gar keinen führen«, spuckte Gesine, »mit dir wäre er schön angeschmiert!«

Engelke lächelte zufrieden. »Liebe Muhmen – könnten wir jetzt vielleicht zusammen nach nebenan gehen und entscheiden, wo in Annekes Zimmer die Matratzen für euch ausgelegt werden sollen?« Ihre Kriegslist hatte gewirkt; die Tanten würden sich den Gästen gegenüber mustergültig aufführen – wenn auch nur wegen der Hintergedanken, die sie sich machten.

»Ja, natürlich«, sagte Meta und maß ihre Schwester mit einem verächtlichen Blick, »*ich* weiß, wie ich hohen Besuch zu behandeln habe! Ach, wäre das schön, wenn Gesine dabei nicht zugegen sein müßte! Sie wird uns wieder allesamt in Mißkredit bringen mit ihrem bäurischen Auftreten!«

»Haha!« lachte Gesine schrill, »gib zu, daß du Angst hast, ich könnte dir bei Hans Veckinghusen den Rang ablaufen! Nur darum willst du, daß ich mich ihm nicht zeige! Aber *ich* werde neben ihm an der Tafel sitzen – nicht du, dürre Ziege!«

»Blöde Kuh! Welche Reize hättest du ihm denn zu bieten? Schwabbeliges Fett und unzählige Falten!«

Engelke lächelte noch immer. Sacht zog sie die streitenden alten Weiber am Arm auf die Galerie hinaus. »Wir wollen uns beeilen«, sagte sie besänftigend, »damit ihr euch vor der Ankunft der Veckinghusens noch würdig kleiden könnt. Der erste Eindruck ist immer entscheidend – nicht?«

2

Anneke saß ganz allein beim dünnen Licht einer einzelnen Unschlittkerze in ihrer Kammer. Sie wirkte verstört und hatte verweinte Augen. Ihre Frage, ob sie nicht ihren Schlafraum für die Dauer des Besuches ganz an die Tanten abtreten und bei Engelke nächtigen könne, beschwor bei Meta und Gesine einen neuen Streit herauf. Diesmal ging es darum, wer von den beiden Frauen denn dann Annekes Bett benutzen dürfe und wer mit der Matratze vorliebnehmen müsse.

Engelke nahm ihre kleine Base bei der Hand und führte sie aus der Kammer auf die Galerie. Sie hatte genug davon, sich das Gezänk der beiden Streithennen anzuhören. Mette bekam den Auftrag, Bettzeug und Matratze einfach auszulegen und danach das Zimmer der Tanten für den Hausherrn und den Altherrn herzurichten. Meta und Gesine sollten sich alleine einigen oder auch nicht – jedenfalls würde Engelke auf keinen Fall den Schiedsrichter spielen. Die Zeiten waren vorbei.

Annekes Kleidertruhe wurde in Engelkes Kämmerchen geschleppt. »Eigentlich brauch' ich das ganze Zeug gar nicht«, sagte Anneke völlig verzweifelt, »ich will heute abend sowieso nicht mitessen.«

»Wie kommst du denn darauf?« Engelke schaute ihrem Bäschen verwundert ins Gesicht. »Du bist immerhin die Hauptperson. Alle dürfen fehlen – nur du nicht.«

Anneke brach in Tränen aus. »Versteh doch«, schluchzte sie, »ich kenne diesen Konrad Veckinghusen ja überhaupt nicht! Was ist, wenn er mich schrecklich findet? Wahrscheinlich hat Vater ihm in den höchsten Tönen von mir vorgeschwärmt – und heute abend sieht er dann, wie ich wirklich bin. O Engelke –« sie heulte richtig los,

»ich kann mich einfach nicht mit diesen Leuten an einen Tisch setzen!«

Engelke mußte lächeln. Sie legte den Arm um das zitternde Häuflein Elend. Anneke wurde vom Lampenfieber förmlich geschüttelt. Da war dringend Hilfe nötig. »Nenn mir einen vernünftigen Grund, warum du nicht an der Tafel erscheinen kannst«, sagte sie zu ihrem Bäschen, »nur einen. Dann sorge ich dafür, daß du entschuldigt wirst.«

»Ich seh' zum Fürchten aus«, flüsterte Anneke mit tränenrauher Stimme.

»Im Augenblick, ja«, bestätigte Engelke, »aber ich sehe keinen Makel, der nicht mit Kamm und Bürste, etwas kaltem Wasser und einem hübschen Kleid wieder zu beseitigen wäre.«

»Ich hab' nichts anzuziehen.«

»Das kann ja wohl nicht angehen. Deine Truhe ist voll bis oben hin.«

»Voll Kinderkleider!« Anneke schluchzte von neuem. Ihre Stimme klang herzzerreißend. »Wenn ich davon was anziehe, seh' ich aus wie ein Würmchen – frisch aus dem Steckkissen! Und Konrad Veckinghusen ist doch schon neunzehn! Er wird mich lächerlich finden! Er wird mich verachten!«

Diesmal konnte sich Engelke das Lachen kaum verkneifen. Anneke fürchtete sich tatsächlich davor, daß der ›gestandene Mann‹ von neunzehn Jahren sie nicht ernst nahm. Das war schon komisch. »Hmm«, sagte sie in gespieltem Nachdenken, »wie wäre es, wenn du die Truhe deiner Mutter mal durchsehen würdest? Ich bin sicher, du findest ein schönes Paar Ärmel für dein Hellblaues – das mit dem etwas tieferen Ausschnitt. Und wenn wir dann noch dein Haar ein bißchen fraulicher zurechtmachen, wäre das Kleiderproblem gelöst.« Sie gab Anneke einen freundschaftlichen Knuff. »Welche Bedenken hast du noch?«

»Ich hab' zwei Pickel«, sagte Anneke trotzig, »häßliche, abstoßende Pickel.«

»Wo?«

»Auf dem Rücken.«

»Macht nichts. Du wirst dich ja wohl kaum während des Abendessens ausziehen. Oder hattest du das vor?«

Anneke lachte unter Tränen. Plötzlich warf sie sich Engelke in die Arme. »Ich hab' einfach Angst«, schluchzte sie, »und ich bin so wütend auf Vater! Mich mit einem wildfremden Mann zu verloben, der mich bestimmt nur auslacht – wie konnte er mir das antun?«

»Keiner wird dich auslachen«, versicherte Engelke dem schluchzenden Bäschen, »du bist schließlich Anna van Damme und nicht irgendwer. Nur ein bißchen Mut, dann wirst du der strahlende Mittelpunkt des Abends sein – und Konrad Veckinghusen wird die Spucke wegbleiben.« Sie tätschelte Annekes Schulter. »Außerdem hat dein Vater in Konrad Veckinghusen, als er ihn für dich auswählte, sicher deinen Geschmack beachtet. Wenn ich du wäre, würde ich ihn mir meinerseits ganz genau betrachten und mir keine Sorgen machen, ob ich ihm gefalle. Überleg dir lieber, ob er dir gefällt – das ist viel wichtiger.«

Anneke hob erstaunt das vom Weinen verquollene Gesicht. »So hab' ich es noch nicht gesehen«, murmelte sie und wischte sich die Augen. »Du hast ja recht, Engelke! Noch kann ich nein sagen. Erst morgen ist ja die Verlobung – wenn überhaupt!«

»Jetzt hast du's erfaßt«, sagte Engelke. Sie hoffte, wenn auch mit leisem Bedenken, daß die Richtung, in die sie Anneke gelenkt hatte, am Ende die richtige war. Anneke war weder dünkelhaft wie die Tanten, noch schüchterner als ihre vierzehn Jahe es geboten. Sie würde schon die rechte Entscheidung treffen.

»Hilfst du mir?« fragte Anneke.

»Wobei?«

»Ich muß heute abend so aussehen, wie Vater mich immer beschreibt«, kam die Antwort. »Diesem Konrad Vekkinghusen soll schließlich die Spucke wegbleiben – wie du gesagt hast!«

»Klar helfe ich dir!« Engelke lachte. »Zuerst muß ich unten im Haus noch ein paar Dinge erledigen. Ruf mich, sobald du dein Kleid ausgesucht hast. Dann geh ich dir beim Anziehen und Haaremachen zur Hand!«

»Du bist ein Schatz«, sagte Anneke dankbar und wischte sich eine letzte Träne von der Wange, »was sollte ich wohl machen, wenn du nicht wärst?«

Die mehr als mannshohe Täfelung aus dunklem Holz, mit der die Wände der großen Diele ringsum verkleidet waren, erstrahlte im Glanz des frischen Bienenwachses. Katrien, die sich ihr grauleinenes Kopftuch wie einen Turban um das Haar geschlungen hatte, war eben, fleißig unterstützt von Liseke, mit dem Polieren fertig geworden. Die kleine Susanne, hochrot vor Eifer und Anstrengung, arbeitete noch an der hinteren Ecke des Fußbodens, dessen schwarze und weiße Fliesen im größten Teil der Diele bereits vor Sauberkeit glänzten. Das Kind lag auf den Knien und bearbeitete jeden Schmutzflecken unbarmherzig mit einem rauhen Lappen. Es schien sich an der entstehenden spiegelnden Glätte der Fliesen regelrecht zu freuen.

»Das hast du wunderbar gemacht, Sanne.« Engelke teilte wohlverdientes Lob aus. Und, an Liseke gewandt: »Ohne dich hätte Katrien das bestimmt auch nicht so schnell hingekriegt!«

Teetje stand plötzlich mit seinen schwarzen Füßen in der Vordertür. »Ik bün ook ferdig«, verkündete er mürrisch, »wat nu?«

»Gleich werden wir zu Mittag essen«, sagte Engelke, »sobald Sanneke mit dem Boden klar ist und du, Teetje, dir deine Drecksfüße gewaschen hast. Damit tappst du mir nicht über die frisch geputzten Fliesen. Deine Schwester hätte sich dann ganz umsonst geplagt!«

Der kleine Möchtegern-Seemann zog schmollend ab. Engelke ging in die Küche.

Den quadratischen Raum mit den weiß gekälkten Ziegelwänden durchzogen appetitlich duftende Schwaden. Zwei Kochkessel hingen unter dem mächtigen, überbauten Rauchfang am Feuer, das, mit nur wenig Holz beschickt, sanft auf der gemauerten Herdstelle brannte. Der Fußboden glänzte von der Feuchtigkeit der Kochdünste, die sich auf dem Fischgrätenmuster der Backsteine niederschlug.

Rechts stand ein langer, schmaler Bocktisch vor einer Bank, die sich an der Wand entlangzog. Und die alte Wiebke war eben dabei, den Tisch mit einem Lappen abzuwischen.

Engelke sah sich kurz um. An der Wand neben der Feuerstelle, neben dem Hackklotz, lag ein Berg Brennholz aufgestapelt. Die große Wasserbütte war randvoll. Vier ebenfalls volle Eimer standen zusätzlich bereit. Und offenbar hatte ein Metzgergeselle vom Küterhaus das Fleisch schon geliefert, das Engelke am Morgen bestellt hatte; auf dem breiten Wandbord an der anderen Stirnseite der Küche stand ein großer, mit einem Tuch abgedeckter Weidenkorb, dessen Bodenrand etwas blutverschmiert war.

Engelke lüpfte einen Zipfel des Tuchs. Sehr schön. Große, zarte Stücke Rindfleisch und ein ordentlicher Brocken vom Schwein. Genau die Teile, die Engelke sich an Ort und Stelle ausgesucht hatte. Der Schlachter hatte sie nicht beschummelt. Daraus würden sich wunderbar saftige Braten machen lassen.

Schade, daß es noch kein Federwild gab. So früh im Jahr waren nirgendwo Schnepfen oder Rebhühner oder Fasanen aufzutreiben. Da mußte man sich mit jungen Täubchen zufriedengeben. »Sind die Tauben auch schon geliefert?« fragte Engelke und drehte sich zu der Alten um.

Wiebke deutete wortlos auf einen weiteren Korb und einen Eimer, die nebeneinander auf dem Fußboden standen. In dem Eimer waren Federn und Eingeweide, im Korb lagen, bereits gerupft und ausgenommen, an die zehn Tauben.

»Die sind ja fertig vorbereitet«, sagte Engelke verblüfft, »wann hast du denn das alles gemacht? Du warst doch mit dem Brei fürs Mittagessen beschäftigt!«

Wiebke zeigte den Anflug eines Lächelns und schob eine Strähne ihres weißen Haars unter ihr Kopftuch zurück. »Karl hat sie mir ausgenommen«, sagte sie nüchtern, »ich hab' sie nur gerupft und gesengt – man is' eben nich' mehr die Jüngste... Teetje sollte den Unrat schon vor geraumer Zeit ins Fleet gekippt haben, damit der Eimer wieder frei is'. Aber der Lausbengel hat sich bis jetzt noch nich' bequemt...«

»Ik maak em Been«, sagte Engelke, eher belustigt als verärgert, »de lüttje Düvel schall dat Lopen lehrn!«

Wiebke, die eben noch gelächelt hatte, erstarrte. »Sprich nich' so, Fröl'n Engelke«, murmelte sie, »sprich nich' so. Du könntest es anziehen, schneller, als es kommen will.«

Engelke erschrak. Zum zweitenmal an diesem Tag deutete die alte Kinderfrau an, daß sie eine ihrer Ahnungen hatte. »Anziehen, Wiebke«, sagte Engelke, »was denn? Was könnte schneller kommen, als es soll?«

Wiebke stand ganz still. Ihre Augen schienen verschleiert. Sie starrte an die Wand, aber sie sagte nichts. Nach einigen langen Atemzügen, die wie aus enger Brust kamen, murmelte sie: »Ich weiß nur, daß es näher rückt. Was es ist, kann ich nicht sagen.«

Engelke überlief ein Frösteln, trotz der feuchten Wärme in der Küche. »Hat es mit dem Verlobungsfest zu tun?« bohrte sie nach, »ist Anneke bedroht?«

Die Alte schüttelte den Kopf. »Nein«, antwortete sie langsam, »dem Kind wird nichts geschehen – dem Kind nicht.«

»Was spürst du denn?« Engelke blieb hartnäckig. Die Aussprüche der alten Kindsmagd beunruhigten sie zutiefst.

»Ich – ich spüre ein Unheil«, flüsterte Wiebke, »es braut sich was zusammen über diesem Haus. Ich hab' zwei Frauen weinen sehen – und Trauerflor am Himmel...« Sie wandte Engelke das Gesicht zu und sah sie mit noch immer leeren Blick an. »Ein Messer – ein scharfes Messer. Blut wird fließen...«

»Wessen Blut?« Engelke faßte die alte Frau am Arm. »Kannst du mir nicht sagen, wessen Blut es ist?«

Wiebkes Augen blickten wieder klar. Sie machte sich los. »Wenn ich es wüßte, würde ich es sagen. Frag nicht weiter, Fröl'n Engelke. Ich kann dir keine Antwort geben!«

Damit trat sie an das Tellerbord, das die ganze Wand neben der Tür einnahm, und holte ohne weitere Worte die Breischüsseln für das Mittagessen herunter. Sie deckte stumm den Tisch. Dann wandte sie sich an Engelke, die tatenlos zugesehen hatte. »Ruf mir Katrien, damit sie Fröl'n Gesine und Fröl'n Meta das Essen raufbringt. Den Altherrn bedien' ich selber, falls du es nicht tun willst, Kind.«

Engelke erschauerte noch einmal. Immer, wenn ihre alte Vertraute sie ›Kind‹ nannte, gab es etwas, das sie nicht auszusprechen wagte. Wiebke wußte mehr, viel mehr, als sie preisgegeben hatte. Es mußte etwas Fürchterliches sein, oder etwas Unabwendbares – oder beides.

Engelke spürte, daß sie zitterte. Sie würde später noch einmal versuchen, mehr aus Wiebke herauszufragen – auch wenn es wahrscheinlich zwecklos war. Die Möglichkeit, daß Wiebke sich anders besann und doch noch redete, war sehr gering. Das wußte Engelke aus Erfahrung. Die alte Kinderfrau war schweigsam wie ein Fisch, wenn sie es für ratsam hielt. Aber diesmal, falls Engelke nur ein paar nähere Hinweise erhielt, konnte das Verhängnis, wenn nicht abgewendet, so doch vielleicht gemildert werden.

»Laß nur«, sagte sie zu Wiebke, »ich trage Grootvadder Evert sein Essen in die Stube. Muß sowieso noch Bescheid sagen, daß der Bartscherer bestellt wird, wie er es haben wollte.«

Sie nahm die Steinzeugschüssel, füllte sie mit dem Haferbrei, den es heute für alle gab, und schnitt dem Altherrn eine dicke Scheibe Brot dazu ab. Als sie, Schüssel und Zinnlöffel in der Hand, aus der Tür wollte, tauchte Katrien in der Küche auf. »Ich hab' gehört, was ihr geredet habt«, sagte sie erregt und sah Wiebke mit starrem Gesicht an, »du hast wieder die Leilaken flattern sehen. Bei uns?«

Wiebke wandte sich ab, ohne zu antworten.

»Du machst mir Angst«, schrie Katrien, »de Düvel gifft di dat jümmers in, dat du uns bang maken schallst, ole Töversch!«

Engelke richtete sich zu voller Höhe auf und maß Katrien mit strafendem Blick. »Du versündigst dich, Mädchen«, sagte sie. Ihre Stimme hatte eine Schärfe, die keinen Widerspruch duldete. »Nimm dich zusammen! Du kennst Wiebke fast genau so lange wie ich. Daß sie keine Zaubersche ist, das solltest du besser wissen!«

Katrien zog den Kopf ein. »Aber sie is' ne Spökenkiekersche«, wagte sie zu erwidern, »und so wat geiht nich' mit rechten Dingen to...«

Engelke musterte die Magd, wie sie in ihrem groben grauen Arbeitskleid dastand und sich nicht traute, sie anzusehen. Katrien war schon immer störrisch gewesen, ja sogar aufmüpfig. Man mußte ernstlich darüber nachdenken, ob man sie nicht aus dem Dienst entlassen und eine andere Magd ins Haus nehmen sollte.

»Wenn es dir bei uns nicht gefällt, kannst du ja gehen«, sagte Engelke, ihren Zorn gut unter Kontrolle, »es gibt Hunderte von Mädchen, die alles drum geben würden, hier arbeiten zu dürfen!«

Das brachte Katrien augenblicklich zur Vernunft. Ihr Kopf fuhr hoch. »Fröl'n Engelke – es tut mir leid«, sprudelte sie heraus, »ich hab' das nich' so gemeint!«

Aber es war ein falscher Klang in ihrer Stimme, etwas Kriecherisches, Feiges. Engelke maß Katrien mit einem kalten Blick. »Du kannst dir dein Essen holen, wenn der flandrische Leuchter geputzt ist«, sagte sie, »eher nicht. Jetzt mach, daß du vorankommst. Tu deine Arbeit, dann vergesse ich vielleicht diesen Zwischenfall.«

Katrien knickste tief; sie ging fast vor Engelke auf die Knie. »Dank ook«, murmelte sie und schlich mit einem verräterischen Blick, aus dem Wut und Auflehnung sprachen, zurück in die Diele. Engelke wurde bewußt, daß zu den Befürchtungen, die Wiebkes Worte in ihr ausgelöst hatten, eine neue Sorge hinzugekommen war.

Sie krallte die Finger um die Breischüssel. Einen Augenblick verharrte sie so. Dann trat sie in die Diele hinaus und öffnete die Tür neben der Küche.

Die Stube war nach der Diele der größte Raum im Haus. Sie wurde vom grauen Licht des regnerischen Tages, das durch ein hohes, in der oberen Hälfte verglastes Fenster einfiel, schwach erhellt. Gleich links neben der Tür gab es einen Alkoven, der ein breites, aber kurzes Bett enthielt und mit hölzernen Flügeltüren verschlossen werden konnte. In der Zimmerecke daneben stand der hohe, schmale, braunglänzende Kachelofen, der im Winter wohlige Wärme ausstrahlte. Ein schmaler Tisch und ein paar steillehnige Stühle, eine lange, hochbeinige Stollentruhe mit einem silbernen Kerzenleuchter, eine Sitzbank mit Polster und Wendelehne vervollständigten die schlichte, aber gediegene Einrichtung.

Die Stube war der Wohnraum der Familie, und allein der Familie vorbehalten. In dem Wandbett waren die Kinder der van Dammes zur Welt gekommen; Muhme Gunda war darin gestorben. Ohm Godert und sein Vater schliefen jetzt darin und würden eines Tages darin sterben. Die

Stube mit dem breiten Doppelbett war der Mittelpunkt des Hauses. Hier spielte sich das Leben ab – mit allen Facetten.

Der Altherr saß auf der Bank, deren gepolsterte Lehne so umgelegt war, daß er aus dem Fenster schauen konnte. Engelke näherte sich ihm langsam. Sein weißes Haar schien in der Dämmerung des Zimmers aus eigener Kraft zu leuchten.

»Grootvadder?«

Evert der Ältere drehte sich nicht um. Er wartete, bis Engelke vor ihn trat. Seine hochgewachsene, hagere Gestalt wirkte immer noch ehrfurchtgebietend, trotz seiner Gebrechlichkeit. Und sein Gesicht hatte etwas Hoheitsvolles. »Was gibt's«, fragte er mit erstaunlich kräftiger, wenig greisenhafter Stimme.

»Essen, Grootvadder«, sagte Engelke und bemühte sich um einen heiteren Ton.

Evert der Ältere lächelte und streichelte die große, graugetigerte Katze, die sich genießerisch schnurrend auf seinen Knie räkelte. »Na, denn mach mal Platz, Muusch«, sagte er und gab dem Tier einen sanften Schubs, »nu störst du bloß. Kannst später wiederkommen und mir die alten Knochen wärmen.«

Die Katze warf dem alten Mann aus grünen, geschlitzten Augen einen mißbilligenden Blick zu. Sie erhob sich widerstrebend, streckte sich und sprang mit einem weichen Plumps auf den Boden. Evert der Ältere sah Engelke an. »Hast du Zeit, mit deinem Großvater zu essen?« fragte er. Es klang eher wie eine Aufforderung.

»Aber natürlich«, gab Engelke zurück, »wir sind sowieso fast fertig da draußen. Ich hole mir rasch mein Teil.«

Sie lief in die Küche zurück, füllte ihre Breischüssel, nahm sich einen Holzlöffel.

»Ißt du mit dem Altherrn?« fragte Wiebke.

Engelke nickte, schon wieder auf dem Sprung. »Das

Gesinde soll auch anfangen. Nur Katrien nicht. Die putzt mir zuerst den Leuchter.«

»Das macht böses Blut, Fröl'n Engelke!«

»Und wenn schon! Katrien weiß genau, daß ich dummes Geschwätz in diesem Hause nicht dulde!« Engelke blieb hart. »Sie soll sich in Zukunft überlegen, was sie sagt.«

Eilig lief sie zurück in die Stube. Wiebkes bedenkliches Kopfschütteln sah sie nicht mehr.

Evert der Ältere hatte noch nicht mit dem Essen angefangen. »Möchtet Ihr am Tisch sitzen, Grootvadder?« erkundigte sich Engelke vorsorglich.

»Nein, nein«, wehrte der alte Mann ab, »die Stühle sind mir inzwischen zu hart. Hier auf der Bank kann ich es besser aushalten.« Er deutete mit säuerlicher Grimasse auf seine Knie. »Besonders bei feuchtem Wetter«, fügte er hinzu.

Engelke verstand natürlich. Schon seit langem – eigentlich seit sie ihn kannte, litt der Großvater unter Schmerzen in ›seinen alten Knochen‹, wie er es nannte. Er konnte nur noch mit großer Mühe gehen und brauchte Hilfe, wenn er sich fortbewegen mußte. Also setzte sie sich mit ihrer Breischüssel auf die Fensterbank, ihm gegenüber. Schweigend begannen sie ihre Mahlzeit. Engelke wußte: Sie hatte zu warten, bis ihr Großvater das Gespräch eröffnete und ihr sagte, über was er zu sprechen wünschte.

Diesmal dauerte es länger, bis Evert ein Thema anschlug. Der alte Mann schien über etwas nachzusinnen, das ihn offensichtlich stark beschäftigte. Er aß langsam und mit Bedacht, hin und wieder nachdenklich seinen Löffel betrachtend, ehe er ihn in den Mund schob. »Wie alt bist du jetzt, min Deern?« fragte er schließlich und beantwortete im gleichen Atemzug seine Frage: »Vierundzwanzig. Das ist ein gutes Alter für einen Mann.«

»Wie meint Ihr das, Grootvadder?« Engelke hob die

Augenbrauen. Sie wußte nicht, ob sie lachen oder sich beleidigt fühlen sollte.

Evert der Ältere schien ihre Frage nicht aufgenommen zu haben. Er sprach weiter, als habe Engelke kein Wort geäußert. »Es ist«, sagte er, »als habe der liebe Gott die Hand aufgehoben gegen die Frauen meiner Familie. Meine Töchter Meta und Gesine haben keine Männer gefunden. Deshalb sind sie unfruchtbar geblieben wie die Wüste, durch die die Kinder Israel zogen. Sie verzehren ihr Erbe und lassen nichts und niemanden zurück.«

Er verstummte, aß schweigend ein paar Löffel Haferbrei und brach sich dazu ein Stückchen von seinem Brot ab. Engelke betrachtete ihn verwundert und versuchte zu ergründen, auf was er hinauswollte.

»Meine jüngste Tochter ist gestorben«, fuhr der alte Mann nachdenklich fort, »jetzt ist nur noch Anneke da. Ich mache mir Sorgen um das Kind. Es könnte ihm was passieren – wie allen Frauen meiner Familie.«

Engelke schüttelte den Kopf. »Grootvadder«, wandte sie ein, »deine jüngste Tochter hatte auch eine Tochter – mich. Ich denke, Ihr macht Euch unnütze Gedanken über Gottes Zorn, der angeblich auf den Frauen dieses Hauses ruht. Seht«, sie richtete sich auf und lächelte, »ich lebe. Ich bin sogar sehr lebendig.«

Evert der Ältere warf Engelke einen Blick zu, den sie nicht deuten konnte. Ihr schien eine Mischung aus Stolz, Spott und leiser Belustigung darin zu liegen. »O ja«, sagte er, »du bist wohl auch da. Aber du hättest ein Junge werden sollen. Vielleicht hast du nur deshalb deine Familie überlebt...«

»Im Gegensatz zu meinem Bruder Hendrik und meinem Vater?« Engelke fühlte sich verletzt. »Grootvadder, das ist nicht klar gedacht! Ich bin eine Frau – eine Frau aus Eurer Familie!«

»Wieso hast du dann mehr Verstand als deine Vettern«, widersprach Evert der Ältere, »und wozu bist du groß und stark geworden wie ein Mann? Ich bin überzeugt davon, daß Gott dich von den anderen Frauen meines Hauses ausgenommen hat, damit du überlebst. Deinetwegen brauche ich mich nicht zu sorgen. Nur die kleine Anna – die ist in Gefahr. Der Gedanke daran ängstigt mich!«

Engelke wußte nicht, was sie darauf antworten sollte. Fünf Fuß, sieben Zoll, dachte sie, fünf Fuß, sieben Zoll...

»Ich möchte, daß für Anneke eine Messe gelesen wird«, sagte Evert der Ältere, »für sie und die anderen Frauen – ausgenommen Meta und Gesine. Mir wäre dann bei der morgigen Verlobungsfeier wohler.«

»Eine Messe«, gab Engelke tonlos zurück, »von der ich nach dem, was Ihr von mir haltet, auch ausgeschlossen wäre?«

»Hör zu, Engelke«, Evert der Ältere sah sie ernst an, »ich weiß nicht, was Gott der Herr sich dabei gedacht hat, als er dich so schuf, wie du bist. Dennoch zweifle ich seinen Willen nicht an. Und ganz abgesehen davon – du bist mir so lieb wie die anderen Männer meines Hauses. Ich habe mit Godert gesprochen. Er stimmt mit mit überein. Auf eine Mitgift hast du zwar keinen Anspruch – das Erbe deiner Mutter ist ohnehin verloren. Aber –«

»Grootvadder«, fiel Engelke dem alten Mann ins Wort, »Ihr wißt, daß ich nie verlangt habe, daß Ihr oder Ohm Godert –«

»Laß mich aussprechen, Engelke!« Die Stimme Everts des Älteren klang ungeduldig und befehlsgewohnt. »Du sagst, du bist vierundzwanzig. Das ist, wie ich schon bemerkte, ein gutes Alter für einen Mann. Heiratsgut wirst du nicht brauchen. Aber mein Sohn und ich meinen, daß du wirtschaften kannst. Und so will Godert dir ein Grundstück überschreiben, auf dem ein Brauhaus eingerichtet werden kann.«

»Grootvadder«, Engelke versuchte noch einmal, zu Wort zu kommen, »ich –«

Evert der Ältere hob herrisch die Hand. »Keine falsche

Bescheidenheit«, schnitt er ihr die Rede ab. »Das Kapital zum Bau des Hauses erhältst du als Kredit – rückzahlbar, sobald die Brauerei Gewinn abwirft. Das Grundstück liegt in Sankt Katharinen, direkt am Wasser. Die Braugerechtigkeit zu bekommen, dürfte kein Problem sein. Nun – was sagst du dazu?«

Engelke starrte dem alten Mann in das jetzt lächelnde Gesicht und konnte nichts sagen. Der Plan, den Evert der Ältere da gerade vor ihr ausgebreitet hatte, war ungeheuerlich – zu ungeheuerlich, als daß sie es in diesem Augenblick hätte fassen können.

Ein eigenes Brauerbe, das sie, Engelke, in eigener Verantwortung bewirtschaften konnte! Diese Vorstellung hatte einen so starken Reiz, daß es Engelke fast den Atem nahm. Warum tat der Gedanke aber gleichzeitig so schrecklich weh? Warum konnte sie nicht aufjauchzen, freudig ja dazu sagen und ihrem Großvater um den Hals fallen?

Genaugenommen hatte sie sich doch schon immer gewünscht, ein eigenes Geschäft zu führen, selbst Gewinn zu erwirtschaften, ein Unternehmen zum Erfolg zu bringen. Warum war es ihr im Moment unmöglich, die dargebotene Chance jubelnd wahrzunehmen?

»Bist du nicht einverstanden?« fragte Evert der Ältere. »Traust du's dir etwa nicht zu?«

Engelke blieb noch immer stumm. Sie spürte, wie ihre Augen zu brennen begannen. Ein dicker, schmerzhafter Kloß drückte in ihrer Kehle.

»Du mußt dich nur auf deine Fähigkeiten besinnen«, setzte Evert der Ältere seine Rede fort, »auf all die Tugenden, mit denen du begabt bist – Härte, Geschäftssinn, berechnende Klugheit und Umsicht in der Nutzung von Kapital. Alles, was du fürs Geschäft brauchst, besitzt du in reichem Maße – da sind Godert und ich uns einig. Auf das, was dir mangelt, kommt es nicht an!«

Fünf Fuß, sieben Zoll, dachte Engelke. Der Kloß im Hals

tat sehr weh. Sie versuchte, ihn zu schlucken. Sie erhob sich von der Fensterbank, stellte ihre Breischüssel ab.

»Du brauchst mir jetzt noch nicht zuzusagen«, sagte Evert der Ältere. »Durchdenke die ganze Angelegenheit und gib mir Bescheid, sobald du damit im reinen bist. Ich glaube, du wirst der Familie mit einem eigenen Unternehmen alle Ehre machen. Da gibt es für mich keinen Zweifel. Weil du von irgendwelchen weibischen Eigenschaften ja nicht behindert bist.«

»Grootvadder«, würgte Engelke hervor, »ik bruuk Tiet. Ik mutt mi an dat allens wennen! Giff mi'n Dag oder twee!«

»Dran gewöhnen?« Evert der Ältere zog überrascht die buschigen Brauen hoch, doch seine Miene hellte sich augenblicklich wieder auf. »Wenn du Zeit brauchst, gebe ich dir gern den Tag oder zwei. Du hast Bedenkzeit bis nach Annekes Verlobung. Überleg dir vielleicht schon einmal, wie der Bau am schnellsten zu bewerkstelligen ist. Wir haben Ende April. Mit etwas Glück und guter Organisation könntest du das erste Bier für Holland im nächsten Frühjahr auf die Reise schicken!«

Engelke nickte stumm. Sie war so erregt und aufgewühlt, daß sie kein weiteres Wort mehr zustande brachte. Mit schnellen Schritten floh sie aus der Stube. Daß es höchst ungehörig war, einfach von ihrem Großvater wegzulaufen, ohne sich mit dem gebührenden Respekt zu verabschieden – das war ihr im Augenblick ganz gleichgültig.

Ihre Holzschuhe polterten laut auf den harten Fliesen. Engelke rannte fast zur Hoftür. Katrien, die mit verbissener Wut an dem auf den Boden herabgelassenen Leuchter herumarbeitete, gaffte sie mit aufgerissenem Mund an, als sie an ihr vorüberstürmte. »Fröl'n Engelke...?«

»Jetzt nicht!«

Engelke lief hinaus auf den Hof. Sie brauchte einen stillen Platz – nur für ein Weilchen, bis Schmerz und Erregung nachgelassen hatten. In ihre Kammer konnte sie nicht, da war Anneke, und Anneke würde Fragen stellen, dumme, besorgte Fragen.

Sie wandte sich um, ließ den Blick über die Fachwerkhäuschen wandern, die rechts und links in zwei gegenüberliegenden Reihen aneinandergebaut standen. In diesen winzigen Buden wohnten Knechte und Handwerker mit ihren Familien zur Miete – eine enge, ärmliche Welt.

Gleich rechterhand am Anfang des Hofes war der Pferdestall. Engelke besann sich nicht lange. Sie stapfte hinüber und schob sich durch die Stalltür hinein in die warme Dämmerung des niedrigen Gebäudes.

Hier war niemand. Nur die beiden schweren Zugpferde standen an ihren Plätzen. Engelke näherte sich dem ersten der Tiere, einem breitrahmigen Falben mit weißer Blesse, und tätschelte ihm die runde Kruppe.

Das Pferd wendete den Kopf zu ihr um und schnaubte leise. Sein warmer Atem wehte wie eine Liebkosung über Engelkes Hand. Engelke spürte, daß sie die Fassung verlor. Die Tränen, die in ihren Augen gebrannt hatten, brachen sich Bahn und rollten über ihre Wangen. Impulsiv schlang sie dem Pferd die Arme um den muskulösen Hals. »Ach, Dicker«, flüsterte sie, »wieso werde ich nicht damit fertig? Man sollte doch meinen, es müßte mich inzwischen kalt lassen!«

So deutlich wie heute der Großvater hatte es ihr noch niemand gesagt. Aber gedacht haben mußten es wohl alle – schon immer. Fröl'n Engelke zählt nicht als Frau. Der fehlen ja sämtliche weiblichen Eigenschaften.

Immer neue Tränen rollten aus Engelkes Augen. Der Kummer war so alt wie sie selbst. Aber so quälend wie heute hatte sie ihn noch nie empfunden. Früher in ihrer Kinder- und Jungmädchenzeit waren es lediglich Nadelstiche gewesen ... Hab dich nicht so, Engelke, pack mal an der Kiste mit an. Du schaffst das genauso gut wie Peter ... Die Deerns, die haben doch nichts als Schmuck und Kleider im Kopf – nur Engelke, die ist da anders. Aber bei ihr spielen solche Dinge ja sowieso keine Rolle... Engelke? Die ist der beste Mann in meinem Kontor...

Sie preßte das Gesicht fest gegen das glatte, warme Fell des Pferdes und versuchte, ihre Beherrschung zurückzugewinnen. Das Sonderbare an ihrem Schmerz war, daß er zur Hälfte aus Stolz bestand. Sie war stolz darauf, daß der Großvater ihr die Fähigkeit zutraute, ein Geschäft zu führen. Und genau dieser Stolz machte die andere Hälfte des Schmerzes so unerträglich.

»Menschen sind doch unvernünftige Geschöpfe – was, Dicker?« Engelke lehnte sich noch fester an den starken Falben und ließ die Hand zärtlich über seine samtigen Nüstern gleiten. »Immer wünschen sie sich Dinge, die unerreichbar sind. Da seid ihr Tiere klüger, stimmt's? Für euch ist der Gipfel der Glückseligkeit ein Apfel oder eine Handvoll Hafer. Und da kommt man leicht dran.«

Die Stalltür schwang auf. Bartel, der Fuhrknecht, kam herein. »Katrien seggt, dat Ihr hier seid«, brummte er verlegen, »ik schall Euch holen. An de Huusdüür is 'n Mann, der will den Herrn sprechen. Und weil de Herr doch nich da is...«

»Ich komm' schon«, sagte Engelke knapp, »geh wieder an deine Arbeit.«

3

Als sie wieder in die Diele eintrat, war Engelke die innere Erregung nicht mehr anzumerken. Katrien, die den fertig polierten flandrischen Leuchter gerade am Seil zur Decke hochzog, konnten nicht die geringsten Anzeichen von Fassungslosigkeit mehr auffallen. In ruhiger, kühler Gelassenheit, so wie alle es bei ihr gewohnt waren, ging Engelke an der Magd vorüber zur Haustür.

Der Besucher, ein hochgewachsener, breitschultriger Mittvierziger, dessen teurer grauer, pelzgefütterter Radmantel unübersehbar Wohlstand verriet, war Engelke ein vertrauter Anblick. Es handelte sich um Jürgen Burmeester, einen gutbetuchten Kaufmann aus der engeren Bekanntschaft ihres Onkels.

Engelke grüßte mit einem Lächeln und einem Kopfnikken.

»Endlich«, sagte Jürgen Burmeester und stieß einen erleichterten Seufzer aus, »ich dachte schon, ich bin hier nicht mehr willkommen.« Er nahm den weichen, mit einer breiten, rundum hochgeschlagenen Krempe versehenen Hut aus Haarfilz ab. »Sagt, Fröl'n Engelke – ist der Hausherr zu sprechen?«

»Für Euch doch immer«, erwiderte Engelke, »nur im Augenblick hält er sich gar nicht im Hause auf. Er holt Hans und Konrad Veckinghusen ab. Ihr wißt ja – Anneke verlobt sich morgen. Seid Ihr nicht auch eingeladen?« Diese Frage stellte sie höflichkeitshalber. Natürlich stand Burmeester auf der Gästeliste.

»Ja, sicher«, sagte Jürgen Burmeester. Er dachte einen Augenblick nach. Auf Engelke wirkte er nervös. Sein Gesicht zuckte und in seinen Augen lag ein unruhiger Ausdruck.

»Na, dann werdet Ihr Ohm Godert ja auf jeden Fall morgen sehen«, sagte Engelke. »Kann ich ihm vorab vielleicht Eure Grüße ausrichten?«

»Wann wird er zurück sein – ich meine, hier im Haus, mit Euren Gästen?«

Jürgen Burmeester sah sogar ein bißchen krank aus, fand Engelke. Sein Gesicht war sehr blaß. »Gegen Abend«, informierte sie ihn, »aber ich fürchte, er wird von der Reise ziemlich erschöpft sein und sicher kaum in der Stimmung –«

»Aber ich habe mich endlich zu dem Gespräch entschlossen«, sagte Jürgen Burmeester. Selbst seine Stimme klang angespannt. »Es ist mehr als dringend und kann absolut nicht mehr aufgeschoben werden. Sagt Eurem Ohm –« er hielt inne, wischte sich über die Stirn, »nein, sagt ihm nichts. Ich werde einfach heute abend noch einmal persönlich vorbeikommen. Ein Weilchen unter vier Augen muß Godert für mich abzweigen!«

Er verbeugte sich andeutungsweise, schwenkte den Hut, setzte ihn wieder auf und stelzte, vorsichtig die Pfützen und den Unrat umgehend, über die Straße davon. Er betrat die Rolandsbrücke und überquerte das Reichenstraßenfleet, in recht würdeloser Hast, wie es Engelke schien.

Sie sah ihm nach, bis er aus ihrem Blickfeld verschwunden war. So hatte sie Jürgen Burmeester noch nie erlebt. Gerade er war ihr mit seinem ruhigen, zurückhaltenden Benehmen und seiner sprichwörtlichen Kaltblütigkeit eigentlich immer als der Inbegriff eines vollkommenen Kaufmanns erschienen – geradeso wie Ohm Godert. Ein Mann, der in sich ruhte, der keine Schwierigkeiten scheute, den nichts aus dem Gleichgewicht bringen konnte. Aber das Bild, das er heute geboten hatte, entsprach dem nicht.

Betroffen und verwirrt drehte Engelke sich um und wollte wieder ins Haus gehen. Sie prallte fast gegen Wiebke, die unmittelbar hinter ihr stand.

»Mein Gott«, stieß sie erschrocken hervor, »was hab' ich mich jetzt verjagt! Konntest du nicht einen Ton sagen?«

Wiebke rührte keinen Muskel. Sie stand einfach da und schien mit weit geöffneten Augen durch Engelke hindurchzusehen. Ihr Gesicht war kreideweiß, ihr Blick starr wie der einer Schlafwandlerin.

»Wiebke!« Engelke faßte die alte Frau bei den Schultern und schüttelte sie sacht. »Was hast du denn? Lieber Himmel, Wiebke!«

»Burmeester«, wisperte die Alte mit steifen Lippen. Langsam, als erwache sie aus einer tiefen Ohnmacht, kehrte das Leben in ihre Augen zurück. »Burmeester...« Auf ihrem zerknitterten Gesicht zeigte sich ein Ausdruck des Entsetzens.

Engelke hatte ihre Kinderfrau schon einige Male im Zustand der Entrückung erlebt. Immer war es erschreckend gewesen, aber heute fürchtete Engelke sich sonderbarerweise nicht so sehr vor dem, was Wiebke vor ihrem inneren Auge sehen konnte. »Du hast Jürgen Burmeesters Namen genannt«, sagte sie zu der Alten, »was hat es mit ihm auf sich? Kannst du mir nicht doch einen Hinweis geben?«

Wiebke gab keine Antwort. Ihr Blick wanderte zum Fleet, zur Rolandsbrücke, über die Burmeester davongegangen war. Einen Wimpernschlag lang betrachtete sie das Stück Fußweg vor der Haustür. Dann drehte sie sich wortlos um und ging zurück in die Diele.

Engelke folgte ihr mit einem Gefühl der Verärgerung. »Wiebke«, versuchte sie es ein letztes Mal, »willst du mir wirklich nicht sagen, was du weißt? Vielleicht gäbe es ja Mittel und Wege –«

Wiebke drehte sich abrupt um. »Nur bei Gott ist Rat und Tat«, sagte sie mit verschlossener Miene, »wenn du erlaubst, Fröl'n Engelke – ich gehe nach Sankt Petri und spreche meine Gebete.«

Engelke faßte die alte Frau am Arm. Aber noch ehe sie

eine weitere fruchtlose Frage stellen konnte, kam Wiebke ihr zuvor. »Was unser Herr im Himmel für uns bereithält, ist besser als alles, was Menschen uns bieten können«, sagte sie mit ruhiger, gesammelter Stimme, »darum sorge dich nicht, Fröl'n Engelke. Den Lauf der Dinge kannst du nicht aufhalten – nur ändern. Das aber wäre schlimm für Jürgen Burmeester. Darum sollte niemand eingreifen – nicht jetzt. Und ich werde schweigen.«

Das war ihr letztes Wort. Engelke wußte es. Dennoch war sie voller Widerspruch, der sich in ihrer Miene zeigte.

Wiebke bemerkte das. »Ich werde schweigen«, wiederholte sie, »das ist besser, Fröl'n Engelke. Vertraut mir.«

Sie machte sich los und ging ins Haus. Engelke folgte ihr bestürzt und zutiefst unzufrieden. Nach allem, was sie sich aus Wiebkes spärlichen Worten zusammenreimen konnte, würde Jürgen Burmeester ein Unglück zustoßen. Das schien ganz klar. Welcher Art das Unglück war – auch das konnte Engelke sich vorstellen. Es würde blutig sein...

Was sie nicht verstand, war Wiebkes Ansicht, daß man es geschehen lassen sollte. Warum war es besser für Jürgen Burmeester, wenn der Lauf der Dinge nicht geändert wurde? Das wollte Engelke nicht in den Kopf. Und sie fühlte sich völlig hilflos. Mit Hilflosigkeit aber hatte sie noch nie leben können.

Der Nachmittag verging. Sie löste ihr Versprechen ein und half Anneke beim Zurechtmachen für den Empfang der Gäste, so gut sie es vermochte. Sie ermutigte ihre junge Base und richtete sie seelisch auf. Dennoch war sie nicht bei der Sache, sondern grübelte im stillen über das nach, was sie viel mehr beschäftigte. Anneke spürte es. Aber sie beschwerte sich nicht und fragte auch nicht nach. Dazu war sie viel zu aufgeregt.

Als die Glocke des Mariendoms vier schlug, meldete sich endlich der Barbier, nach dem Engelke den kleinen

Teetje geschickt hatte. Engelke ließ den schlaksigen Dreißiger persönlich ins Haus ein. Erik Holm, ein Däne, der in der alten Bäckerstraße sein kleines, aber feines Badehaus betrieb, war der einzige, der Evert den Älteren rasieren durfte. Erstens hatte dieser Holm eine leichte, sehr geschickte Hand, und zweitens war er stets gründlich über alles informiert, was in der Stadt vor sich ging. In seinem Bad bediente er nämlich vor allem Leute aus den besseren Kreisen. Und dann verstand er es, bei deren Gesprächen das Wichtige aus dem Unwichtigen herauszuhören. Es ging das Gerücht, daß Holm mehr wußte als sämtliche Mitglieder des Rats – woran natürlich etwas war.

Engelke mochte den liebenswürdigen Menschen mit dem nachdenklichen Pferdegesicht. Ein kluger Kopf – dazu noch gebildet und diskret. In seinem Beruf eine absolute Seltenheit. »Kommt doch herein, Holm. Ihr werdet schon ungeduldig erwartet!«

»Ungeduldik?« Erik Holm, die Leinentasche mit den Utensilien unterm Arm, betrat die Diele, warf seinen weiten braunen Mantel ab und reichte ihn mit selbstverständlicher Grazie zum Aufhängen an Katrien weiter, die neugierig herumstand. »Aber iss bin ssofort gekommen. Die kleine Junge war nur ein winziges Weilssen bei mir! Sso bin iss auf die S-telle los, daß Herr Evert die Ssenior nisst unnütz muß warten!«

»Ich hatte Teetje gleich nach dem Mittagessen losgeschickt«, sagte Engelke, »hat also das Bürschchen die ganze Zeit herumgetrödelt! Na – der kann was erleben!«

»Sseid nisst sso streng mit das Kind«, suchte Erik Holm sie zu besänftigen. »Ihr wißt – Kinder leben in eine ganss eigene Welt. S-päter, wenn er groß is, erkennt er sson, daß die Zeit wisstig ist.«

Er lächelte, wandte sich gleich zur Stube, um seine Arbeit zu erledigen. »Ihr seid zu weich, Holm«, gab Engelke zurück, »gerade Teetje muß man fest anpacken, damit was aus ihm wird.« Ihr Ärger war dahingeschmolzen. Sie wußte schließlich, daß der Barbier recht hatte.

Knapp und etwas strenger, als es nötig war, forderte sie Katrien auf, Holm eine große Schüssel heißes Wasser in die Stube zu bringen. »Schlaf nicht ein, Mädchen! Bleib im Trab. Heute hast du noch lange keinen Feierabend!«

Katrien zog ab, im Gesicht den gewohnten mürrischen Ausdruck. Engelke blickte zur Stubentür hinüber, durch die der Bader soeben zum Altherrn eingetreten war. »Nun, mein guter Mann«, hörte sie Evert den Älteren sagen, »was gibt's Neues in der Stadt?«

»Alle Welt sspricht man bloß über die S-tapellauf von Euer neue Ssiff«, kam Holms muntere Antwort, »das beste Ssiff, was man sseit lange Sseit hier gebaut hat. Und das bevors-tehende Verbindung von die Jungfrau Anneke mit Herrn Veckinghusen – das ist auch ein beliebte Gesprächsstoff bei die Herrssaften ...« Damit schloß sich die Tür. Die weiteren Worte des Bades wurden abgeschnitten.

Er hatte mit unfehlbarer Sicherheit genau die Themen genannt, über die Evert der Ältere brennend gern reden wollte. Engelke mochte wollen oder nicht – sie mußte einfach bewundern, wie dieser Erik Holm mit Menschen umzugehen verstand. Dazu paßte auch seine schlichte, aber feine Art, sich zu kleiden. Der braune Mantel, den Katrien an den Haken neben der Tür gehängt hatte, bestand aus Wolltuch von mittlerer Qualität. Aber die Näharbeit war erstklassig, genau wie an dem grauleinenen, in der Taille gegürteten und sauber gefältelten Hemd und an den engen, tadellos sitzenden roten Beinkleidern, die der Bader heute trug.

Für einen, der erst vor sechs Jahren fast ohne Mittel nach Hamburg zugewandert war, hatte Holm Gewaltiges erreicht, wenn auch nicht ganz ohne Glück. Er hatte das einzige Kind seines Meisters geheiratet und nach dem Tod seines Schwiegervaters die Badestube mit Schwung hochgebracht. Nun zählte er, trotz seines nicht gerade geachteten Berufs, zu den ehrenwerten Handwerkern, war bereits Meister im Baderamt...

Seine Beliebheit war nicht unbegründet. Gerade jetzt wieder polierte er sie auf. O ja – Erik Holm war mehr als nur ein Bader.

Katrien kam mit der Wasserschüssel. Engelke hielt ihr die Tür zur Stube auf. »Ja, das ist wahr«, hörte sie den Altherrn sagen, »die Halfmoond ist ein prächtiges, sorgfältig gebautes Schiff. Hat ein hübsches Sümmchen gekostet. Ob sie auch hält, was sie verspricht, das wird sich zeigen, wenn sie zum erstenmal auf Fahrt geht.«

»Übermorgen, nisst wahr?« Holms Frage klang wie die Feststellung einer Tatsache. »Mit Fracht für England – sso ssagt man.«

»Sagt man so?« Evert der Ältere lachte leise. »Dann wird es wohl stimmen. Ja. Die Halfmoond geht nach England. Im Konvoi mit noch drei weiteren Koggen.«

»Die Seepeerd, die Drei Engel, die Goldene Sonne. Auch gute Ssiffe. Aber nisst so gut wie Eures.«

Katrien kam wieder heraus. Die Tür schloß sich. Schmeichler, dachte Engelke. Aber so unrecht hatte Holm ja nicht. Die neue Kogge war eine Pracht. Ohm Godert konnte stolz auf sein jüngstes Schiff sein. Die Halfmoond übertraf seine anderen beiden Koggen nicht nur an Größe, sie würde auch besonders seetüchtig und schnell sein – jedem Piratenschiff durchaus gewachsen, wenn man den Zimmerleuten, die sie gebaut hatten, Glauben schenken durfte.

Der Rest des Nachmittags verging. Holm hatte sich wieder verabschiedet, Wiebke war aus der Kirche zurück, Anneke saß, ihre zitternde Aufregung heldenhaft bekämpfend, auf einem Stuhl in der Diele und wartete darauf, daß ihr Vater mit den Gästen heimkehrte.

Sie hatte sich, im Einvernehmen mit Engelke, für ein

zartgrünes Leinenkleid entschieden und trug dazu tief geschlitzte, mit seidenen Borten besetzte Ärmel aus rehbraunem Samt und einen passenden, bestickten Gürtel zum Binden. Das Haar hatte sie, auch auf Engelkes Rat hin, nicht hochgesteckt, sondern in feuchtem Zustand zu vielen kleinen Zöpfchen geflochten, die nach dem Trocknen wieder aufgelöst worden waren. Nun floß es, um die Stirn von einem gedrehten seidenen Schapel zusammengehalten, in engelhaften goldenen Wellen offen über Schultern und Nacken bis fast zur Hüfte.

Auch Engelke hatte sich, der Wichtigkeit des Anlasses entsprechend, noch einmal umgekleidet und frisiert. Sie trug ihr Zweitbestes, ein tiefblaues Kleid aus leichter Wolle – ganz schlicht, im Oberteil an den Seitennähten mit Seidenkordel eng geschnürt und mit weiten, geschlitzten Ärmeln, die das blütenweiße Leinen ihres Unterhemdes sehen ließen. Ihr weizenblondes Haar hatte sie zu einem langen, dicken Nackenzopf geflochten, der wie ein schimmerndes Tauende über ihren Rücken fiel.

Ein Blick in den Spiegel sagte ihr, daß sie eigentlich mit ihrem Aussehen recht zufrieden sein konnte. Große, leuchtend blaue Augen sahen sie aus dem Glas an; die Nase war lang und prominent, aber schön geformt. Der üppige Mund mit der vollen Unterlippe paßte zu diesem Bild einer gutaussehenden Frau. Wären da nur nicht das allzu fest ausgeprägte Kinn gewesen, die glatten, etwas kantigen Konturen des Gesichts und die hohen Wangenknochen.

Engelke fuhr mit dem Finger über den Ansatz ihrer streng in der Mitte gescheitelten Haare. Die Frau im Spiegel hatte nichts von einem Engelchen, diesem unpassenden Namen, der ihr bei der Taufe aufgeprägt worden war. Eher ähnelte sie mit ihren energischen Zügen einem Erzengel – Gabriel zum Beispiel, der die Pforten des Paradieses bewachte und niemanden einließ, nicht einmal sich selbst.

Engelke runzelte die Augenbrauen. Dann lächelte sie. Und ihr eigenes Lächeln, strahlend und ansteckend, brachte ihr die gute Laune zurück. »Haltung«, befahl sie sich, »wenn du dich hängen läßt, macht dich das keinen Zoll kleiner.« Das wirkte immer. Sie war sich ohnehin der beste Ratgeber, schon seit der Kinderzeit.

In der Diele wurde die Tafel aufgestellt, wie Engelke es angeordnet hatte. Sobald Ohm Godert mit den Herren Vekkinghusen angekommen war, sollte es Essen geben. Die Reisemüden würden ganz sicher hungrig und durstig sein und es zu schätzen wissen, wenn man sie erst einmal bei einer guten Mahlzeit zur Ruhe kommen ließ.

Mette, die ein frisch gewaschenes graues Arbeitskleid angezogen hatte, stellte eben die Zinnteller auf das weiße Tafeltuch. Das Geschirr war blankpoliert, wie sich das gehörte für den feinen Besuch. Heute würde man überhaupt einiges von den Prunkgefäßen benutzen, die sonst nur zu hohen Feiertagen auf den Tisch kamen. Die Familie van Damme würde zeigen, was sie hatte. Und morgen, bei der offiziellen Verlobungsfeier, sollten zur Krönung die sechs silbernen Humpen in Gebrauch genommen werden, dazu das silberne Salzfaß und die große Präsentierplatte.

Alles war für heute vorbereitet. Die Nachtlager für Gäste und Familie waren eingerichtet und mit frischem Leinenzeug bezogen. In der Küche schmorte – fast gar – das Hühnerfleisch in Weinsoße, das Ohm Godert und der Altherr so gern mochten, und das sicher auch den Gästen vorzüglich munden würde. Nun mußten sie bloß noch kommen.

Engelke trat an das Fenster rechts neben der Haustür und spähte hinaus auf die Straße. Der Nieselregen hatte schon vor Stunden aufgehört. Jetzt lag die Straße still und lehmglänzend im Licht der sinkenden Sonne.

Als sie sich wieder abwenden wollte, sah sie zwei Männer von der Rolandsbrücke rasch herankommen. Den einen erkannte sie sofort; es war Jürgen Burmeester. Den anderen, einem um Haupteslänge kleineren, in einen bodenlangen, leuchtendblauen Mantel gehüllten Mann, der die Sendelbinde seines schwarzen Filzhutes über Mund und Nase geschlungen trug, hatte sie noch nie gesehen. Jedenfalls war ihr das, was sie von seinem Gesicht ausmachen konnte, völlig unbekannt.

Die beiden Männer waren vor dem Haus angekommen. Burmeester hielt auf die Eingangstür zu. Der Mann im blauen Mantel schob den Behang seines Hutes aus dem Gesicht, packte Burmeester am Arm und sagte etwas, worauf Burmeester zornig antwortete.

Engelke folgte einem plötzlichen Impuls. Sie trat an die Haustür und öffnete sie einen winzigen Spalt. Nun konnte sie hören, was gesprochen wurde, ohne daß Burmeester oder sein Begleiter sie sahen.

»Es hat keinen Zweck, daß Ihr mich länger bearbeitet«, sagte Burmeester mit einer Stimme, die höchste Erregung verriet. »Das Spiel ist aus – wenigstens für mich. Auf meine Mitwirkung dürft Ihr nicht mehr rechnen!«

»Aber ich habe ja bereits alles eingefädelt«, gab der Blaumantel zurück, »nun geht es lediglich noch um die Halfmoond! Das endgültig letzte Mal, Burmeester!«

»Nein!« Burmeester schrie fast. Seine Stimme klang schrill. »Ich sage nein – ich will so nicht weitermachen!«

»Gut«, lenkte der Blaumantel ein, »gut. Wie wäre es, wenn wir einen Kompromiß schließen würden, betreffend einen Teil – vielleicht die Ladung...?«

»So, wie es damals bei der Sankt Peter ausgemacht war – oder bei der Swarte Katt?« Burmeester lachte gepreßt. »O nein«, fuhr er den Blaumantel an, »darauf lasse ich mich nicht noch einmal ein. Bei der Nordstern war es besprochen und hatte seine Richtigkeit. Aber seitdem...«, er machte eine Pause und schnappte erregt nach Luft, »seitdem habt Ihr niemals mehr Wort gehalten! Ich kann damit nicht leben. Ich muß mich offenbaren, ehe es noch mehr Verluste gibt!«

»Burmeester«, sagte der Blaumantel, »nehmt doch Vernunft an. Ihr wißt, was für Euch auf dem Spiel steht.« Sein Ton war milde, sanft, beschwörend. »Ich bin bereit, von dem Plan zurückzutreten, wenn Euch so viel daran liegt.« Er lächelte, zeigte zwei Reihen Zähne, die einem Wolfsgebiß ähnelten. »Kommt. Wir besprechen die Einzelheiten. Und morgen früh um neun treffen wir uns mit den anderen im Badehaus in der Bäckerstraße und teilen ihnen mit, daß die Angelegenheit abgeblasen ist. Einverstanden?«

»Wenn ich Euch nur trauen dürfte...«

»Burmeester – ich verstehe Euch.« Der Blaumantel bemühte sich um einen versöhnlichen Ton. »Ich verstehe sogar Eure Skrupel. Daß Ihr aussteigen wollte, kommt für mich nicht unerwartet. Dennoch gibt es einige letzte Punkte, die zu klären sind. Kommt mit. Es wird nicht lange dauern. Und es erspart Euch viele Ungelegenheiten, da Ihr ja niemandem mehr berichten müßt.«

Jürgen Burmeester zögerte einen Augenblick.

»Ihr habt Weib und Kind«, sagte der Blaumantel drängend, »bedenkt das!«

»Ja«, gab Burmeester langsam zurück. Dann nickte er. Und dann gingen die beiden Männer die Straße zurück. Sie hielten sich dicht nebeneinander und waren Augenblicke später aus Engelkes Blickfeld verschwunden.

Engelke drückte die Tür ins Schloß. Sie hatte jedes Wort verstanden, was da draußen gefallen war, aber der Sinn war ihr verborgen geblieben. Was war das für eine merkwürdige Unterhaltung gewesen? Um was hatte sie sich überhaupt gedreht?

Sie bekam keine Zeit mehr, darüber nachzusinnen. Durch das Fenster neben der Tür sah sie, wie ein Reisewagen heranrollte. Sein tonnenförmig gerundetes, hölzernes Dach war leuchtend grün lackiert; auf dem Schlag prangte in bunten Farben das Familienzeichen van Damme. Der Hausherr war zurück – mit den Gästen.

»Sie sind da!« rief Engelke.

Das brachte Leben in die schweigende Gesellschaft, die sich in der Diele aufhielt. Katrien und Mette rannten zum Fenster und versuchten, vorab einen Blick auf die Herren Veckinghusen zu erhaschen. Bartel und Karl traten vor das Haus, um den Herrschaften beim Aussteigen behilflich zu sein. Wiebke klapperte in der Küche mit ihren Kochkesseln.

Anneke war bei Engelkes Ausruf auf ihrem steillehnigen Stuhl zur Salzsäule erstarrte. Ihre Hände hatten sich fest ineinander verkrampft. Sie brauchte dringend Hilfe.

Mit einigen langen Schritten war Engelke an der Seite des Angsthäschens und beugte sich zu ihm nieder. »Jetzt kommt es drauf an«, flüsterte sie der schreckgelähmten Anneke ins Ohr, »denk an das, was ich dir gesagt habe! Du bist eine reiche Erbin und kein kleines Mädchen. Du bist Anna van Damme. Du kannst wählen – er muß froh sein, wenn er dir gefällt.«

Anneke nickte. Aber der Blick ihrer angstvollen Augen sprach Bände.

»Du siehst süßer aus als eine Frühlingsblume«, fuhr Engelke fort, »zeig dich ruhig von allen Seiten – du hast keine, die nicht gefallen könnte. Komm, wir gehen ihnen entgegen. Hab keine Angst, Anneke – wenn alle Stricke reißen, rette ich dich!«

Das endlich wirkte. Anneke erhob sich von ihrem Stuhl, atmete tief durch, streckte den Rücken. »Guten Abend, Ihr Herren«, murmelte sie vor sich hin, »ich heiße Euch im Haus meines Vaters herzlich willkommen.«

Die arme Kleine. Wie groß mußte ihre Aufregung sein, daß sie einen Spruch zur Begrüßung auswendig gelernt hatte! Engelke lächelte Anna ermutigend zu und nahm sie bei der Hand. Gemeinsam gingen sie zur Tür, durch die eben Karl mit einer Reisekiste hereinkam.

Godert van Damme folgte, in seinem Kielwasser die Gäste. Plötzlich standen sie in der Diele, die von Anneke mit so viel Zittern und Zagen Erwarteten. Vater und Sohn waren beide groß, schlank, dunkelhaarig und sehr zurückhaltend in schwarzes Tuch gekleidet.

Sie gefielen Engelke. Der junge Veckinghusen hatte ein gutgeschnittenes, intelligentes Gesicht. Der alte sah aus, wie ein gestandener Kaufherr eben aussah. Eine starke Familienähnlichkeit zwischen Vater und Sohn war nicht zu übersehen.

Engelke deutete einen Knicks an. Sie wußte, daß eine tiefe Verneigung bei ihr lächerlich wirkte. Anneke dagegen ging formvollendet in die Knie, den Kopf graziös geneigt. »Guten Abend, Ihr Herren«, sagte sie mit leise zitternder Stimme ihren eingeübten Spruch, »ich heiße Euch im Haus meines Vaters herzlich willkommen.«

Godert van Damme verbiß sich ein belustigtes Lachen. Hans Veckinghusen sagte lächelnd: »Wir danken, Fräulein Anna.« Konrad Veckinghusen stotterte: »Ich – ich bin sehr erfreut...«

Anneke hob den Kopf, wagte es, ihren Vielleicht-Zukünftigen anzusehen. Der wechselte ganz langsam die Farbe, lief rot an, fand keine weiteren Worte. Nach einem quälend langen Augenblick streckte er einfach die Hand aus und hielt sie Anneke zögernd hin. »Darf ich – darf ich Euch...«

Anneke kam aus ihrem tiefen Knicks hoch, ergriff die Hand. Sie war ebenfalls errötet. »Bitte«, sagte sie, »tretet doch ein! Wie war die Reise?« Ihre Stimme bebte, aber nicht mehr vor Angst.

»Lang«, sagte Konrad Veckinghusen, »viel zu lang.« Seine grauen Augen waren auf Annekes Gesicht geheftet. »Und, wißt Ihr, Anna – sie kam mir dennoch zu kurz vor. Ich wußte ja nicht, was mich erwartet. Ich gebe zu, ich habe mich etwas gefürchtet...« Er brach ab, erschrocken über das, was er eben preisgegeben hatte.

»Ihr auch?« Anneke sah ihn strahlend und überrascht an. »O – ich hatte ganz schreckliche Angst, daß Ihr...«

»Daß ich ein häßliches Ungeheuer sein würde«, führte

Konrad Veckinghusen ihren Satz fort. »Nicht wahr? Genau das dachte ich auch!«

Sie lachten. Anneke nickte begeistert. »Ich hatte ja nur das Bild. Und jeder weiß doch, daß Bildnismaler schmeicheln!«

»Bei Euch hat er jedenfalls nicht gelogen«, gab Konrad Veckinghusen fröhlich zurück, »im Gegenteil – der Kerl hat bei Euch versagt! Ihr seid viel, viel hübscher als auf dem Bild...«

»Ihr auch«, erwiderte Anneke und wurde noch ein bißchen röter. »Ich kann Euch gar nicht sagen, wie erleichtert ich bin!«

»O – und ich erst!«

»Auch darüber, daß Ihr kein steifer Stockfisch seid!«

»Und darüber, daß Ihr kein dummes Gänschen seid, Anna!«

Die beiden lachten aufs neue, rot bis über beide Ohren. »Kommt«, sagte Anneke und zog Konrad an der Hand in die Diele, »gleich werden wir essen. Und dabei müßt Ihr mir von Lübeck erzählen, und von Eurer Heimatstadt. Wie es da zugeht, wo Ihr wohnt, und wie Eure Freunde sind!«

Konrad folgte Anneke. Er öffnete den Mund, um gleich mit seinem Bericht anzufangen.

»Und was ist mit uns?« ließ sich Godert van Damme vernehmen, kaum verhohlene Heiterkeit in der Stimme. »Willst du deinen alten Vater und unseren zweiten Gast auf der Straße stehenlassen, Anna?«

Anneke und Konrad drehten sich gemeinsam um. Sie sahen die beiden älteren Männer an, als nähmen sie sie gar nicht recht wahr. »Nein, nein«, sagte Anneke verlegen, »bitte, kommt doch herein. Ich freue mich wirklich, daß auch Ihr da seid...«

Die Väter brachen in schallendes Gelächter aus. Engelke hatte Mühe, ihre eigene Heiterkeit in Grenzen zu halten. Sie sprang für die junge Tochter des Hauses ein und übernahm ab sofort wieder die Rolle der Hausfrau, mit der Anneke noch so völlig überfordert war.

Während des Abendessens, das wenig später aufgetragen wurde, spielte sich die Konversation nur zwischen Engelke und den älteren Herren, Hans Veckinghusen, ihrem Onkel Godert und dessen Vater ab, der einen breiten, mit Kissen weich gepolsterten Sessel bei Tisch einnahm. Anneke und Konrad Veckinghusen saßen zwar in der Runde, aber sie beteiligten sich kaum an den Gesprächen, sondern führten ihre eigene Unterhaltung. Sie schienen die Gegenwart der anderen so gut wie gar nicht wahrzunehmen; ihnen fielen nicht einmal die wohlwollenden, wenn auch belustigten Blicke auf, mit denen Evert der Ältere sie ab und zu bedachte.

Das Gespräch der Kaufherren drehte sich um ein Thema, bei dem Engelke mitreden konnte – um den Handel mit England und um die Schiffahrt. Hans Veckinghusens Drähte spannten sich, was seine Geschäfte betraf, zwar hauptsächlich nach Osten – nach Nowgorod, Vilna und Riga. Doch er hoffte, bald über die Beziehungen des Handelshauses van Damme auch Verbindung zum Westhandel aufzunehmen. Man würde in Zukunft zusammenarbeiten. Vielleicht, wenn alles nach Plan ging, konnte in ein paar Jahren der junge Konrad am Stalhof in London ein eigenes Kontor beziehen und von dort aus das Standbein der Firma Veckinghusen im Westen bilden.

Engelke hatte mit Begeisterung zugehört und kenntnisreich an der Unterhaltung der Herren teilgenommen. Deshalb war ihr zuerst gar nicht aufgefallen, daß jemand an die Haustür geklopft hatte. »Mein Vetter Evert der Jüngere ist mit seinen zwanzig Jahren schon fast ein eingesessener Engländer«, sagte sie gerade und tauchte einen Bissen Brot in die Schüssel mit Hühnerfleisch, »er schreibt, man gewöhnt sich sehr schnell an die Lebensweise der Engländer – wenn man aus dem Norden stammt. Die Kölner Kaufleute täten sich bedeutend schwerer.«

»Das habe ich mir auch sagen lassen«, bestätigte Hans Veckinghusen, »sogar die Sprache lernt sich für uns leichter als für die Süddeutschen.«

Es klopfte aufs neue – drei Faustschläge, matt, aber deutlich. Engelke stand vom Tisch auf. Das konnte Burmeester sein, der ja unbedingt mit Ohm Godert hatte reden wollen – egal, wie ungelegen er heute kam.

Sie ging zur Tür. Während sie die Diele durchquerte, kam das Klopfen ein drittes Mal. Es klang jetzt schnell und hektisch, wie leises, aufgeregtes, kraftloses Hämmern, begleitet von einem schabenden Geräusch, als kratze ein Hund an der Tür.

»Ich komme ja«, sagte Engelke, »nur Geduld, ich bin schon da!« Sie öffnete. Es war Burmeester.

Er torkelte über die Schwelle. Sein Gesicht unter dem dunklen Hut sah wachsgelb aus. Er tat zwei, drei unsichere Schritte in die Diele hinein, sank langsam in die Knie, preßte beide Hände in die Brust.

Der Mantel glitt ihm von den Schultern, rutschte zu Boden, verschmierte die schwarz-weißen Fliesen mit Rot.

Burmeesters blaues Tuchwams war blutgetränkt. Das Weiß seines Hemdes hatte große, nasse, dunkelrote Flekken. Seine Hände sahen aus wie rot lackiert.

»Herrgott«, flüsterte Engelke entsetzt. Godert van Damme und Hans Veckinghusen sprangen vom Tisch auf und liefen herüber. »Was ist passiert«, fragte Godert van Damme voller Schrecken, »Burmeester – um Gottes willen!«

Engelke drehte sich um, schrie nach den Knechten. »Karl... Bartel... lauft nach dem Wundarzt, so schnell es geht!«

Burmeester hustete, ließ sich auf alle viere sinken. Ein Röcheln kam aus seinem Mund, zusammen mit blutigem Schaum. »Zu... spät...«, brachte er mühsam heraus, »ich... bin hin...«

Engelke ließ sich ebenfalls auf die Knie nieder, ungeachtet der Blutlache, die sich bei Burmeester auf dem Boden bildete. Sie versuchte den Mann zu stützen, der mehr und mehr in sich zusammensackte. »Sprecht nicht«, befahl sie ihm mit fester Stimme, »seid ganz ruhig. Der Chirurgus ist im Handumdrehen bei Euch!«

Burmeester ließ sich auf die Seite fallen. Qualvoll langsam drehte er das Gesicht seinem Geschäftsfreund zu. Blut rieselte in einem dünnen Rinnsal aus seinem Mundwinkel. Die Worte, die er, unterbrochen von schmerzvollen Atemzügen, hervorbrachte, waren fast nicht mehr zu verstehen: »Van Damme... es sind... sechs... zusammen sind es... sechs...«

»Was wollt Ihr mir sagen, mein Lieber?« Godert van Damme kniete neben ihm. »Ich weiß nicht, was Ihr meint!«

Jürgen Burmeester streckte die Hand aus und krallte die blutigen Finger fest in das Wams seines Geschäftsfreundes.

»Van Damme...« hauchte er, »ich bin...« Seine Lippen formten weitere Worte, bewegten sich zuckend. Aber die Stimme versagte ihm den Dienst. Mit einer ungeheuren Anstrengung gelang es ihm, den Kopf zu heben. Er rang wild nach Luft. »Verrat...« stieß er tonlos, keuchend hervor, »keinen mit-«

Seinen Körper durchlief ein Zittern. Die Hand, die Godert van Dammes Jacke gepackt hielt, krampfte sich noch ein bißchen fester in den Stoff. Sein Mund mühte sich noch einmal, Laute, Worte zu bilden: Seine Augen waren verzweifelt auf Goderts Gesicht geheftet.

Godert van Damme strich ihm sanft über die schweißnasse Stirn. »Macht Euch keine Sorgen, lieber Freund«, sagte er, »ich kümmere mich drum. Um alle Eure Belange...«

Darauf glättete sich Jürgen Burmesters Miene. Bebend ließen seine Finger van Dammes Wams los und entspannten sich. Seine Hand glitt herab, landete mit einem leise klatschenden Geräusch auf den Fliesen. Sein Kopf sank zu Boden, seinem halb geöffneten Mund entrang sich ein tiefer, gequälter Atemzug, der wie ein Seufzer klang. Die Augen, die seinen Geschäftsfreund so intensiv angeschaut hatte, verloren den Blick und rollten zur Seite. Das Leben hatte ihn verlassen.

4

Erst jetzt, nachdem Jürgen Burmeester gestorben war, kam der Schrecken über alle Anwesenden. Der Mann, der da buchstäblich in seinem Blut vor ihnen auf den Fliesen lag, war ermordet worden – vermutlich nicht weit von diesem Haus.

Das Entsetzen stand allen im Gesicht geschrieben, auch dem Gesinde, das vollzählig zusammengelaufen war. Nur die alte Wiebke zeigte keine Regung. Sie kniete bei der Leiche nieder, schloß Jürgen Burmeester mit einer liebevollen Handbewegung die Augen, bekreuzigte sich, stand auf und ging mit müden Schritten zurück in ihre Küche.

Für Wiebke war Jürgen Burmeesters Tod offenbar nicht überraschend gekommen. Wiebke hatte ihn vorausgeahnt. Engelke wußte das. Dennoch war sie jetzt, nachdem das Schreckliche tatsächlich eingetreten war, genauso entsetzt wie die anderen, die von den Gesichtern der alten Kinderfrau nichts wußten.

Der Wundarzt, der, von Karl herbeigeholt, aufgeregt in die Diele gehastet kam, sah sofort, daß er nicht mehr helfen konnte. Seine Untersuchung fiel knapp aus. »Herr Burmeester ist erstochen worden«, konstatierte er nüchtern, »vier Stiche, zwei davon in die Lunge. Die andern zwei haben ein paar große Adern getroffen – direkt beim Herzen. Das hätte er auf keinen Fall überleben können.«

»Vielleicht, wenn er rechtzeitig verbunden worden wäre...« sagte Anneke mit blassen Lippen.

»Auch dann nicht«, widersprach der Chirurgus. »Diese Wunden sind tödlich – immer. Da nützt kein Verband.«

Er verabschiedete sich. Karl wurde ein zweites Mal ausgeschickt, diesmal zum Rathaus. Es mußte ein Mord angezeigt und der Büttel in Aktion versetzt werden. Auch wenn der Mörder Jürgen Burmeesters sich längst davongemacht hatte und die Wahrscheinlichkeit, ihn jemals vor Gericht zu bringen, verschwindend gering war.

Die heitere Stimmung dieses Abends war einer dumpfen Trauer und Betroffenheit gewichen. Konrad Veckinghusen legte den Arm um Annekes Schultern und führte sie zurück zum Tisch, an dem Evert der Ältere sitzengeblieben war und ihnen nun mit tiefem Bedauern entgegenblickte. Godert van Damme ging mit langen Schritten in der Diele auf und ab. Er würde der Frau des Toten die Schreckensnachricht überbringen müssen und fürchtete diese Pflicht. Hans Veckinghusen stand da und wußte nicht, wie er helfen konnte.

Engelke war, abgesehen von der alten Wiebke, diejenige, die sich als erste wieder gefaßt hatte. Sie trug Katrien und Mette auf, Jürgen Burmeesters Leiche notdürftig zu säubern und das viele Blut wegzuwischen, mit dem der Boden besudelt war. Dann nahm sie Bartel beiseite. »Ich will, daß du mich mit der Sturmlaterne begleitest«, sagte sie, »wir gehen die Straße entlang und suchen die Stelle, wo der Mord stattgefunden hat.«

»Worüm, Fröl'n Engelke?«

»Frag nicht – mach zu! Vielleicht finden wir Hinweise, die den Bütteln weiterhelfen.«

Diese knappe Erklärung schien dem Fuhrknecht einzuleuchten. Er stapfte hinaus in den Hof und kehrte Augenblicke später mit brennender Laterne zurück. Engelke war inzwischen in ihre Holzschuhe geschlüpft und hatte sich den Mantel übergeworfen. Mit Bartel verließ sie, ohne daß jemand Notiz davon nahm, das Haus.

Draußen hatte ein leichter Nieselregen eingesetzt. Der zitternde Lichtschein der Sturmlaterne, mit der Bartel die Straße beleuchtete, ließ jeden Stein, jeden Buckel, jeden Unrat naß aufglänzen. Es war schwer, die Spur der Blutstropfen zu verfolgen, die Jürgen Burmeester hinterlassen hatte, zumal der Regen sie mehr und mehr verwischte und wegspülte.

Dennoch gab Engelke sich so schnell nicht geschlagen. Angestrengt suchten ihre Augen den aufgeweichten Boden nach den verräterischen, dunkelroten Flecken ab, den blutigen Spritzern im Schlamm, die den Weg zur Mordstelle wiesen.

Jürgen Burmeester hatte sich von rechts kommend zu Godert van Dammes Haus geschleppt. Die Spur der Blutstropfen führte Richtung Fischmarkt. Mehrere Male mußte der zu Tode Verwundete, durch seine schweren Verletzungen zur Langsamkeit gezwungen, stehengeblieben sein. An diesen Stellen waren kleine Blutlachen im Unrat der Straße zu sehen, dunkle Pfützen, vom Regenwasser bereits verdünnt.

Mit starrsinniger, schweigender Geduld folgte Engelke, begleitet von Bartel, der Kette aus roten Flecken, die immer verschwommener wurden. Kurz vor der Schusterbrücke, die über das nachtschwarze Wasser des Fleets zum Fischmarkt hinüberführte, hörten sie plötzlich auf. Das Ende der Spur war erreicht – und der Ort, wo Jürgen Burmeester die tödlichen Messerstiche empfangen hatte. So genau Engelke den schlammigen Boden auch absuchte, sie fand keine Blutstropfen mehr, die weiterführten.

»Ich glaube, hier ist es gewesen«, sagte Engelke.

»Mutt wohl.« Bartel zog gegen den Regen, der seine Jacke durchweichte, die Schultern hoch. »Köönt wi nich na Huus gohn, Fröl'n Engelke? Wat schüllt wi wohl hie noch finnen?«

»Was wir hier noch finden sollten? Das weiß ich auch nicht.« Engelke zuckte die Achseln. »Jedenfalls gehen wir erst nach Hause, wenn wir entweder was gefunden haben oder sicher sind, daß nichts da ist.« Sie warf dem Fuhrknecht einen strengen Blick zu. »Halt die Laterne höher.«

Direkt neben der Brücke, an der Böschung, die zum

Fleet abfiel, war das Gras zertrampelt. Engelke hielt auf die Stelle zu. »Leuchte hier mal den Boden ab«, befahl sie Bartel.

Der tat es murrend. »Fröl'n Engelke –« setzte er zu einem neuen Einwand an.

Engelke schnitt ihm mit einer ärgerlichen Handbewegung das Wort ab. Sie bückte sich. Sie hatte etwas in dem nassen Sauergras glitzern sehen.

Mit spitzen Fingern klaubte sie es auf, hielt es ins Licht der Laterne. Der kleine Gegenstand war aus Metall, aus Silber vielleicht.

»Siehst du«, sagte sie zu Bartel, »ganz umsonst haben wir doch nicht nachgesehen.«

»Hmm«, brummte der Fuhrknecht wenig überzeugt und wischte sich über die Nase.

Engelke betrachtete das Fundstück genauer. Es handelte sich dabei um einen schlichten, aber sauber gearbeiteten Zierverschluß, wie er an Jacken und Mänteln angebracht war, und zwar um das Hakenteil, das in die gegenüberliegende Öse greift. Es war aus dem Stoff herausgerissen worden; an den drei Nählöchern in der kleeblattförmig gespalteten, mit Zierrillen versehenen Schmuckplatte hingen noch einige Fadenreste.

Bartel hatte sich den Haken nur flüchtig angeschaut. »Hier laufen viele Leute längs«, sagte er und schüttelte den Kopf, »jederren künn dat Dings verloren –«

»Stimmt.« Engelke ließ ihn nicht ausreden. »Jeder. Aber auch der Mörder.« Sie schloß die Finger fest um den Zierrat. Ohne weitere überflüssige Worte ging sie die Reichenstraße zurück nach Hause. Bartel leuchtete ihr gesenkten Hauptes, froh, daß er wieder ins Trockene kam.

Die Diele war voller Menschen, als Engelke eintrat. Drei Ratsherren, in aller Eile aus dem Einbeckschen Haus herbeigerufen, wo sie sich einen späten Schoppen genehmigt hatten, umstanden mit Schreckensmienen Jürgen Burmeesters Leiche, die mittlerweile auf einer provisorisch aus Stangen und Leinwandbahnen zusammengebauten Trage ausgelegt war. Einige Amtsdiener und sogar der Nachtwächter hatten sich ebenfalls eingefunden und betrachteten verwirrt oder betroffen den Toten.

»Ich habe keine Ahnung, weswegen er umgebracht worden ist«, sagte Godert van Damme gerade, »sein Geldbeutel ist noch da – seht nur! Er hatte ziemlich viel Bares bei sich.«

»Raubmord war es also nicht«, murmelte einer der Ratsherren, Kellinghusen, den Engelke als klugen und bedächtigen Mann kannte. »Was dann?«

»Soweit ich das beurteilen kann, hatte Burmeester viele Freunde, aber keine Feinde«, ließ sich Herr Pankok vernehmen, ein Ratsherr, dem nicht nur die Aufregung, sondern auch seine gewaltige Leibesfülle das Atmen schwer machte.

»Wenigstens nicht unter der hiesigen Kaufmannschaft«, bestätigte der dritte, Herr Martens.

»Nein, nicht daß ich wüßte«, sagte Godert van Damme, »Jürgen Burmeester ist mir auch stets ein zuverlässiger Handelspartner und guter Freund gewesen. Wir haben immer mal wieder zusammengearbeitet. Gerade jetzt sollte ein Posten von Burmeesters Ware auf meinem neuen Schiff nach England gehen...«

Engelke mischte sich ein. »Wir wissen zwar nicht, warum Burmeester umgebracht wurde«, sagte sie, während sie den feuchten Mantel aufhängte und die schmutzigen Holzschuhe von den Füßen streifte, »aber wo es geschehen ist, das habe ich gerade festgestellt.«

Alle Köpfe wandten sich zu ihr um. Sie sah überraschte und leicht pikierte Mienen. Nur Herr Kellinghusen mißbilligte ihren Einwurf nicht. »Wo, Fräulein Engelke?« fragte er interessiert.

»Keine zweihundert Schritte von hier«, gab Engelke Auskunft, »hart neben der Schusterbrücke. Auf dieser Seite des Fleets.«

»Wollt Ihr damit sagen, Jürgen Burmeester hätte sich diese ganze Strecke bis hierher geschleppt – mit solchen Verletzungen?« Der dicke Herr Pankok zeigte deutlich, was er von Engelkes Behauptung hielt.

»Bis zu der Brücke gehen jedenfalls die Blutspuren«, sagte Engelke trocken, »und ich kann mir beim besten Willen nicht vorstellen, daß der Mörder Burmeester vor unsere Tür getragen hat.«

Die Herren verbissen sich das Lachen, trotz der angespannten und traurigen Situation. Pankok räusperte sich verärgert. »Das wollte ich damit auch nicht sagen«, schnaufte er.

»Jedenfalls war das, was Ihr da unternommen habt, recht gefährlich«, sagte Herr Martens kopfschüttelnd, einen Tadel in der Stimme. »Eine Frau, nachts allein auf der Straße – was da nicht alles passieren kann...«

Engelke reckte die Schultern und sah den Ratsherrn kühl an. »Meint Ihr?«

Martens verstummte. Die anderen Herren mußten sich ein zweites Mal beherrschen. Der Nachtwächter grinste offen.

Kellinghusen war wieder der einzige, der bei der Sache blieb. Er schickte die Amtsdiener hinaus, um die Brückengegend nach verdächtigen Personen zu durchkämmen. »Obwohl es jetzt kaum noch sinnvoll ist«, sagte er, als die Männer abgezogen waren. »Wer immer den Mord begangen hat, wird sich ganz sicher nicht mehr dort aufhalten. Die Tat liegt ja schon fast eine Stunde zurück.«

»Wir sollten morgen früh die Anwohner befragen.« Pankok hatte sich etwas von Engelkes offener Antwort erholt und schob den Bauch vor. »Vielleicht hat jemand eine Beobachtung gemacht...«

»Ja, vielleicht.« Kellinghusen fuhr sich mit dem Zeigefinger über die lange Nase. »Aber es würde uns sicher weiter bringen, wenn wir den Grund für den Mord wüßten.«

»Wie sollten wir denn je erfahren?« sagte Pankok. »Mir fällt dazu absolut nichts ein.«

»Mir auch nicht«, sagte Martens. »Dieser Mord wird wohl nie aufgeklärt werden – wie so viele andere. Und der Mörder wird ungestraft davonkommen, weil es keine Zeugen gibt.«

Kellinghusen schien nicht auf die entmutigenden Bemerkungen seiner Amtsbrüder geachtet zu haben. »Jedenfalls muß Jürgen Burmeester den dringenden Wunsch gehabt haben, gerade dieses Haus zu erreichen«, sinnierte er. »Wenn er nur einfach um Hilfe bitten wollte, dann hätte er sich so weit nicht quälen müssen. Denn das Haus direkt an der Schusterbrücke gehört seinem Schwager.« Er drehte sich zu Godert van Damme um. »Habt Ihr nicht eine Idee, weswegen er ausgerechnet zu Euch gekommen ist?«

Godert van Damme schüttelte verneinend den Kopf. »Jürgen Burmeester hat mir wohl noch irgendwas sagen wollen«, murmelte er nachdenklich, »aber die Worte... sie ergaben keinen rechten Sinn. Ich nehme an, es ging ihm nur um seine Familie, die er versorgt wissen wollte.«

»Woraus schließt Ihr das?«

»›Alle zusammen sind es sechs.‹ Das waren seine letzten Worte. Damit hat er wohl die Menschen in seinem Haushalt gemeint.«

»Er sagte euch: ›Verrat‹«, mischte sich Engelke von neuem ein, »und dann noch: ›keinen mit-‹. Danach ist er gestorben – mitten im Wort.«

»So.« Kellinghusen warf Engelke einen aufmerksamen Blick zu. »Ihr habt also jedes seiner letzten Worte behalten. Nun –«, er nickte wie in Zustimmung zu seinen eigenen Gedanken, »mit Verrat wird er das gemeint haben, was ihn das Leben gekostet hat – was immer es war. Und das letzte, abgerissene Wort wird man wohl nie vervollständigen können.«

»So ist es«, meinte Pankok und maß Engelke hochmütig, »Eure genaue Beobachtung bringt uns keinen Zoll weiter, Fräulein Engelke. Nebenbei gesagt – diese Untersuchung solltet Ihr doch lieber Männern überlassen.«

»Das finden wir auch«, sagte Tante Gesine, die sich bis jetzt neben ihrer Schwester schweigend im Hintergrund gehalten hatte, »schon allein, daß du bei Nacht und Nebel auf die Straße bist...«

»Nee aber auch, Engelke«, stimmte Meta ein, »so was tut 'ne anständige Frau nich'!«

Engelke holte tief Luft, um eine ihr passende Antwort zu geben. »Ich –« begann sie. Dann besann sie sich anders. Aller Augen waren auf sie gerichtet. Sie beschloß, den Bogen nicht zu überspannen. »Ich bedaure es sehr, daß ich keinen weiteren Beitrag leisten kann«, führte sie den Satz zu Ende, »denn ich habe so gut wie alles gesagt, was ich weiß.« Sie deutete auf ihr blutbeflecktes Kleid. »Ich bitte, meinen Aufzug zu entschuldigen. Erlaubt, daß ich mich fürs erste zurückziehe und das Gewand wechsle.«

Getreu ihrem Vorsatz, Haltung zu bewahren, wartete sie keine Antwort ab, sondern durchquerte kerzengerade die Diele und ging zur Treppe, die ins Obergeschoß führte. Die Ratsherren folgten ihr mit Blicken – teils befriedigten, teils nachsichtigen Blicken, das spürte Engelke genau. Nur in den Augen des Herrn Kellinghusen entdeckte sie, als sie sich auf der Treppe noch einmal umdrehte, wachsames Interesse. Er schien das, was sie beobachtet hatte, nicht gar so gering zu schätzen und würde sich wohl seine Gedanken dazu machen.

Auch Engelkes Verstand arbeitete unentwegt. Während sie sich an der Tranlampe, die auf der Galerie brannte, ihre Kerze anzündete, in ihrer Kammer das fleckige Kleid auszog und in ihr braunrotes schlüpfte, grübelte sie über den unerklärlichen Mord an Jürgen Burmeester nach. Besonders das Gespräch, das er mit dem Mann im blauen Mantel geführt hatte, fiel ihr wieder ein. Sie rief sich die Einzelheiten noch einmal ins Gedächtnis.

Es war von Schiffen die Rede gewesen. Welche hatte doch Burmeester genannt? Die Sankt Peter, die Swarte Katt und die Nordstern.

Nachdenklich setzte Engelke sich auf ihr Bett. Keiner dieser Namen war ihr ein Begriff – außer der Halfmoond natürlich, die auch genannt worden war.

Bei der Nordstern sei es abgesprochen gewesen, hatte Burmeester gesagt. Was war da abgesprochen worden? Ein unsauberes Geschäft vielleicht?

Das war möglicherweise ein Anhaltspunkt, auch wenn Engelke sich nicht vorstellen konnte, daß Burmeester, der ehrbare Burmeester in eine solche Sache verwickelt war.

Wie auch immer. Ein Posten seiner Ware sollte auf der Halfmoond nach England verschifft werden. Soweit Engelke wußte, handelte es sich dabei um Wachs und Leinwand, in Fässer verpackt. Dreißig Tonnen insgesamt, versiegelt und mit Burmeesters Marke versehen. Das wertvolle Handelsgut befand sich bereits zusammen mit den Waren des Hauses van Damme im Lager an der Deichstraße. Morgen, wenn die Halfmoond für ihre Jungfernfahrt letzte Ladung aufnahm, sollte es an Bord geschafft werden.

Engelke schüttelte den Kopf. Was war ungewöhnlich daran, Waren auf einem fremden Schiff transportieren zu lassen? Für mittlere und kleine Fernkaufleute war es das übliche, und zu den mittleren hatte Burmeester gehört. Wie konnte das krumme Geschäft aussehen?

Burmeester hatte sich dem Blaumantel gegenüber geweigert, noch länger mitzumachen. Er könne damit nicht mehr leben, hatte er wörtlich gesagt, das Spiel sei für ihn aus. Was für ein Spiel?

Engelke fröstelte plötzlich. Die weiß gekälkten Wände ihrer kleinen Kammer schienen Kälte auszustrahlen. Eine Überzeugung stellte sich bei ihr ein – die Überzeugung, daß sie Jürgen Burmeesters Mörder bereits kannte. Ihr Blick wanderte zu dem silbernen Verschlußhaken, den sie bei der Schusterbrücke gefunden hatte und der jetzt auf ihrer Truhe lag. Das Motiv für den Mord würde sie kennen, sobald sie das Spiel durchschaute, von dem in dem Streitgespräch zwischen Burmeester und dem Blaumantel die Rede gewesen war.

Sie stand auf. Sollte sie Herrn Kellinghusen von diesem Gespräch berichten? Einiges sprach dafür. Ganz gezielt konnte dann nach dem Mann im blauen Mantel gefahndet werden, der höchstwahrscheinlich Burmeesters Leben ein Ende gesetzt oder zumindest den Mord veranlaßt hatte. Aber was war, wenn Kellinghusen Beweise verlangte? Alles, was Engelke zu bieten hatte, war ein vager Verdacht. Und das peinliche Geständnis, das sie vor Kellinghusen würde ablegen müssen: heimlich hinter der Tür gestanden und etwas abgehört zu haben, das nicht für ihre Ohren bestimmt gewesen war. Schon jetzt konnte sie Gesine und Meta lästern hören: »Pfui, so was tut eine Frau aus guter Familie nicht!«

Nein. Engelke öffnete die Tür zur Galerie und blies die Kerze aus. Sie würde nichts von dem, was sie vermutete, weitergeben. Das war zu riskant, weil es wahrscheinlich nichts bewirkte, sondern nur ihrem Ruf schadete. Sie würde allein weiterforschen und mehr handfeste Informationen sammeln, bevor sie sich dem Rat anvertraute.

Überm Arm das gute Kleid, dessen Blutflecken sie in der Küche mit kaltem Wasser auswaschen wollte, stieg sie die Wendeltreppe wieder hinunter. Burmeesters Leiche war inzwischen aus dem Haus getragen worden. Auch die Ratsherren und der Nachtwächter waren gegangen. Ohm Godert hatte wohl die Leichenträger begleitet, um Burmeesters Witwe die Nachricht vom Tod ihres Mannes so schonend wie möglich beizubringen und sie seiner Hilfe zu versichern. In der Diele hielten sich nur noch Anneke, die Tanten, Evert der Ältere und die Herren Vekkinghusen auf.

Sie saßen in gedrückter Stimmung an der Tafel. Appetit

hatte niemand mehr – und das war ja auch kein Wunder. Eine Unterhaltung schien ebenfalls nicht mehr in Gang gekommen zu sein; aber wie konnte man das an einem solchen Abend erwarten?

Engelke brachte das Gewand in die Küche und bat Mette, die dort mit Wiebke und Katrien am Herd hockte, es einzuweichen. »Sieh mal zu, daß du es sauberkriegst«, sagte sie, »ich würde mich doch sehr ärgern, wenn es verdorben wäre.«

Mette nickte und erhob sich. »Is gut, Fröl'n Engelke«, gab sie leise zurück, »ich tu' mein Bestes. Wär' wirklich schade um das Kleid.«

»Und du, Katrien«, fuhr Engelke fort, »du kannst in der Diele abräumen. Da ißt keiner mehr was. Allen hat's den Appetit verschlagen, auch mir.«

»Mir nich'«, sagte Katrien, »können wir uns die Reste teilen?«

Engelke fand ihren unverschämten Blick abstoßend. Sie gab keine Antwort. Statt dessen sprach Wiebke: »Wieso fragst du so was? Es war doch immer so, daß die Dienstboten kriegen, was überbleibt! Aber meinen Anteil kannst du haben, du Kröte! Wenn ich überhaupt noch was hätte essen können an diesem traurigen Abend, dann wäre mir spätestens jetzt bei deiner Herzlosigkeit der Hunger vergangen!«

Mette sagte nichts. Sie warf Katrien nur einen verächtlichen Blick zu. Dann füllte sie schweigend einen Kübel mit Wasser aus der Bütte, um das Kleid auszuwaschen.

Engelke war bereits auf dem Sprung zurück zu ihren Gästen. An der Tür drehte sie sich noch einmal um. »Wenn abgedeckt ist«, befahl sie Katrien mit klirrender Stimme, »dann bringst du eine Kanne von dem guten Roten an den Tisch – dem Wein, der für die morgige Verlobungsfeier gedacht war. Und die Reste werden zuerst den Kindern hingestellt – verstanden? Wenn am

Ende was für dich übrigbleibt, dann kannst auch du zugreifen.« Damit verließ sie die Küche.

Evert der Ältere und Hans Veckinghusen waren Engelke regelrecht dankbar dafür gewesen, als sie sich wieder zu ihnen an den Tisch gesetzt hatte. Die Tanten hatten sich gleichzeitig unter dem Vorwand ›seelischer Erschöpfung‹ in Annekes Kammer zurückgezogen, um sich ›von dem erlittenen Schrecken zu erholen‹. In Wirklichkeit hatten die beiden alten Weiber sich gelangweilt, das war Engelke klar. Sie hatten genau gewußt, daß die Stimmung bei Tisch sich an diesem Abend nicht mehr bessern konnte, und wollten sich davor drücken, den Gästen einfach nur Gesellschaft zu leisten.

Um so besser, hatte Engelke im stillen gedacht. Und es war auch wirklich einfacher gewesen, die Zeit bis zur Rückkehr des Hausherrn ohne Gesine und Meta zu überbrücken. Man hatte einen Becher von dem guten Wein getrunken – denn das große Festmahl, für das er vorgesehen war, würde sicher unter den gegebenen Umständen verschoben werden –, und man hatte allmählich die Sprache wiedergefunden, auch wenn eine fröhliche Plauderei nicht mehr möglich war. Als Godert van Damme, begleitet von Karl und Bartel, die Diele wieder betrat, hatte Engelke es fertiggebracht, eine entspannte, ruhige Atmosphäre zu schaffen, in der man sich, wenn nicht heiter, so doch wenigstens gelassen fühlen konnte. Mit Beherrschung und Feingefühl und der Unterstützung des Altherrn, ihres Großvaters, war es ihr gelungen, die Gäste ein wenig von dem schrecklichen Ereignis dieses Abends abzubringen und das Gespräch auf angenehmere Themen zu lenken.

Man würde Annekes und Konrads Verlobung lediglich bekanntgeben; das beschloß man mit Godert van Dammes Zustimmung. Die bereits eingekauften Vorräte für das Festmahl sollten an Arme verteilt werden – so wollten es

Anneke und ihr zukünftiger Ehepartner. Später, nach Ablauf einer gewissen Trauerfrist, würde es einen Ball geben – zur Entschädigung für die ausgefallene Verlobungsfeier.

Mit diesen doch nicht ganz so traurigen Gedanken gingen alle bald darauf zur Ruhe. Hans und Konrad Veckinghusen bezogen das Quartier in der Stube, Karl und Bartel trugen den Altherrn nach oben in die Kammer der Tanten, wo er für die Dauer des Besuchs mit seinem Sohn nächtigen würde. Und Engelke richtete sich in ihrer engen Schlafkammer, so gut es ging, mit ihrem Bäschen ein.

Anneke war viel zu aufgeregt, um gleich schlafen zu können. Sie mußte erst noch ein bißchen beruhigt werden. So, wie sie stocksteif und noch völlig angekleidet auf der Bettkante saß, hatte sie mit ihren vierzehn Jahren weder das Freudige noch das Erschreckende dieses Abends wirklich verkraftet.

»Nun«, fragte Engelke, »was hältst du von ihm?«

Anneke hob den Kopf und schaute Engelke mit träumerischen Augen an. »Ich liebe meinen Vater«, flüsterte sie, »du ahnst ja nicht, wie ich ihn liebe!«

»Ich hatte eigentlich wissen wollen, wie dir Konrad Veckinghusen gefällt«, gab Engelke mit gespielt ernster Miene zurück.

»Wie er mir gefällt...?« Anneke stieß einen leisen Seufzer aus. »Er ist wunderbar... und so klug! Du ahnst ja nicht, was er alles weiß! Ihn liebe ich auch.« Ihr Blick wurde plötzlich beschwörend. »Aber sag es ihm nicht weiter, Engelke! Er soll es selbst merken...«

»Ich glaube, das hat er schon«, lächelte Engelke. Es war kaum zu übersehen gewesen, daß die beiden Kindsköpfe Hals über Kopf ineinander verschossen waren.

»Meinst du?« Anneke schüttelte sich in ihrer Aufregung. »Ob er mich wohl auch liebt?«

»Ich habe den begründeten Verdacht, daß das so ist«, gab Engelke zurück.

»O – er ist wunderbar!«

»Das sagtest du schon. Und einer offiziellen Verlobung steht demnach nichts mehr im Wege?« Engelke hatte Mühe, ihre Belustigung im Zaum zu halten.

»O nein!« Anneke schüttelte sich noch einmal. »Ich liebe meinen Vater dafür, daß er mir Konrad ausgesucht hat... und dich liebe ich auch, Engelke!« Sie stand vom Bett auf, kam zu ihrer Base herüber und nahm sie wild in die Arme. »Ich liebe die ganze Welt! Das Leben ist so herrlich!«

»Manchmal«, sagte Engelke.

Anneke ließ sie los, runzelte die schmalen Augenbrauen. »Ich bin so schrecklich froh«, flüsterte sie, »dafür müßte ich mich eigentlich schämen, wo doch Herr Burmeester –«

»Psst«, unterbrach Engelke und legte ihrem Bäşchen den Finger auf die Lippen. »Das eine hat mir dem anderen nichts zu tun. Es ist dein gutes Recht, dich zu freuen, trotz des schrecklichen Todesfalls. Sicher – eine laute Feier wäre jetzt fehl am Platz. Aber glücklich sein darfst du.«

Diese erlösende Antwort brachte Engelke eine weitere, kindlich-wilde Umarmung ein. Gleichzeitig hatte sie damit einen Redeschwall ausgelöst. Anneke schilderte ihr, während sie sich endlich auskleidete und die Haare flocht, in schillernden Farben die Vorzüge ihres Zukünftigen – wie gut er aussähe, wie gebildet und wohlerzogen, wie rücksichtsvoll und sanft er sei, aber dabei doch so männlich... Kurz – Konrad Veckinghusen kam in Annekes Augen gleich nach dem lieben Gott. »Ich werde ihn heilig halten«, beendete sie denn auch ihren Ausbruch, als sie endlich neben Engelke im Bett lag.

Engelke löschte die Kerze. »Wenn ich du wäre«, sagte sie, »dann würde ich erst mal –«

»Was?« unterbrach Anneke.

Engelke beschloß, das Kind noch nicht auf den Boden der Tatsachen herunterzuholen, wie sie es vorgehabt hatte. Die Wirklichkeit würde schnell genug zurückkehren. »Ich würde davon träumen, was ich morgen mit ihm unternehmen werde«, sagte sie sanft.

»Ja«, hauchte Anneke, »das hatte ich vor. Ob er wohl auch von mir träumt?«

»Bestimmt«, sagte Engelke.

Mit dieser süßen Gewißheit schlummerte die Kleine ein. Engelke dagegen fand noch keinen Schlaf. Sie lauschte den ruhigen Atemzügen ihres Bäschens; aber daran, daß ihr Ohm Godert in der Auswahl eines Mannes für seine Tochter eine so überaus glückliche Hand gehabt hatte, verschwendete sie keinen Gedanken. Das Geheimnis um den Mord an Jürgen Burmeester beschäftigte sie viel mehr und ließ sie nicht zur Ruhe kommen. Ungelöste Rätsel, ungelöste Rechenaufgaben waren ihr schon immer ein Greuel gewesen.

5

Das Frühstück war eingenommen; Godert van Damme war mit Tochter und Gästen zu einem Spaziergang in die Stadt aufgebrochen, denn das Wetter zeigte sich heute von der schönsten Seite. Alle Regenwolken hatten sich verzogen, die Sonne strahlte von einem seidig-blauen Aprilhimmel. Es versprach ein herrlicher Frühlingstag zu werden, an dem man nicht in der Dämmerung des geschlossenen Hauses sitzen mochte.

Engelke hatte zwar die Einladung bekommen, an dem müßigen Rundgang teilzunehmen, aber sie hatte abgelehnt. Heute spazierenzugehen – das paßte nicht in ihre eigenen Pläne.

Sie teilte dem Gesinde die Arbeiten für den heutigen Tag zu und hielt dann Katrien in der Küche zurück. »Du gehst zum Heilig-Geist-Haus«, befahl sie der Magd und deutete auf den Korb mit den Bratenstücken, die für das Festmahl eingekauft worden waren. »Da gibst du dieses Fleisch ab – mit den Empfehlungen des Hauses van Damme. Halte dich nicht auf und komm auf dem schnellsten Weg zurück. Hier wartet viel Arbeit auf dich, das weißt du ja.«

Katrien nickte, mürrisch wie immer. »So 'ne Vergeudung«, knurrte sie, »es is' 'ne Schande, daß die dreckigen, räudigen Bettler all das schöne Zeug kriegen sollen! Keiner kommt auf die Idee, daß wir auch mal gut essen wollen!«

Engelke ärgerte sich. »Du mußt dich ja wohl kaum beklagen«, gab sie kalt zurück, »oder hast du in diesem Haus jemals hungern müssen?«

Katrien gab keine Antwort.

»Erst gestern hast du noch regelrecht geschlemmt, oder?«

»Aber es waren nur die Reste von Eurem Abendessen«, murrte die Magd. »Und wenn die Herrschaften mehr Appetit gehabt hätten, dann –«

»Du hattest reichlich – stimmt's?« unterbrach Engelke zornig, »und du kriegst eigentlich immer reichlich. Wieso gönnst du dann nicht solchen, die fast nie genug haben, eine einzige gute Mahlzeit? Manche von denen im Heilig-Geist-Haus haben noch nie Fleisch gegessen – im Gegensatz zu dir!«

»Gott wird schon wissen, warum er manche zu Bettlern macht, und manche nich'«, gab Katrien verstockt zurück, »und ich finde, wenn man Gott dermaßen in's Handwerk pfuscht –«

»Nimm den Korb – und dann raus!« Engelke hatte Mühe, nicht zu schreien. »Und komm mir heute nicht mehr in die Quere, du Kröte!«

Katrien wuchtete den Korb hoch und schleppte ihn aus der Tür. »Mach' ich gern, Fröl'n Engelke«, erwiderte sie patzig und mit einem böswilligen Glitzern in den Augen, während sie sich verdrückte.

Ein klärendes, grundsätzliches Gespräch mit Katrien wurde immer dringender, das fühlte Engelke. Wenn sich nichts änderte, wenn Katrien so weitermachte, dann würde sie mit ihrem bösen Mund und ihrer widrigen Einstellung die Stimmung unter dem Gesinde bald völlig vergiftet haben. Noch herrschte Frieden im Haus. Aber man mußte den Anfängen wehren. Ein einziger fauler Apfel konnte schließlich den ganzen Vorrat von Äpfeln verderben...

»Tu es bald, Fröl'n Engelke«, sagte die alte Wiebke, die schweigend die Feuerstelle von Asche gesäubert hatte.

»Was denn, Wiebke?«

»Du weißt schon, was ich meine, Fröl'n Engelke.« Die blaßblauen Augen der Greisin blickten ruhig und gelassen. »Ein fauler Apfel verdirbt den ganzen Vorrat.«

Noch bis zu dem Moment, als Engelke würdig gekleidet aus dem Haus ging, mußte sie über Wiebkes Worte nachdenken. Daß die alte Kinderfrau hin und wieder Gedanken lesen konnte, war ihr ja nichts Neues. Aber es verblüffte und überraschte sie noch immer. Und manchmal war Wiebkes Hellsichtigkeit beunruhigend – so wie heute.

Engelke wandte sich nach links und ging die Reichenstraße hinunter. Sie ließ die Rolandsbrücke, auf deren Mitte die steinerne Säule mit dem Ritter Roland, dem Symbol der freien Handelsstadt, ihren Platz hatte, rechts liegen und passierte auch die nächste Brücke, die mit den Ständen und Buden der Schreiber besetzt war und auf deren gegenüberliegenden Seite linkerhand die Straße der Brodschrangen in die Reichenstraße mündete. Es duftete aus den vielen Verkaufsläden der Bäcker.

Engelke atmete den Geruch nach frischem Brot tief ein. Sie liebte es, hier entlang zu gehen. Aber heute hielt sie sich nicht auf. Sie ging geradeaus weiter zum Neß, der Spitze der Reichenstraßeninsel. Rechts führte hier eine schmale, hölzerne Laufbrücke über das Fleet zur neuen Bäckerstraße hinüber; ein paar Schritte weiter kamen Rathaus und Gericht. Zwischen diesen beiden Gebäuden spannte sich die Trostbrücke über die Alster nach Sankt Nicolai.

Diese Brücke war für Engelke die interessanteste in der ganzen Stadt. Denn auf ihr und neben ihr standen die Bänke der Geldwechsler. Hier, im Reich der Zähl- und Rechentafeln, der klappernden und klingenden Münzen, der Prüfsteine und Goldwaagen konnte man als Interessent erfahren, zu welchem Kurs jetzt die Lübische Mark, der Schilling, das Pfund Easterling, der Kölnische Silbergroschen gehandelt wurden, und es war immer wieder spannend zu beobachten, wie die fremden Währungen, die Silbermünzen aus aller Herren Länder eingeschätzt, geprüft, gewechselt wurden.

Engelke kannte natürlich die meisten der Bank-Inhaber,

die hier ihren Schnitt zu machen suchten, und nickte ihnen im Vorübergehen freundlich zu. Aber auch in der Welt der Wechsler konnte sie sich diesmal nicht aufhalten, so gern sie mit dem einen oder anderen Geldhändler ein fachkundiges Schwätzchen gehalten hätte. Was sie vorhatte, duldete keinen Aufschub. Sie wollte möglichst schnell im Haus Burmeester sein und möglichst ungestört ein paar Worte mit der Witwe reden, bevor der einsetzende Strom der Kondolenzbesucher ein ruhiges Gespräch unmöglich machte.

Schleunigst ließ sie das Gewimmel der mehr oder weniger gut gekleideten Wechslerkunden auf der Trostbrücke hinter sich, gab den zwei blinden Bettlerinnen, die am anderen Ende ihren Stammplatz hatten, wie immer etwas Kleingeld und bog auf die Straße ein, die sich in einem halbkreisförmigen Bogen um die Nicolaikirche herumzog. Hier, auf der Neuen Burg, lag das Burmeestersche Anwesen, ein stattliches Fachwerkgebäude mit einem Giebel aus Ziegelstein.

Engelke wurde sofort eingelassen. Die Diele dieses Kaufmannshauses war lange nicht so groß und so teuer eingerichtet wie die im Haus ihres Onkels in der Reichenstraße. Hier hing kein glänzender flandrischer Leuchter von der Decke, und die Wände waren auch nicht getäfelt, sondern nur weiß gekälkt. Der Raum wirkte insgesamt sehr viel bescheidener. Aber auch hier war ein gewisser Wohlstand augenfällig – erkennbar an den beiden silbernen Humpen, die in der offenen Küche ein schlichtes Wandbort zierten.

Jürgen Burmeester lag aufgebahrt in der Mitte der Diele. Seine Witwe Gertrude, eine kleine, füllige Frau um die Dreißig, kam aus der Stube, die auch hier rechts neben der Diele lag, und begrüßte Engelke mit rotgeweinten Augen.

Engelke drückte ihr die Hände. »Ich komme, um Euch mein herzliches Mitgefühl auszusprechen, ehe die andern über Euch herfallen, Trude«, sagte sie, »aber ich wollte Euch auch etwas fragen.«

Trude bemühte sich um Haltung. »Ich weiß nicht, wo mir der Kopf steht«, sagte sie mit tränenerstickter Stimme, »Burmeester hat mich und die Kinder vollkommen ratlos zurückgelassen!«

»Das kann ich mir denken. Seine Angelegenheiten hat er bestimmt nicht geregelt. Wie könnte er auch?«

»Ach, Engelke! Ich wünschte, ich hätte so viel Ahnung vom Geschäft wie Ihr! Jetzt, in diesem Durcheinander, könnte ich's brauchen...« Trude Burmeester schluchzte auf und lud ihren Besuch gleichzeitig in die Stube ein. »Es ist gutes Bier im Haus. Darf ich Euch einen Schluck anbieten?«

Das lehnte Engelke ab. »Nein, Trude, aber ich biete Euch Hilfe bei der Ordnung Eures Geschäfts an, sobald der ganze Trubel vorbei ist. Sagt... was das Geld betrifft, da habt Ihr doch im Augenblick keine Sorgen?«

»Nein, nein.« Die Witwe schluchzte von neuem. »Wir waren gerade so schön wieder auf die Beine gekommen seit damals... Und jetzt läßt Burmeester mich einfach allein!«

»Wir sind alle erschüttert«, sagte Engelke sanft, »aber Eurem Mann dürft Ihr wirklich nicht die Schuld geben, Trude.« Sie stellte ihre Frage. »Kennt Ihr eigentlich die Kaufleute, mit denen Burmeester Geschäfte gemacht hat – zum Beispiel einen Mann mit kräftigen weißen Zähnen und dunklem Haar, der einen auffälligen blauen Mantel trägt?«

Die Witwe legte den Kopf in den Nacken und sah Engelke verständnislos von unten herauf an. »Ja, sicher kenne ich Burmeesters Geschäftsfreunde«, sagte sie langsam, »aber darunter ist keiner, der so aussieht, wie Ihr ihn beschreibt, Engelke.«

»Wirklich nicht? Denkt genau nach, Trude. Denn der Kerl im blauen Mantel war gestern mit Eurem Mann zusammen, und er kam mir verdächtig vor.«

Trude Burmeester schlug die Hände vor den Mund. Aber gleichzeitig schüttelte sie verneinend den Kopf. »Ich habe keine Ahnung, wer das sein könnte...«

Sie sagte die Wahrheit – das war offensichtlich. Von ihr würde Engelke keine Auskunft über den geheimnisvollen Blaumantel bekommen. Und Trude Burmeester hatte außerdem auch keinen Überblick über die Geschäfte ihres Mannes – das war ebenfalls klar. Engelke mußte also an anderer Stelle weiterforschen. Sie drückte der kleinen, rundlichen Frau noch einmal freundschaftlich die Hand. »Ganz gleich, wie es weitergeht«, sagte sie zum Abschied, »auf meine Hilfe dürft Ihr Euch verlassen.«

Diese Worte hatten die Witwe ein wenig beruhigt. Aber sie hatte das Versprechen natürlich enger ausgelegt, als Engelke es gemeint hatte. Engelke war inzwischen fest entschlossen, den Mord aufzuklären, und dachte erst in zweiter Linie an die Hilfe bei der Geschäftsführung, die sie Trude Burmeester zugesagt hatte.

Auf dem Heimweg grübelte sie darüber nach, was sie jetzt tun konnte. Als sie fast die Trostbrücke erreicht hatte, schlug die Glocke vom spitzen Turm der Nicolaikirche die halbe Stunde. Engelke blieb stehen. Der Fetzen einer Erinnerung kam ihr in den Sinn. Hatte der Blaumantel nicht gesagt, er wolle sich heute früh um neun mit anderen im Badehaus in der Bäckerstraße treffen und etwas bereden? Ja, natürlich! Und es sollte um die Unternehmung gehen, an der Burmeester nicht mehr hatte teilhaben wollen.

Engelke setzte eilig ihren Weg fort. Das einzige Badehaus in der Bäckerstraße gehörte Erik Holm. Sie würde Holm nach dem Blaumantel fragen – ihn vielleicht sogar bitten, den geheimnisvollen Unbekannten zu beobachten, falls er sich tatsächlich heute zum Treffen mit anderen dort eingestellt hatte. Obwohl sich dieses Treffen vielleicht erübrigte, da ja einer der Teilnehmer – möglicherweise der wichtigste – inzwischen tot war.

Der Betrieb auf der Trostbrücke hatte zugenommen.

Engelke schob sich schnell durch die Trauben von Bankkunden, die Kaufleute, Händler und Höker in ihren langen Mänteln, die je nach Wohlstand des Besitzers aus grauer, grober Wolle oder aus farbigem, glänzendem Wolltuch gemacht waren, und hastete voran.

Auf dem kleinen Platz vor dem Rathaus, dessen schlichte Ziegelfassade mit ihrem Scheingeschoß aus Rundbögen rostrot im Sonnenschein leuchtete, stand eine kleine Gruppen von Ratsherren. Unter ihnen entdeckte Engelke ihren Onkel mit Anneke und den Gästen. Sie zog den Kopf ein und mischte sich unter den Trupp Lateinschüler, die in schlichten, bodenlangen Kutten eilig vorbeistapften und offenbar der Domschule zustrebten. Das war die Richtung, die auch Engelke nehmen mußte. Die schwarzgekleideten Halbwüchsigen kamen ihr gerade recht; sie boten willkommene Deckung. Engelke hatte keine Lust, jetzt von Ohm Godert gesehen und herübergerufen werden.

Das nächsten Gedränge hatte sie auf der Schreiberbrücke zu durchqueren. Dicht an dicht reihten sich hier Tische, an denen Briefe, Dokumente, Schriftstücke aller Art für Kunden angefertigt wurden, die der Kunst des Schreibens nicht mächtig waren. Keiner der hier arbeitenden Schreiber brauchte sich über mangelnden Zulauf zu beklagen. Wie immer waren die Tische von Kunden umlagert, und einer hatte es noch eiliger als der andere. Die Kundschaft bestand meist aus einfachen Leuten – Handwerkern, Hökern, Menschen, die irgendein bescheidenes Gewerbe trieben. Nur hier und da konnte man in den Trauben der Wartenden einen reicheren Bürger ausmachen, der vielleicht eine Urkunde in Schönschrift bestellen wollte, und der sich in seiner feinen, teuren Kleidung von den Handwerksleuten abhob wie ein Goldfasan von Rebhühnern.

Engelke machte, daß sie weiterkam. Am Ende der Schreiberbrücke bog sie nach rechts in die Hökerstraße ab, die am Einbeckschen Haus vorbeiführte und in die alte Bäckerstraße mündete.

Die Hökerstraße wurde seit einiger Zeit auch Garbraderstraße genannt. Das lag daran, daß sich mehr und mehr kleine Garküchen hier angesiedelt hatten. Sie umrahmten von beiden Seiten das Einbecksche Haus, den Weinkeller des Rats – ein schlichtes Giebelhaus aus Backstein, das in alten Zeiten einmal Rathaus gewesen war.

Diese Zeiten lagen lange zurück. Schon weit vor dem Großen Sterben hatte das bescheidene Gebäude mit der unscheinbaren Laube nicht mehr genug Raum geboten, um eine große Stadt wie Hamburg zu regieren. Immerhin lebten jetzt fast sechstausend Bürger hier. Dazu kamen noch die Mägde und Knechte, die kleinen Leute, die nicht Bürger waren, die Mönche und Nonnen, die Bettler. Da hatte der Rat in ein neues, geräumigeres Haus umziehen müssen – einfach, um den gestiegenen Anforderungen gerecht werden zu können.

Als Ratskeller tat das alte Gebäude jedenfalls noch gute Dienste. Im Saal und im Keller mit seinem Kreuzrippengewölbe hielt man sich recht angenehm und gemütlich auf. Seinen Namen ›Einbecksches Haus‹ hatte der Ratskeller von dem guten Bier aus Einbeck, das hier neben erstklassigen Weinen ausgeschenkt wurde.

Engelke beschleunigte ihre Schritte. Sie überquerte die Pelzerstraße, die linkerhand auf das Ende der Hökerstraße traf, warf einen kurzen Seitenblick auf die Rolandsbrücke, die von hier aus über das blanke Wasser des Fleets zur Reichenstraße hinüberführte, ließ dann die Brücke rechts liegen und marschierte geradeaus weiter in die alte Bäckerstraße.

Holms Badestube lag am anderen Ende der Straße, kurz vor dem Fischmarkt, in einem uralten, aber gepflegten Fachwerkhaus, von denen es in diesem Bezirk der Stadt noch viele gab. Das Gebäude machte mit seinen dunkel glänzenden Balken und den strahlend weißen Gefachen einen sauberen, adretten Eindruck. Es hatte zwei Stockwerke; die obersten vier Stuben bewohnte, soweit Engelke wußte, Holm mit seiner Familie und dem alten Großvater. Das gesamte Erdgeschoß wurde von der Badestube eingenommen.

Engelke trat in den Windfang, einen kahlen kleinen Raum, hinter dem, durch Vorhänge abgetrennt, die Diele mit den Badezubern lag. Von dort her erklang leise Musik. Zwei Gamben und zwei Flöten spielten beliebte Melodien.

Engelke klatschte in die Hände. Als niemand erschien, läutete sie das Messingglöckchen, das neben dem Vorhang zur Badestube an der Wand hing. Nun waren Schritte zu hören. Gleich darauf tauchte der Besitzer des Hauses auf – Erik Holm persönlich.

Der lange Däne trug heute erbsengrüne Beinkleider und ein Hemd aus blauem Musselin, darüber einen weißleinenen, ärmellosen Kittel. Seine Überraschung, Engelke hier zu sehen, zeigte sich nur für einen Wimpernschlag in seinem langen Pferdegesicht. Dann überzog ein strahlendes Lächeln seine hageren Züge. »Fräulein Engelke – welsse Freude! Was führt Euss hier? Habe iss Herrn Godert ssu balbieren?«

Engelke erwiderte das Lächeln, teils aus ehrlicher Sympathie, teils belustigt über Holms Akzent. »Nein, nein«, gab sie zurück, »ich möchte Euch nicht aus Eurem Badehaus abrufen. Deshalb komme ich nicht.«

»Das is gut. Sso ssehr viel Arbeit, die heutige Tag. Und noch hat es nicht einmal angefangen.« Er wiederholte sein Lächeln. Dann wechselte sein Gesichtsausdruck. Seine Miene zeigte gespannte Aufmerksamkeit. »Aber was führt Euss dann in mein Badesstube? Wie kann iss Euss dienen?«

Engelke räusperte sich. Sie wußte genau: In Erik Holm hatte sie einen absolut vertrauenswürdigen und ehrenwerten Mann vor sich. Dennoch fiel es ihr schwer, unbefangen mit ihrem Anliegen herauszurücken. Sie brauchte einen langen Atemzug, um den Mut dazu aufzubringen. »Ich bin hier, um Euch nach einem ganz bestimmten Mann zu fragen, Holm. Nicht, daß Ihr mich falsch versteht...«

»Ein ganss bes-timmte Mann?« Der Bader verzog keine Miene. »Was für ein Mann ssollte das ssein, daß ein Fräulein Engelke Geerts nach ihm fragt? Wohl ein berühmte Mann vielleisst?«

Sein scheinbar unbeteiligtes Gesicht, das weder Neugier noch Verwunderung verriet, gab ihr die Gelassenheit zurück. »Nein – ganz im Gegenteil«, antwortete sie, jetzt wieder unbefangen, »es handelt sich um einen Menschen, den ich gar nicht kenne. Er trägt einen auffälligen blauen Tuchmantel, hat dunkles Haar und dunkle Augen und sehr weiße Zähne. Er dürfte um die dreißig Jahre alt sein, und er wollte sich heute um neun in Eurem Badehaus mit anderen Männern treffen.«

Holm besann sich keinen Augenblick. »Ein ssolche Menss war bis jetss noch nisst hier«, sagte er und ließ nun doch bei all seinem diskreten Zartgefühl ein wenig Neugier durchschimmern. »Wenn Ihr ihn gar nisst kennt, Fräulein Engelke – wie könnt Ihr wissen, daß er hier wollte kommen? Und was habt Ihr mit ein ssolche Mann ssu ssaffen? Iss weiß – es geht miss gar nissts an, aber...«

Engelke war enttäuscht. Holm war dem Blaumantel ganz augenscheinlich noch nie begegnet. Dennoch, auch wenn er keine Auskunft geben konnte, sollte er eine Erklärung dafür bekommen, warum sie gefragt hatte – schon, um falsche Gedankengänge auszuschließen. »Holm«, sagte sie, »diesen Mann habe ich mit Jürgen Burmeester gesehen. Die beiden unterhielten – nein, sie stritten sich. Das war gestern, bevor Burmeester ermordet wurde.«

Holms Augen waren ganz groß geworden. »Herr Burmeester – ermordet? Und sson gesstern, ssagt Ihr?«

»Ja. Erstochen. Er hat sich noch bis zu unserem Haus geschleppt. Da ist er gestorben.«

»Fursstbar...« Holm schien ehrlich entsetzt. »Und diesse Mann im blaue Mantel...?«

Engelke nickte, Holms Frage vorweg beantwortend. »Es könnte der Mörder sein.«

»Heilige Gott!« flüsterte der Bader. »Nein – die Mann is bes-timmt nisst hier gekommen. Ssonst müßte man den Rat informieren...«

»Welche anderen Männer haben denn heute schon Euer Haus besucht?« fragte Engelke auf Verdacht.

»Gar keine. Nur einige Frauen... Ssie ssitssen noch im Bad.« Erik Holm schob den verhüllenden Vorhang ein Stückchen beiseite, so daß Engelke einen kurzen Blick in die Badestube tun konnte.

Zu beiden Seiten der geräumigen Diele waren mit dikken roten Vorhängen kleine Nischen abgeteilt, in denen gewaltige hölzerne Zuber standen. Die meisten dieser Nischen waren unbesetzt. Nur bei zweien von ihnen waren auch die vorderen Vorhänge zugezogen. Da wurde offenbar gebadet. An der Stirnwand des dämmrigen Raumes brannte in einem offenen Kamin ein kleines Feuer. Davor saßen auf Schemeln die vier Musikanten, die Engelke hatte spielen hören. Eine junge, hübsch aber sittsam gekleidete Magd faltete Leintücher.

»Sseht Ihr«, fügte Holm hinzu, »die meisten wollen erst sspäter ein Bad nehmen oder ssich ssröpfen und balbieren lassen. Ihr wisst ja sselbst – man badet, man sspeist im Ssuber, man lausst auf die ssöne Musike, man läßt ssich Sseit...«

»Ja, sicher.« Engelkes Enttäuschung wuchs. »War denn überhaupt noch kein Mann da?«

Holm schüttelte den Kopf. Er zeigte sein kleinstes Lächeln. »Nur einer, der nisst in mein Badestube passt«, sagte er in halb scherzendem Tod. »Es war sso ein sstruppige, sserlumpte Kerl, die sstank nach Teer und

Ssweiß...« Er rümpfte die Nase. »Iss hab ihm verwiesen nach die Niedere S-traße. Da ssind Badehäuser mit wandelbare Frauen. Und da paßt die Gesellssaft besser ssu ihm.«

»Ein Seemann?«

»Ja – aber kein gute. Er ist auch ssofort wieder gegangen, als er mein Badestube gesehen hat. Im Vertrauen, Fräulein Engelke –« er senkte seine Stimme, »iss dulde keine Jedermanns-Weiber hier – und auch kein Ehebruch.«

»Ich weiß«, sagte Engelke, »das ist allgemein bekannt. Deshalb braucht sich ja auch keine ehrbare Frau zu schämen, in Euer Haus zu gehen. Holm«, sie dachte einen Moment nach, »wo wir von Seeleuten sprechen – wißt Ihr, was für Schiffe die Sankt Peter und die Swarte Katt sind – wem sie gehören?«

Der Bader zog die Augenbrauen hoch. »O ja – das weiß iss wohl! Es waren neue Schiffe. Die Ssankt Peter war im Besitss von die Herren Johns und Eekboom, ssu gleisse Teilen. Die Swarte Katt gehörte... wartet... Altenhoff und Palholt.«

»Ihr sagt: waren und gehörte. Was hat es damit auf sich? Haben die Schiffe den Besitzer gewechsel?«

»O nein«. Holm schüttelte den Kopf. »Ssie gingen verloren. Johns und Eekboom waren danach fast ruiniert.« Er seufzte. »Die Herren haben damals mit mir von die Katastrophe gessprochen – es war sslimm!«

»Die Schiffe gingen verloren?« Engelke beobachtete aufmerksam Holms Mienenspiel.

»Ssie ssanken in ein swere Ssturm«, gab der Bader zurück, »nisst weit von die Küste.«

»Sind beide Schiffe zur gleichen Zeit untergegangen?«

Erik Holm fuhr sich mit den Fingern durch sein kinnlang gestutztes, sehr gepflegtes blondes Haar. Er schüttelte den Kopf. »Nein. Die Ssankt Peder ssank vor ein Jahr, im März. Die Swarte Katt is im Herbst drauf havariert.«

»Und es wurde niemand gerettet?«

»Niemand. Noch nisst einmal die Ladung. Die war ssehr wertvoll, wißt Ihr. Große Verlust, Fräulein Engelke – für alle die Beteiligte, sso ssie nisst versichert waren.« Das Pferdegesicht des Baders drückte echtes Bedauern aus.

»Wer war denn außer den Eignern noch beteiligt?« forschte Engelke, einer plötzlichen Eingebung folgend. »Vielleicht unter anderen Jürgen Burmeester...?«

Erik Holm zuckte die Achseln. »Mag wohl ssein«, sagte er nachdenklich, »ssusammen mit andere kleinere Kaufherren. Er hat ja immer sseine Ware auf fremde Ssiffe verssickt, sseit der Nordstern –«

»Die Nordstern?« unterbrach Engelke. Das war der Name des dritten Schiffes gewesen, das genannt worden war. »Was war mit der Nordstern?«

»Tja«, Erik Holm kniff die Augen zusammen, »was war mit der Nordstern...« Er sah Engelke offen an. »Herr Burmeester hatte ssie bauen lassen – auf Renten. Ssie ssank vor sswei Jahre. Auch ein großer Verlust. Herr Burmeester hat danach kein Ssiff mehr besessen. Ssu großes Risiko, ssagte er mir einmal.«

Alle drei Schiffe existierten also nicht mehr. Sie waren der Nordsee zum Opfer gefallen, wie so viele andere. Engelke fand nichts Ungewöhnliches daran. Keine Spur von einer Gaunerei oder einem unsauberen Geschäft. Aber irgend etwas mußte es mit diesen Schiffen auf sich haben. Warum sonst war Burmeester, als er sie im Gespräch mit dem Blaumantel erwähnte, so erregt gewesen?

Engelke drängte es plötzlich, von hier fortzukommen und anderswo gründlich über die Angelegenheit nachzusinnen. Die Auskünfte, die sie von Erik Holm hatte, waren unbedingt richtig – darauf konnte sie sich verlassen. Holm war immer und über alles bestens informiert. Nun galt es, diese Auskünfte zu verwerten. Irgendwo steckte in ihnen des Rätsels Lösung. Man mußte sie lediglich finden.

»Da hatte er wohl recht«, sagte Engelke und legte die Hand auf die Türklinke, »das ganze Leben ist ein Risiko. Sein unzeitgemäßer Tod hat es drastisch bewiesen.«

»Ja – fursstbar«, bestätigte Holm, »und dabei hatte er in die letzten Jahre sso ssöne Gewinne gemacht – nach die sslimme Verluste.«

»Ich danke Euch jedenfalls für die Zeit, die Ihr mir gewidmet habt, Holm.« Engelke bedachte den Bader mit einem abschließenden Lächeln. »Es ist immer angenehm, mit Euch zu sprechen – selbst über ein so unangenehmes Thema.«

Holm neigte den Kopf in einer angedeuteten Verbeugung und zeigte ebenfalls sein Pferdelächeln. »Ssu gütig, Fräulein Engelke. Iss werde die Auge offenhalten nach sso ein Mann mit eine blaue Mantel. Kommt er noch, ssoll man Meldung beim Rat machen, ja?«

»Unbedingt, Holm. Nur fürchte ich, er wird nicht mehr auftauchen.«

»Wie auch immer – iss bin Euss jedersseit gern ssu Diensten«, sagte der Bader und hielt Engelke galant die Tür auf. »Empfehlung an Herrn Evert und Herrn Godert, bitte!«

»Natürlich, Holm. Gutes Geschäft.«

Engelke hatte sich nach dem Verlassen der Badestube rechts gehalten. Es wäre ungünstig gewesen, jetzt nach Haus zu gehen; dort hätte sie kaum die ungestörte Ruhe gefunden, die sie jetzt zum Nachdenken brauchte. Wo aber war man am hellen, betriebsamen Vormittag wirklich allein? Der stillste Ort, der Engelke einfiel, war ein Friedhof. Dort hielt sich um diese Zeit kaum jemand auf, abgesehen von dem einen oder anderen Priester.

Sie ließ den Fischmarkt mit seinen Ständen, Krambuden, Marktschreiern und dem Gewimmel der Kunden hinter sich, bog in die Schmiedestraße ein, umrundete die Höfe der Domherren, die in engem Kreis den Mariendom einrahmten. Ein paar Schritte weiter stand im Schutz ihres neuen Turms die Pfarrkirche Sankt Petri, zu deren Gemeinde Engelke gehörte. Dicht neben der Kirche, umgeben von einer Mauer aus Backsteinen, lag der Friedhof, den sie aufsuchen wollte.

Engelke trat durch die kleine eiserne Pforte. Der Gottesacker war, wie sie es erwartet hatte, tatsächlich menschenleer. Dicht an dicht reihten sich die flachen, grasbewachsenen Grabhügel im Sonnenschein; nur verschwindend wenige verrieten durch einen Gedenkstein, wer darunter ruhte. Lediglich sehr Reiche und natürlich die adligen Geschlechter fanden es angemessen und konnten es sich leisten, die Gräber ihrer Familien zu kennzeichnen.

Mit einem leisen Gefühl des Stolzes, dessen sie sich nicht erwehren konnte, warf Engelke im Vorübergehen einen Blick auf die kleine Gruppe von Grabsteinen, die das Begräbnis der Familie van Damme markierten. Auch wenn sie selbst einen anderen Namen trug – sie fühlte sich den van Dammes eher zugehörig als den Geerts, deren männliche Linie ohnehin mit ihrem Vater und Bruder ausgestorben war. Hier, auf dem Friedhof zu Sankt Petri, würde sie wohl auch selbst später einmal ruhen – im Kreis der ehrwürdigen Vorfahren, die schon immer in Hamburg ansässige Bürger von Einfluß und Bedeutung gewesen waren.

Am Rand des Gräberfeldes, bei den flachen, breiten Hügeln der Massengräber, in der die Toten des Großen Sterbens bestattet waren, stand hart an der Friedhofsmauer eine uralte Weide. Ihr Stamm war gespalten. Ihre frühlingsgrünen Zweige hingen fast bis auf den Boden und bewegten sich sanft im Wind. Unter dem Baum bildete das Gras einen dichten, feinen Teppich. Engelke ließ sich auf dem Rasen nieder. Dies war der ideale Platz zum Nachdenken.

Von Verlusten hatte Jürgen Burmeester in seinem Streitgespräch mit dem Blaumantel gesprochen. Weitere

Verluste sollten nicht entstehen – er könne das nicht mehr verantworten.

»Aber ich habe ja bereits alles eingefädelt«, hatte der Blaumantel erwidert. Was, zum Henker, war da eingefädelt worden?

Engelke ließ sich die Unterredung, die sie belauscht hatte, noch ein zweites Mal Wort für Wort durch den Kopf gehen, aber sie kam auf nichts, das weiterführte. Dennoch war sie sicher, daß sich der wütende Dialog um ein geplantes Verbrechen gedreht hatte. Bloß, welcher Art war es?

Setzte man bei den erwähnten Schiffen an, ergab sich ebenfalls nichts.

Burmeester hatte den Bau der Nordstern mit Renten finanziert; das bedeutete, daß andere Kaufleute Gelder in das Schiff investiert hatten. Sie hatten damit Anteile am Laderaum erworben und hätten am Gewinn beteiligt werden müssen – wäre das Schiff nicht gesunken.

Für Burmeester selbst konnte der Verlust beim Untergang des Schiffes nicht allzu groß gewesen sein – die Rentenanteile hatten ja den größten Teil des Wertes der Nordstern ausgemacht. Allenfalls hatte Burmeester den geringen Eigenanteil der Baukosten und seinen Teil der Ladung abschreiben müssen.

Ein schiefgegangenes Unternehmen. Nichts daran war ungewöhnlich. So etwas kam immer wieder vor. Engelke ballte die Fäuste vor Ärger darüber, daß sie keinen, aber auch wirklich gar keinen Hinweis auf ein Verbrechen fand. Solange sie nicht wußte, bei welchem schiefen Geschäft Jürgen Burmeester nicht mehr hatte mitspielen wollen, solange bestand nicht die geringste Chance, seinen Mörder aufzustöbern und zur Rechenschaft zu ziehen.

Hatte es überhaupt noch Sinn, weiterzuforschen? Engelke sah die Schwierigkeiten, die sich ihr entgegenstellten, überdeutlich. Aber sie weigerte sich, schon gleich am Anfang aufzugeben. Vielleicht hatte sie irgendeine wichtige Einzelheit nicht genügend berücksichtigt.

Ihre Gedanken begannen wieder zu kreisen. So unermüdlich wie fruchtlos wälzte Engelke um und um, was an Kenntnissen vorhanden war. Aber nichts Neues ergab sich daraus – absolut nichts. Und dann, urplötzlich, fiel ihr doch noch etwas ein, an das sie bis jetzt nicht gedacht hatte: Die Halfmoond. Das Schiff ihres Onkels. Das war auch in der erregten Diskussion erwähnt worden.

Die Sankt Peter und die Swarte Katt waren neue Schiffe gewesen, hatte Erik Holm gesagt. Genau so neu wie die Nordstern. Und die Halfmoond ging morgen auf Jungfernfahrt – auf ihre allererste Reise.

Zufall. Ein Sack voller Zufälle.

Oder aber, das Verbrechen, nach dem Engelke so verbissen suchte, hatte etwas mit neuen Schiffen zu tun. Oder damit, daß die Schiffe noch nie auf See gewesen waren. Oder mit beidem.

Und wenn das so war? Auch damit kam Engelke keinen Schritt weiter. Zu dem Stichwort ›Neues Schiff‹ fiel ihr nämlich gleichfalls nichts Ungesetzliches ein. Punktum.

Vielleicht konnte der Schleier des Geheimnisses gelüftet werden, wenn man die Vorgänge auf der Halfmoond aus nächster Nähe beobachtete. Heute nachmittag sollte sie Ladung aufnehmen, damit sie morgen mit der ersten Flut auslaufen konnte. Wenn man sich mit einem Boot an Bord bringen ließ und das Laden beaufsichtigte...

Nein – das ging nicht. Engelke schüttelte den Kopf über ihre eigene unrealistische Idee. Was hatte erstens eine Frau an Bord eines Schiffes zu suchen? Die Seeleute würden peinliche Witze darüber reißen. Und zweitens: Falls wirklich etwas Ungesetzliches auf der Halfmoond stattfinden sollte, würde der Täter ganz sicher seine bösen Absichten vor der Nichte des Eigners zu verbergen wissen. Denn daß sie mit dem Eigner verwandt war, würde Engelke offen darlegen müssen – einfach, um an Bord gelassen zu werden.

Eine Engelke Geerts würde auf der Halfmoond nur das zu sehen bekommen, was sie sehen sollte. Die Arbeiter dagegen, die die Ladung an Bord verstauten...

Engelke kam ein abenteuerlicher Gedanke. Ein überzähliger Schauermann, der jung und kräftig war und fest anpacken konnte, würde unter der Lademannschaft kaum auffallen. So ein Kerl könnte die Augen offenhalten, und niemand würde etwas Verdächtiges dabei finden, wenn er sich das Schiff von innen ansah.

Das war eine Möglichkeit. Engelke stand auf und strich sich den Rock glatt. Ein schmales Lächeln überflog ihr Gesicht, während sie den Rücken streckte. Es hatte auch sein Gutes, daß sie so groß gewachsen war. Bei dem Plan, den sie soeben gefaßt hatte, half das sehr.

In ihrer ledernen Gürteltasche fand sich noch etwas Geld in kleiner Münze. Sie zählte zwei Schilling insgesamt. Das würde reichen. Wo sie jetzt hingehen mußte, war klar. Ein Schauermann brauchte angemessene Kleidung.

Engelke lächelte immer noch, als sie durch die Friedhofspforte den Garten der Toten wieder verließ. Sie bog in die Steinstraße ein, die lange, gepflasterte Straße, die auf geradem Weg nach Osten aus der Stadt hinaus Richtung Lübeck führte, und durchschritt das Große Tor, ein klotziges Backsteingebäude. Es war vor undenklichen Zeiten einmal Teil der allerersten Stadtmauer von Hamburg gewesen und hatte heutzutage eigentlich, wie die anderen alten Tore, keine rechte Bedeutung mehr. Hamburg war gewaltig in die Breite gewachsen. Das Kirchspiel Sankt Jakobi, in dem Engelke sich jetzt befand und das einmal vor den Mauern gelegen hatte, war längst Teil der Stadt und wurde von der neuen, stärkeren Befestigung eingeschlossen.

Ein paar Schritte hinter dem Großen Tor bog Engelke erneut ab – diesmal nach rechts, auf den Kattrepel. In dieser schmalen Gasse hatten hauptsächlich Seiler ihre Werkstätten. Hier wurden Taue hergestellt, aber auch Blöcke, Poller, Klampen und andere Ausrüstungsteile, die zur Takelung von Schiffen benötigt wurden. Aus den engen, langgestreckten Höfen roch es nach Hanf, frischem Holz und Teer.

Es war eine ungewohnte Gegend für Engelke. Als Kind war sie zum letztenmal hier gewesen, und sie kam sich in ihrer feinen Kleidung fehl am Platze vor. Auf dem Kattrepel war eine unbegleitete Frau aus besseren Kreisen ein seltener Vogel, das verstand sich von selbst. Engelke spürte fast körperlich die heimlichen oder offen neugierigen Blicke, die aus Höfen, Ecken und Buden auf sie trafen. Es kostete Nerven, weiterzugehen. Besondere Überwindung forderte es, die drei, vier erbärmlichen Buden zu passieren, in denen ganz offensichtlich Huren ihr Gewerbe ausübten. Die Mädchen saßen jetzt am hellen Vormittag mangels Freiern müßig vor ihren Hütten. Sie trugen nichts außer tief ausgeschnittenen Hemden, stellten ihre Blöße offen zur Schau und gafften Engelke herausfordernd an, als sie schnell und ohne zur Seite zu sehen vorüberschritt.

Der Laden, den sie suchte, fand sich ganz am anderen Ende des Kattrepels, kurz vor der Stelle, wo die Gasse der Reepschläger auf Niedernstraße und Schopenstehl stieß. Im Keller eines baufälligen Hauses hatte hier ein Altkleiderhändler sein Warenlager. Engelke stieg mutig die bröckeligen Ziegelstufen hinunter. Aus dem Gewölbe schlug ihr ein durchdringender Geruch nach feuchter Wolle, Schimmel und abgestandenem Schweiß entgegen. Ein krummes, in vielen Jahren verwittertes altes Männlein kam und fragte mit schlecht verhohlener Verwunderung nach ihrem Begehr.

»Ich brauche solide Arbeitskleidung für einen Mann«, sagte Engelke und kehrte die Patrizierin heraus. »Der neue Knecht, den ich einzukleiden habe, ist ungefähr so groß wie ich.«

»Also – mit Verlaub – 'n s-trammer Bursche«, fistelte das Männchen, räusperte sich, sprach dann mit tieferer Stimme weiter. »Solide, sagt Ihr? Do heff ik, wat Ji bruukt.«

»Das wird sich finden«, gab Engelke kühl zurück.

Der Alte wackelte in eine finstere Ecke seines Gewölbes und kramte in den Stapeln alter Kleidung herum. Schließlich kam er wieder nach vorn und breitete, was er herausgesucht hatte, auf dem rohen Holz seines Verkaufstisches aus: einen weiten Kittel aus verschossener blauer Sackleinwand; ein Paar Beinkleider aus grober, noppiger Wolle, beeindruckend lang und noch ganz gut erhalten; eine Jacke, steif und dick wie eine Pferdedecke, an den Ärmeln diverse Male geflickt.

»Na«, sagte der Alte, »is das 'ne Ware?«

Engelke prüfte die Kleidungsstücke mit spitzen Fingern. »Sind da auch keine Läuse und Flöhe drin?«

Der Altkleiderhändler warf sich in die Brust. »Alles abgetötet«, beteuerte er, »wenn ich das nich' tun würde, könnte ich den Laden zumachen.«

»Ich will Euch mal glauben.« Engelke nahm das Hemd, das noch am saubersten aussah, und hielt es sich vor. Die Größe schien tatsächlich zu stimmen. »Gut«, sagte sie, »ich nehme die Sachen. Jetzt hätte ich gern noch ein Paar Schuhe – und Handschuhe.«

»Handschuhe?« Das Männlein sprach das Wort so gedehnt aus, als kenne es den Begriff überhaupt nicht.

»Ja, Handschuhe«, wiederholte Engelke und legte einen scharfen Unterton in ihre Antwort. »Wenn die Hände voller Blasen sind, kann man nur noch mit Handschuhen weiterarbeiten!«

»Ach so.« Diese Erklärung schien dem vertrockneten Alten verständlich und überzeugend. Er watschelte wieder davon.

»Und eine wetterfeste Mütze«, rief Engelke ihm nach, »vielleicht eine Gugel mit Koller!«

Die Gugel hatte der Lumpenkrämer nicht im Angebot. »Gehen weg wie warme Rundstücke«, sagte er, »kaum kommt eine rein, bin ich sie auch schon wieder los – immer an Seeleute.« Aber die runde, topfartige Filzmütze, die schwarzen, nur wenig ausgetretenen Schuhe und die festen ledernen Arbeitshandschuhe, die er vorzeigte, waren abkzeptabel. Engelke handelte seine unverschämte Forderung von sechs Schilling auf angemessene zwei Schilling herunter – für alles zusammen, versteht sich – zahlte und verließ mit dem Bündel Klamotten unter dem Arm das Kellergewölbe. Draußen versteckte sie die Sachen unter ihrem Mantel. Es brauchte ja keiner zu sehen, was sie in diesem Teil der Stadt eingekauft hatte.

Festen Schrittes wandte sie sich nach rechts und ging den Schopenstehl entlang zum Fischmarkt. Von da aus waren es nur noch wenige Schritte bis zur Schusterbrücke, die Engelke insgeheim in ›Mordbrücke‹ umgetauft hatte, und zur Reichenstraße jenseits des Fleets.

6

Beim Mittagessen war Engelke recht wortkarg gewesen. Aber das war niemandem an der Tafel aufgefallen. Die Muhmen Gesine und Meta hatten, zu beiden Seiten ihres Vaters, des Altherrn plaziert, keine Gelegenheit bekommen, sich zu streiten. Anneke und Konrad Veckinghusen waren damit beschäftigt, sich tief in die Augen zu sehen. Ohm Godert, Hans Veckinghusen und Evert der Ältere sprachen angeregt über das Geschäft. Engelke hatte daher reichlich Zeit, ihren Gedanken nachzuhängen.

Grootvadder Evert wurde nach der bescheidenen Mahlzeit, die aus einer dicken Hafersuppe mit Milch und Honig bestanden hatte, zu einem Nickerchen hinauf in die Schlafkammer gebracht. Meta und Gesine begleiteten Anneke und ihren Herzallerliebsten als Aufsichtspersonen zu einer Einladung bei einer befreundeten Familie. Ohm Godert und Hans Veckinghusen hatten sich für den Nachmittag den Besuch im Badehaus vorgenommen. Und Engelke jubilierte innerlich. Sie konnte ihr gewagtes Unternehmen ohne jegliche Behinderung durchführen. Niemand würde es bemerken, wenn sie für ein paar Stunden das Haus verließ.

Von selbst den Dienstboten unbemerkt holte sie um die Mitte des Nachmittags das Bündel alter Männerkleider, das sie in der hintersten Ecke unter der Treppe hatte verschwinden lassen, wieder hervor. Noch einmal versteckte sie den Kleiderpacken unter dem üppigen Faltenwurf ihres Mantels.

Wiebke kam in die Diele. Sie sagte nichts, sah Engelke nur mit großen, wissenden Augen an. Dann nickte sie kurz. Ein winziges Lächeln huschte über ihr runzliges Antlitz, und sie verschwand wieder in der Küche. Engelke konnte gehen. Ihre alte Kinderfrau hatte ihren Plan ohne Worte gebilligt, ja sogar gut geheißen.

Sie mußte zur Deichstraße, wo das Speicherhaus ihres Onkels stand. Schon in den vergangenen Tagen war das Handelsgut, das auf der Halfmoond nach England gehen sollte, mit Ewern, den flachbödigen Lastbooten für den Verkehr auf dem Fluß, aus den verschiedenen Kaufmannshäusern zu diesem Speicher geschafft, zu einer Schiffsladung zusammengestellt und in die Frachtpapiere eingetragen worden. Und heute mußten alle die Fässer, Tonnen und Ballen, die zusammengekommen waren, zur Halfmoond transportiert werden.

Das Beladen eines Schiffes war Knochenarbeit. Engelke hatte schon oft zugesehen, wie es vonstatten ging. Heute würde sie mit eigenen Händen dabei anpacken. Stark genug fühlte sie sich schon. Aber würde sie es auch schaffen, so glaubhaft den Schauermann zu spielen, daß niemand hinter ihr Geheimnis kam?

Es würde sich schon herausstellen – und zwar in den ersten Augenblicken, wenn sie ihre Arbeit antrat. Schlimmstenfalls entlarvte sie sich selbst durch irgendeinen Fehler im Verhalten. Andererseits – sie hatte oft genug gesehen, wie Schauerleute sich aufführten. Und im Haus ihres Onkels hatte man sie außerdem noch nie so recht als Frau akzeptiert. Eigentlich mußte – zumindest theoretisch – die Männerkleidung den letzten Rest ihrer Weiblichkeit verwischen. Engelke hatte lediglich darauf zu achten, daß ihr Benehmen dem eines Schauermanns entsprach.

Sie nahm einen Weg, auf dem ihr voraussichtlich keine Bekannten begegnen würden. Von der Spitze des Nesses ging sie über die Laufbrücke zur neuen Bäckerstraße, bog nach links auf die Langebrücken-Straße ein und überquerte die Mühlenbrücke. Ein paar Schritte ging es den Burstah entlang, eine unbefestigte, an beiden Seiten nur spärlich mit Bauerngehöften bebaute Straßen, dann war der kleine Verbindungsweg zum Hopfenmarkt erreicht.

Bis jetzt hatte Engelke kein bekanntes Gesicht entdeckt. Doch ab dem Holzmarkt war es ziemlich unwahrscheinlich, daß sie gesehen und erkannt wurde. Im Kirchspiel Sankt Nicolai wohnte keine befreundete Familie außer den Burmeesters auf der Neuen Burg. Und aus deren Haushalt würde heute kaum jemand auf der Straße sein.

Am südlichen Ecke des Hopfenmarktes gabelte sich der Weg. Rechts führte die Deichstraße mit ihren vielen, dicht an dicht beeinanderstehenden Fachwerkhäusern in langem Bogen an der Alster entlang zu den Anlegeplätzen. Links ging es über die Holzbrücke, auf der man die Alster überqueren und nach der Cremon-Insel ins Kirchspiel Sankt Katharinen hinüber gelangen konnte.

Engelkes Ziel, das von Dammsche Speicherhaus, lag etwa in der Mitte der Deichstraße. Das geräumige, fast fensterlose Fachwerkgebäude war direkt ans Wasser gebaut. Es hatte drei Geschosse, deren obere an der Giebelseite über der Alster auskragten. An der Wasserseite erleichterte ein schwerer Kranbalken mit Rollenzug, der unter dem First angebracht war, das Befördern der Güter direkt aus dem Boot in den Speicher oder umgekehrt. An der Straßenseite gab es ein riesiges Tor, in das Wagen hineinfahren konnten.

Eingebaut in dieses Tor war ein kleiner Durchlaß – ein schmales Türchen, für das Engelke einen Schlüssel besaß. Als sie auf der Straße vor dem Speicher angekommen war, stellte sie erleichtert fest, daß sich hier im Augenblick kein Mensch aufhielt. Alle Schauerleute taten ihre Arbeit vorn, an der Wasserfront. Laute Rufe und die typischen Geräusche – das Quietschen der Winde und das Knarren von Bootsplanken – verrieten, daß gerade ein Ewer beladen wurde.

Engelke schloß die Schlupftüre auf, zog den Kopf ein und schob sich durch den engen Einlaß. Im Erdgeschoß des Speichers war bereits der größte Teil der Fläche leergeräumt. Nur an der rechten Seitenwand lag unordentlich gestapelt ein Haufen leerer Kisten.

Besser konnte es Engelke gar nicht antreffen. Sie schob und tastete sich im Halbdunkel des Speicherraumes hinter die Kisten. Ungesehen konnte sie sich hier ihres Kleides entledigen und die mitgebrachten Männersachen überstreifen.

Sie paßten. Nur das Haar war ein Problem. Engelke mußte den langen Nackenzopf auflösen, ihn höher auf dem Kopf neu flechten und ihn, zur Schnecke gedreht, mit ein paar Nadeln aus Horn feststecken. Der dicke Knoten wurde nun gut von der Filzmütze verborgen.

Engelke zog sich die primitive Kopfbedeckung tief in die Stirn und über die Ohren. Etwas Schmutz von Lehmboden des Speichers kam ins Gesicht, um seine rosige Glätte zu verschleiern. Das Kleid wurde flach gefaltet und zusammen mit Mantel und Frauenschuhen hinter den Kisten an der Wand versteckt, die groben Handschuhe über die allzu glatten und gepflegten Hände gezogen. Fertig.

Nun konnte die Probe aufs Exempel gemacht werden. Ein junger, hochgewachsener Schauermann stieg die Leiter zum ersten Stockwerk hoch und kletterte durch die Luke.

Zwei Mann arbeiteten hier. Sie waren eben dabei, eine Tonne mit dem Firmenzeichen van Damme an einer eisernen Kralle ins Boot hinunterzulassen. An die zehn gleiche Tonnen standen noch vorn neben dem offenen Speicherfenster und warteten auf den Transport.

In diesen Tonnen waren russische Zobelfelle und die weichen Fehpelze, die als Futter für die teuren Tuchmäntel reicher Leute so sehr in Mode waren. Sie stellten den wertvollsten Teil der Ladung dar und waren wegen der Gefahr des Wasserschadens äußerst sorgfältig verpackt worden. Engelke war selbst dabei gewesen, als sie vom fernen Reußenland über Lübeck her angekommen, versiegelt und eingelagert worden waren.

Die Tonnen mit den Pelzen wogen nicht sonderlich schwer. Hier konnte Engelke der Schauermann sich kaum verraten. Mutig trat sie vor, kippte eins der Fässer und rollte es schiefkant nach vorn an die Luke.

Die beiden Arbeiter hatten ihre Last inzwischen sicher hinuntergelassen und die Kralle wieder hochgezogen. Jetzt drehten sie sich überrascht zu Engelke um. Der eine musterte sie, grinste und knuffte seinen Kollegen in die Rippen. »Nu kiek di dat mol an, Jonas! Du sagst, du brauchst noch Hilfe – und die heuern 'n Milchbart an!«

Der andere lachte. »Büst du dien Mudder weglopen?«

»Ich darf schon mit den großen Jungs spielen«, gab Engelke gelassen zurück und schraubte ihre Stimme ein bißchen tiefer. »Mien Moder hett mit Verlööf geven.«

»Na, denn zeig' uns man mal, dat du nich' nur'n s-tarkes Maul hast, mien Jung!« Der eine Schauermann spuckte in die Fäuste. »Laß anrollen!«

Der andere warf einen Blick auf die Handschuhe an Engelkes Händen. »Viel dürfen wi ja wohl nich' erwaten – wat? Hast wohl Angst, du könn'st dich dreckig machen?«

»Ohn Hanschen geiht dat nich'«, antwortete Engelke trocken, »ick heff de Hänn vull Blosen. Das kommt, weil ich so faul bin.«

Der eine Schauermann kratzte sich das Stoppelkinn. »Denn solltest du aber nich' mit S-tricken hanteern, min Lütten. Dat sniet di de Hänn noch mehr kaputt.«

»Weet ik ook«, gab Engelke zurück, »besser wär' das, wenn ich auf der Halfmoon stauen könnte. Aber nu bin ich mal hier...«

»Toon«, sagte der andere Arbeiter, »wie wär' das denn, wenn wir einen auswechseln täten? Laß Wim zu uns raufkommen. Und der Lütte«, er wies mit einer Kopfbewegung auf Engelke, »de geiht mit op'n Ewer. Zum S-tauen.«

»Jo, du – dat is'n goden Infall«, meinte der Angesprochene. Und mit einem fragenden Blick auf Engelke: »Nich'?«

»Schall mi recht sien«, stimmte Engelke nüchtern zu. Aber am liebsten hätte sie gejuchzt. Sie hatte noch nicht genau gewußt, wie sie auf die Halfmoond kommen sollte, und jetzt machten es ihr die beiden Schauerleute dermaßen leicht!

Jonas war schon am Fenster. »Wim«, brüllte er nach unten, »komm rauf! Du wirst hier oben gebraucht. Für unten kommt 'n Ersatzmann!«

»Gemacht«, brüllte eine schnapsheisere Stimme zurück, »laßt dat Reep runter und treckt mi op!«

Die Rolle am Kranbalken rasselte; das Seil glitt wieder abwärts. Augenblicke später hatten die beiden Schauerleute den Arbeiter namens Wim hochgezogen und halfen ihm durch die Luke auf den Boden.

»Und nu den Lütten«, sagte Toon und zwinkerte Engelke zu. »Segg – hest du ook 'n Noom?«

»Geert«, gab Engelke zurück. Auf die Frage, ob sie denn auch einen Namen hätte, konnte sie gar nicht anders antworten. Wie gut, daß sie nicht hatte überlegen müssen!

»Wahrschau«, rief Jonas aus der Fensterluke nach unten, »jetzt kommt Geert!«

Engelke drückte die Filzmütze fester in die Stirn. Sie kletterte auf den Lukensims, stellte sich mit den Füßen in die beiden Haken der Kralle und packte das Seil. »Klar«, sagte sie knapp.

Sie schwebte abwärts, landete mit einem Plumps im Ewer, der beinahe fertig beladen war. Von oben kamen noch drei, vier Fässer, die die letzten Lücken füllten, dann konnte das breite, flache Boot zur Halfmoond gerudert werden, die bei den Landeplätzen im Alstertief vor Anker lag.

Als Engelke kurze Zeit später mit der Mannschaft ihres Ewers die Alster abwärts ruderte, kam ihr das zweite

Boot, das mit dem Laden der Halfmoond beschäftigt war, leer entgegen. Engelkes Anwesenheit wurde sofort bemerkt. »Noch'n Mann zum Stauen können wir gut gebrauchen«, rief einer der beiden Ruderknechte herüber.

Engelke achtete nicht weiter auf die Bemerkungen der Männer. Sie bediente rhythmisch im Takt mit den anderen den Riemen und blickte nach vorn zur Hohen Brücke, die ihr Ewer in wenigen Ruderschlägen durchfahren würde.

Es war die größte Brücke der Stadt – ein beeindruckendes Bauwerk, das von zwei klotzigen Türmen flankiert wurde. Mit niedergelegten Masten konnten kleinere Schiffe die Hohe Brücke passieren. Sie trennte die Alster von dem Teil des Hafens ab, der den seegehenden Schiffen vorbehalten war.

Die Hohe Brücke – sie wirkte wie ein Tor, das nach Hamburg hinein- oder aus der Stadt hinausführte. Das Tor zur weiten Welt...

Der beladene Ewer glitt unter dem Brückenbogen hindurch und verließ das Gewimmel der kleinen Lastboote, die mit ihren Ladungen die Alster bevölkerten. Außerhalb der Hohen Brücke war das Reich der großen Segler, der Koggen und Holks, die nicht nur auf dem Fluß zu Hause waren. Rechterhand bei den Kajen und weiter im Westen vor dem Eichholz lagen sie vor Anker, die Riesen mit den himmelhohen Masten, die stolzen Schiffe der Hanse, in deren geräumigen Bäuchen Handelsgut aus fernen Ländern nach Hamburg kam oder von hier aus in alle Welt ausgeführt wurde.

Vom Wasser her hatte Engelke den Hafen zum letztenmal als Kind gesehen – zusammen mit ihren Vettern, als sie in der Jolle einmal um die ganze Stadt herumgesegelt war. Seit damals konnte sich nicht viel verändert haben; dennoch sah Engelke ihre Umgebung – die großen Schiffe, das glitzernde Wasser, die vielen Boote – heute mit den Augen eines Neulings.

Wahrscheinlich lag es an dem Gefühl des Unwirklichen, das sie erfüllte. Sie hielt sich eben diesmal nicht als Engelke Geerts im Hafen auf, sondern als Geert, der Schauermann. Sie war nicht Betrachter, sondern aktiver Teilnehmer an dem aufregenden Spektakel, das sich hier abspielte.

Das Herz klopfte ihr plötzlich bis zum Hals. Fast hätte sie vergessen, wozu sie in ihre Verkleidung geschlüpft und sich auf dieses waghalsige, verrückte Unternehmen eingelassen hatte. Mit Gewalt mußte sie sich zur Ordnung rufen. Denn ein Zurück gab es jetzt nicht mehr. Hätte sie in diesem Augenblick ihre Identität preisgegeben – sie hätte sich zum Gespött der ganzen feinen Gesellschaft von Hamburg gemacht, zur Schande ihrer Familie.

Nein – es durfte um Gottes willen nicht auffallen, daß Geert der Schauermann eine Frau war. Engelke schob entschlossen das Kinn vor. Kein Zittern und Zagen mehr. Schließlich war sie nicht zum Vergnügen hier – sie hatte ein ganz konkretes Ziel. Das galt es zu verfolgen.

Die Halfmoond nahm einen eigenen Liegeplatz bei den Kajen ein. Engelke war zwar dabeigewesen, als sie vom Stapel gelaufen war, aber an dem Tag vor zwei Wochen hatte sie der neuen Kogge ihres Onkels nicht besonders viel Aufmerksamkeit geschenkt. Jetzt dagegen, während der Ewer auf sie zuglitt und Engelke sie mit anderen, in der Nähe ankernden Schiffen vergleichen konnte, kam ihr die Halfmoond wie die schönste aller Koggen vor.

Sie hob sich nicht so sehr in der Größe von ihren Nachbarschiffen ab – im Gegenteil. Durch die Eleganz und Harmonie ihrer Linien wirkte sie eher kleiner und schlanker als ihre rundlichen, dickbäuchigen Schwestern. Ihr langer, gerader Vordersteven war um ein Weniges weiter vorwärts geneigt; das Heckkastell weniger kurz und klobig angelegt als bei den übrigen Koggen. Und ihr Mast ragte eine Spur höher in den Himmel als die Masten der

Nachbarinnen. Das ließ sie schmal und zierlich erscheinen.

Ein schnelles Schiff. Ein schnittiger, eleganter Segler. Die Halfmoond bot ein wundervolles Bild, wie sie sich vor Engelkes Augen auf den kleinen Wellen des Hafens wiegte. Das Weißgrau ihres Anstrichs aus Bleiweiß wetteiferte in der Leuchtkraft mit der bunten, taufrischen Bemalung auf den obersten drei Plankengängen ihres Rumpfes. Lackschwarz glänzte der Teer an den sechs Wantenpaaren und den dicken, straffen Stagen, die den Mast hielten. Das große Segel war noch geborgen und eng an die Rah geschnürt; sein sattes Lohbraun verriet, daß es Wind und Salzwasser bis jetzt noch nicht kennengelernt hatte.

Mit diesem prächtigen, nagelneuen Schiff sollte also irgend etwas Ungesetzliches geschehen. Das würde Engelke auf jeden Fall zu verhindern suchen. Sie legte sich kräftig in die Riemen. Je näher sie der Halfmoond kam, desto kühler und ruhiger wurde sie, und desto mehr wuchs ihre Aufmerksamkeit.

Der Ewer ging längsseits, wurde festgemacht. Ein Fallreep hing an der Bordwand der Halfmoond herab. Engelke kletterte hinauf, schwang sich mittschiffs über die Reling. Jetzt kam es drauf an. Jetzt galt es, die Augen weit offen zu halten.

Zwei Mann von den drei anderen Schauerleuten stiegen hinter Engelke an Deck, um das Hochhieven der Fässer zu besorgen. Engelke wurde von dem Arbeiter, der bereits an Bord gewesen war, in ihre Aufgabe eingewiesen.

Sie hatte die Tonnen zur Ladeluke zu rollen, von wo sie dann mit Hilfe eines Flaschenzuges in den Bauch des Schiffes befördert und unten sicher vertäut wurden.

Die Ladeluke entstand dadurch, daß bestimmte, lose aufliegende Planken mittschiffs vor dem Mast abgehoben wurden, um das zu verstauende Gut durchzulassen. Dennoch fiel es Engelke nicht leicht, die Fässer mit den Pelzen zu dieser Ladeluke zu schaffen. Denn das Deck war leicht gewölbt und stieg zur Mitte des Schiffes an. Dieses Gefälle machte Engelke zu schaffen.

Schon nach kurzer Zeit floß der Schweiß. Außerdem nahm die Arbeit Engelke so sehr in Anspruch, daß sie kaum Zeit bekam, ein Auge auf ihre Umgebung zu werfen oder gar zu beobachten, was die Schiffsmannschaft trieb.

Jedenfalls schienen alle Seeleute, bis auf den Schiffer, bereits vollzählig an Bord zu sein. Engelke hatte aus den Augenwinkeln an die zwanzig Mann gezählt; einige von ihnen waren im Moment mit der Überprüfung der Takelage beschäftigt. Sie liefen auf dem U-förmigen Heckkastell herum, stellten letzte Arbeiten an den Zurrings der Ankertrossen fertig, spleißten Taue, vertäuten Ersatzspieren. Und Engelke ärgerte sich, daß sie über der eigenen schweißtreibenden Arbeit die Gespräche der Seeleute nicht hören konnte. Sie mußte eine Möglichkeit finden, näher an die Matrosen heranzukommen oder sich auf dem Schiff umzusehen, ohne bei ihnen und den Schauerleuten aufzufallen.

Die Gelegenheit kam schneller, als sie gedacht hatte. Nach einer Stunde harter Anstrengung war der Ewer ausgeladen und die Handelsware unter Deck. Als Engelke mit den beiden Schauerleuten über die Strickleiter wieder ins Boot klettern wollte, winkt der Bootsführer ab. »Kannst hierbleiben, Geert«, meinte er, »jeden Moment müßte die andere Mannschaft ankommen – da lädst du mit aus. Sonst is hier ja wieder einer zu wenig!«

»Klar«, brummte Engelke und wischte sich mit der behandschuhten Faust über die Stirn. Solange das zweite Boot noch nicht längsseits gekommen war, konnte sie unbesorgt auf der Halfmoond umherschlendern – ganz ohne daß jemand dumm guckte, weil sie müßig ging.

Auf dem Achterkastell hockten vier Matrosen. Sie schienen ebenfalls keine Arbeit mehr zu haben und schlugen für den Augenblick die Zeit tot. Engelke überlegte, ob sie nicht über den Niedergang, die schmale Treppe an der

Steuerbordseite, zu ihnen hinaufsteigen und sich ihnen zugesellen sollte. Vielleicht konnte sie sich an ihrem Gespräch beteiligen und erfuhr etwas dabei.

Sie tat ein paar Schritte auf den Niedergang zu. Aber beim zweiten Hinsehen schreckten sie die Seeleute mit ihren rohen, stoppelbärtigen Gesichtern und der abgerissenen Kleidung doch sehr ab. Die vier, die da an der Reling des Heckkastells die Köpfe zusammensteckten, waren zweifellos die schmuddeligsten Kerle der ganzen Mannschaft.

Engelke mochte ihnen nicht zu nahe kommen. Sie steuerte den Ruderstand an. Der lag wie bei allen seegehenden Schiffen in der Mitte unter dem Heckkastell, halb verdeckt von dem mächtigen Bratspill. Engelke schob sich an der großen Winde mit der querliegenden Achse vorbei, die zum Heißen der Rah und zum Hieven und Aussetzen der Anker diente. Vorsichtig, um keine unnötigen Geräusche zu machen, stieg sie über die zum Spill gehörenden Spaken, mit denen die Winde gedreht wurde und die ordentlich an ihrem Fuß verstaut lagen. Noch ein langer Schritt, dann stand sie auf dem Platz des Steuermanns.

Engelke trat ganz an die Rundung des Hecks heran. In der Mitte, wo die Planken im flachen Bogen zusammenstießen, war außenbords das lange schmale Ruder aufgehängt. Darüber ragte, S-förmig geschwungen, die schwere Ruderpinne sechs Fuß weit in den Ruderstand hinein.

Von hier aus hatte man, beschattet durch die Planken des Heckkastells, einen herrlichen Blick auf den Hafen. Engelke lehnte sich gegen die Pinne, die, von spielerischen kleinen Wellen bewegt, leise hin und herschwang, und schaute hinaus. Das zauberhafte Bild ihrer Heimatstadt mit den hart am Wasser stehenden, schwarzweißen Fachwerkhäusern, den imposanten Backsteingebäuden, den fünf spitzen Kirchtürmen, den Wehrtürmen auf den Wällen, den geschäftigen Booten und dem Mastenwald der Seeschiffe fesselte sie für einen Augenblick. Es dauerte mehrere Atemzüge, bis sie wahrnahm, daß sie von hier aus genau verstehen konnte, was die vier Seeleute über ihr auf dem Kastell miteinander sprachen. Die Worte drangen ganz deutlich durch die Planken zu ihr herunter.

»Der Skipper is' kein Problem«, sagte eine heisere Stimme.

»Hmm«, summte eine zweite, etwas dünnere und weichere.

»Bis Neuwärrk iebernimmt eh' der Lotse«, fügte die dritte, sehr dunkle Stimme hinzu, »da wer'n wir kaum Ärrjer ha'm.« Nach der langsamen Sprechweise und dem schwerfälligen Akzent mußte dieser Mann aus Danzig stammen – vielleicht lag seine Heimat sogar noch weiter östlich.

»Hmm«, säuselte die glatte Stimme.

»Da wirrd es nich' auffallen«, fuhr der aus dem Osten fort, »wir kriejen es leicht färrtich. Aber janz leicht.«

»Die anderen dürften auch keine Schwierigkeiten machen«, sagte der Erste mit der heiseren Stimme, »keiner dabei, der uns was wollen könnte.«

»Hmm«, hauchte der Glatte.

»Ich hab's mir ausgerächnet – wir kennten's bis eine Tagereise nach Neuwärrk ärrledigt haben«, sagte der aus dem Osten, »nur der Lange, der Lorrbas – der macht mir Sorrjen...«

»Mir nich'.« Der mit der öligen Stimme gab zum erstenmal ein richtiges Wort von sich.

»Es kann gar nichts schiefgehen, wenn wir's so machen wie besprochen. Wir sind doch keine Anfänger!« Der Heisere lachte leise. »Wißt ihr noch, wie gut es im letzten Herbst geklappt hat? Es lief so glatt wie 'n frisch geschmiertes Spill!«

»Der Lange, der Lorrbas – der macht mir Sorrjen«, wiederholte der aus dem Osten langsam, »wänn der uns –«

»Ach, hör doch auf!« Jetzt mischte sich die Stimme des

Vierten ein. Sie hatte einen kehligen Klang, wie Engelke ihn noch nie gehört hatte. »So schwatt, wie du immer sehen tust! Komm mich doch nich' mit sowat! Oder haste Schiß?«

»Davon kann keine Rede nich' sein«, knurrte der Danziger wütend.

»Wird schon klargehen«, sagte der Ölige besänftigend. »Morgen nehmen wir noch Proviant an Bord...«

»Und Wasser«, fügte der Heisere hinzu.

»Und dat Allerwichtigste«, kicherte der mit dem kehligen Akzent, »ohne dem geht da sowieso nich'...«

Sie lachten alle vier. Dann fragte der aus dem Osten. »Bärrnd wirrd aber heute noch an Borrd jehen – oder?«

»Hmm«, bejahte der Ölige. »Kann ja nich' jeder mit den Vitalien hier aufkreuzen.« Die anderen kicherten. Einer von ihnen flüsterte etwas, und es gab ein leises Gelächter.

Engelke zog den rechten Handschuh aus und schob sich mit den Fingern die Filzmütze vom Ohr hoch, um besser verstehen zu können.

Die Kerle da oben hatten die Stimmen gesenkt. Sie flüsterten auf einmal. Aber ein paar letzte Worte drangen dennoch zu Engelke herunter.

»Der Kahn mit dem Proviant legt morgen von der Lände beim Kran ab«, sagte der Heisere, »da kommt er mit.«

»Nich' auf dat Boot mit die Wasserfässer?« fragte der mit der sonderbaren Aussprache, »er hatte doch gesagt, er is bei die Wasserladung...«

»Macht am Ände jar keinen Unterschied nich«, brummte der aus dem Osten, »solang' er pinktlich an Borrd kommt – der Passagier.«

Wieder hörte Engelke Gekicher.

Die Planken über ihr knarrten. Die Kerle standen offenbar auf.

»'n schöner Passagier«, sagte der Ölige noch. Dann trampelten die vier lachend den Niedergang hinunter.

Engelke stellte fest, daß sie eine ganze Weile die Luft angehalten hatte. Sie stieß den Atem aus; es klang wie ein gepreßter Seufzer. Ohne Zweifel ging etwas vor auf diesem Schiff – das Gespräch dieser vier Seeleute ließ keinen anderen Schluß zu. Diese unangenehmen Burschen verfolgten einen Plan. Aber wie sah der aus? Das hatte sich aus ihrer Unterhaltung nicht ergeben.

Engelke ballte die Faust und ließ sich ärgerlich auf den dicken, flach geschwungenen Bogen der Ruderpinne fallen. Was sie erfahren hatte, waren wieder nur Bruchstücke, die ihren Verdacht bestätigten, sie aber nicht weiterbrachten. Der Skipper sei kein Problem, hatten die Dreckskerle gesagt, und die anderen auch nicht. Man könne es bis hinter Neuwerk leicht geschafft haben. Neuwerk – das war der Leuchtturm auf der kleinen Insel in der Elbmündung. Aber was war ›Es‹? Handelte es sich dabei um eine Meuterei, die angezettelt werden sollte?

Außerdem würde ein Passagier an Bord kommen, mit dem etwas nicht stimmte – morgen bei der Proviantaufnahme, kurz vor dem Auslaufen. Vielleicht sollte man Ohm Godert fragen, ob der etwas von einem Passagier wußte.

Das Eichenholz der Pinne fühlte sich seidig und warm an. Von ihren Überlegungen abgelenkt, streckte Engelke die Finger und ließ sie über den Schaft gleiten. Wie sauber er geplättet war. Daran würde sich niemand die Hände aufreißen, wie das so oft bei neuem Holz der Fall war. Beste Zimmermannsarbeit.

»Was stehst du denn hier rum?« tönte eine warme, dunkle Stimme hinter ihr, »hast du nix zu tun?«

Engelke zuckte zusammen. Ihre Hand umklammerte die Pinne. »Ich war noch nie auf 'nem ganz neuen Schiff«, sagte sie und zog den Kopf zwischen die Schultern. »Wollt's mir mal ansehen, weil – weil ...« Sie kam ins Stottern. »Ich will später mal zur See«, brachte sie den Satz unsicher zu Ende.

»So«, sagte die dunkle Stimme. »Na – mit *den* Händen

wärst du als Rudergänger aber nicht zu brauchen, min Jung.«

Die Hand! Sie lag ganz unverhüllt ohne Handschuh deutlich sichtbar auf der Pinne! Engelke zog sie hastig weg und fuhr herum. Sie prallte fast gegen den Mann, der direkt hinter ihr stand.

Er hielt den Kopf leicht gebeugt, dennoch mußte Engelke zu ihm aufschauen. Sein flachsblondes, fast weißes Haar trug er über der Stirn kurz geschnitten, ansonsten fiel es in üppigen Strähnen bis auf die Schultern. An den Schläfen war es zu zwei dünnen Zöpfchen geflochten. Sein Gesicht – ein sehr kantiges, männliches Gesicht – beeindruckte durch eine wohlgeformte Nase, einen breiten, scharf geschnittenen Mund und ein kräftiges Kinn. Aber beherrscht wurde es von den wasserblauen Augen. Diese Augen blickten sanft unter buschigen, geschwungenen Brauen hervor – sanft und plötzlich auch ein bißchen verwirrt.

Engelke zog hastig den Handschuh wieder über. »Schätze, ich geh' denn mal wieder«, murmelte sie und versuchte sich an dem Seemann vorbeizuschieben.

»He«, sagte der, »sei nicht beleidigt! 'n paar Monate auf See – dann kriegst du den Dreh schon raus!«

Die Ruderpinne schlug leicht aus, bewegt vom Wellengang. Engelke wich zur Seite, verhakte sich mit dem Fuß in den Spillspaken, die auf dem Boden verstaut waren. Sie stolperte.

Ehe sie hinschlagen konnte, fing der Mann mit der sonderbaren Frisur sie auf. »Gleichgewicht halten mußt du auch noch lernen!« Sein Gesicht verzog sich zu einem breiten Lächeln, das sofort wieder erstarb. Die Verwirrung in seinen blaßblauen Augen wuchs.

Engelke machte sich los, drückte sich am Bratspill vorbei, hastete aus dem Ruderstand. Er hat was gemerkt – das war ihr einziger Gedanke. Der Kerl hat was gemerkt! Ihr Herz hämmerte. Ein verstohlener Blick über die Schulter sagte ihr, daß der Riese mit den hellen Haaren tatsächlich vor dem Achterkastell an Deck stand und zu ihr herüberschaute. Er beobachtete sie.

Einen Atemzug verhielt Engelke auf der Stelle. Dann bewegte sie sich weiter, machte dabei betont große Schritte und trat härter auf. Ihre Befürchtungen waren grundlos. Es war ja Unsinn, daß dieser Mann sie als weiblich erkannt haben könnte, wenn nicht einmal die Schauerleute darauf gekommen waren! Keine Zeit mehr für unnütze Bedenken – der Ewer war gerade längsseits gekommen. Die letzte Fuhre für heute war an Bord und unter Deck zu bringen.

Diesmal arbeitete Engelke im Laderaum. Der Mann, der dort bisher die Fässer verstaut und festgezurrt hatte, war mit dem Wechsel mehr als einverstanden gewesen. Denn die beiden Schiffszimmerleute hatten endlich den kleinen, schwenkbaren Ladebaum an der Bordwand zum Funktionieren gebracht, und das mühsame Hieven der Lasten allein mit Seil und Muskelkraft hatte ein Ende.

Das Laden ging jetzt mit doppelter Geschwindigkeit vonstatten. Einer von der Mannschaft der Halfmoond war zu Engelke in den Bauch des Schiffes abgeordnet worden, um ihr beim Verzurren der Tonnen zur Hand zu gehen. Das war eine riesige Erleichterung. Engelke beherrschte die verschiedenen Techniken des Sicherns ja überhaupt nicht. Also überließ sie dem Matrosen das Hantieren mit Tauen und Keilen und konzentrierte sich nur auf das Bewegen der Fässer. Nebenbei überprüfte sie unauffällig Verplombung und Hausmarken der Ladung.

Es schien alles in Ordnung. Der überwiegende Teil der verstauten Waren trug die Marke des Hauses van Damme auf unbeschädigten Siegeln. Einige Dutzend Fässer wurden von verschiedenen kleineren Kaufherren auf der Halfmoond verschifft und waren genauso unauffällig. Das bunte Sammelsurium von Ballen, Kisten und Tonnen, die den Männern der Besatzung gehörten und in kleinunternehmerischer Weise von den Seeleuten zum Verkauf mitgeführt wurden, bot ebenfalls nichts Ungewöhnliches. Engelkes Verdacht, daß die Ladung vielleicht manipuliert sein könnte, bestätigte sich nirgendwo.

Sonderbar war nur, daß bis jetzt kein einziges Faß mit dem Brandstempel des Hauses Burmeester an Bord war. Nach dem, was Engelke wußte, hatte Burmeester einen Achtelpart am Laderaum des Schiffes für Waren verschiedener Art gemietet. Paternoster aus Bernstein, Leinwand und Honig hatte er nach England befördern wollen. Ein Geschäftsfreund, der ebenfalls einen kleinen Anteil des Laderaums nutzte und seine Ware selbst begleitete, hatte sich doch bereit erklärt, die Aufsicht zu übernehmen. Warum also wurden die Burmeesterschen Fässer nicht auch an Bord gebracht?

Vermutlich war durch Burmeesters jähen Tod alles durcheinander geraten. Seine Kontoristen mußten es versäumt haben, die Ladung transportbereit zu machen. Eine dumme, verlustreiche Unterlassung. Sehr ärgerlich, daß Engelkes Möglichkeiten, daran noch etwas zu ändern, gleich Null waren.

Der Seemann, der die durch die Luke herabschwebenden Tonnen von Engelke in Empfang nahm und sie mit ihrer Hilfe sorgfältig staute, war stumm wie ein Fisch. Engelke unternahm den Versuch, ein Gespräch mit ihm in Gang zu bringen. »Schönes Schiff hast du dir ausgesucht«, begann sie, »große Fahrt – was?«

»Hmm«, brummte der Matrose.

»Holland?«

Kopfschütteln. »England?«

Herrgott, wie einsilbig der Kerl war! Er konnte höchstens zwanzig Jahre zählen, aber er benahm sich wie einer, der schon Jahrzehnte auf See verbracht hatte! »Ist das deine erste große Fahrt?«

Gerunzelte Augenbrauen. Bärbeißige Grimasse. Kopfschütteln.

»Wo bist du denn schon überall gewesen?«

»Bergen. Schonen. Flandern.«

Der Bursche war also auch stur wie ein Maulesel. Dabei hätte Engelke ihn so gern ein bißchen zum Sprechen gebracht! Sie entschloß sich, noch nicht aufzugeben. »Das nenn' ich Erfahrung! Und wie ist es mit dem Rest der Mannschaft?«

»Geht schon klar.«

»Kennst du welche von denen?«

»Vier, fünf. Gute Fahrensleute vor dem Mast.«

Es war zum Verrücktwerden. Der Junge sagte wirklich nicht mehr als unbedingt nötig. Engelke ließ das Faß, das sie gerade hochgekantet hatte, mit einem kräftigen Plumps auf den Bretterboden fallen. Das Wasser in der Bilge darunter gluckste leise. »Und die anderen? Die Hauptleute? Was hältst du von denen?«

Achselzucken. »Geht klar, denk' ich. Der Steuermann is' mein Vetter.«

»So.« Engelke gingen langsam die Fragen aus. »Der Steuermann – wer ist das?«

»Na – Dierk.«

»So. Und du?«

»Heiko. Schiemannsmaat.« Gerunzelte Augenbrauen. Grimmiger Gesichtsausdruck.

»Ist dein Vetter auch so sparsam mit Worten?«

Achselzucken. »Dierk redet lieber als ich.« Finsterer Blick. Unwillen. »Mach zu!«

Engelke verstummte. Es hatte keinen Zweck. Aus diesem Heiko würde sie nichts über die Mannschaft des Schiffes herauskriegen. Der Umgang mit Worten war nicht seine starke Seite. Zu dumm, daß man ihr ausgerechnet diesen Matrosen zugesellt hatte! Eine letzte Frage stellte sie ihm doch noch: »Wie viele seid ihr eigentlich – ich meine, die Besatzung?«

Der Schiemannsmaat war gerade damit beschäftigt, das neu aufgestellte Faß mit einem Seilknoten zu sichern. Er drehte sich nicht einmal um. »Vierundzwanzig«, brummte er, »die Hauptleute nich' mitgezählt.«

»Alle aus Hamburg?«

»Kaum einer.«

»Und du und der Steuermann?«

Heiko richtete sich halb auf und blitzte Engelke über die Schulter an. »Aus Amrum«, gab er widerwillig von sich, »was schert dich das? Mach zu!«

Das war nun wirklich das Ende der einseitigen Unterhaltung. Mißmutig griff Engelke in das Tau des Ladebaums, an dem eine weitere Tonne zu ihr herabgeschwebt kam. »Nichts gegen Amrum«, gab sie ärgerlich zurück, »aber du mußt aufpassen, dat di dat Muul nich' zuwächst!«

7

Der Ewer war wieder zum Ablegen bereit, alle Ladung im Bauch der Halfmoond verstaut und die Arbeit der Schauerleute beendet. Engelke taten von der ungewohnten, harten Anstrengung alle Knochen weh. Außerdem war sie enttäuscht darüber, daß die Informationen, die sie nach Abschluß dieses mühseligen Unternehmens vorzuweisen hatte, so mager waren.

Eben wollte sie als letzte aus der Mannschaft der Ladearbeiter über die Bordwand steigen und die Jakobsleiter hinunter in den Ewer klettern, als der Riese aus dem Ruderstand auftauchte. »He, du«, rief er sie an, »willst du dir noch'n bißchen mehr verdienen?«

Engelke vermied es, den Mann anzusehen. Ablehnen konnte sie das Angebot schlecht. Kein Schauermann hätte die Gelegenheit, zusätzliches Geld zu erwerben, an sich vorübergehen lassen, ohne zuzuschlagen. »Warum nich'?« rief sie zum Achterdeck hinüber, »wenn's lohnt...«

Der Lange mit den wehenden, fahlblonden Haaren stapfte langsam zu ihr herüber. Er wies mit dem Daumen nach außenbords. »Da kommt noch 'n allerletzter Teil der Ladung«, sagte er, »kannst Heiko helfen, auch die ordentlich zu stauen.«

»Was krieg' ich dafür?« Engelke bemühte sich, ihre Stimmlage so tief wie möglich zu senken. Falls dieser Baum von einem Kerl sie weiterhin einer Musterung unterzog, wollte sie kein Risiko eingehen.

»Zwei Witten«, kam die Antwort, »ist das genug? Anschließend geb' ich 'ne Runde Bier für die Schauermannschaft vom letzten Boot aus. Bist eingeladen.«

»Das läßt sich hören.« Engelke wußte genau, daß sie gar

keine andere Wahl hatte, als anzunehmen. »Ich bin dabei.«

Der leere Ewer legte ohne sie ab. Das Boot mit der Restladung kam längsseits. Außer etwa dreißig weiteren Fässern waren noch sieben Mann an Bord – offenbar die letzten Mitglieder der Schiffsmannschaft, denn ein paar von ihnen wurden mit Handschlag begrüßt. Und einer, ein vierschrötiger, bullig gebauter Mensch in geckenhaft rotweiß gestreiften Beinkleidern und mit einer grellblauen Gugel, deren Kapuzenzipfel ihm bis in die Kniekehlen herabbaumelte, lief sofort zum Halbdeck des Vorschiffs hinüber. Dort gesellte er sich den vier schmuddeligen Gestalten zu, deren Gespräch Engelke mitgehört hatte.

Womöglich handelte es sich bei dem aufreizend bunten Vogel um den ›Bärrnd‹, der noch heute zu den vier Schmutzfinken stoßen sollte. Engelke sah ihm nach und wünschte sich, auch jetzt wieder hören zu können, was die Kerle miteinander zu reden hatten. Schon hockten sie sich etwas abseits von den übrigen Seeleuten ans Schanzkleid auf der Steuerbordseite und vertieften sich in eine neue, vertrauliche Unterredung...

Unwillkürlich tat Engelke einen zögernden Schritt in ihre Richtung. Es reizte sie ungemein, näher heranzukommen und vielleicht doch das eine oder andere Wort aufzuschnappen. Erst beim zweitenmal hörte sie Heikos Zuruf aus dem Laderaum: »Geert! He, Geert!«

»Schon da!«

Die aufreibende, erschöpfende Schinderei ging weiter. Den Ladebaum bedienten zwei der neu angekommenen Seeleute, die dafür Windegeld bekamen. Sie arbeiteten schnell und sicher und mit dem gleichen Geschick wie die Schauerleute. Schon Augenblicke, nachdem Engelke in den Bauch des Schiffes hinabgestiegen war, mußte sie das erste Faß in Empfang nehmen. Es trug den Brandstempel des Hauses Burmeester, wie auch alle folgenden.

Also hatte es doch geklappt. Die Burmeestersche Ware

würde wie geplant mit auf die Reise gehen. Engelke fühlte sich erleichtert – besonders, als sie die unversehrten Plomben an den Fässern sah. Nur eins wunderte sie: Wieso war dieser Teil der Ladung nicht auch auf den beiden Ewern zur Halfmoond befördert worden? Warum hatten Seeleute der Schiffsmannschaft sie abgeholt – auf einem Boot, das höchstwahrscheinlich Beiboot der Halfmoond war?

Während sie mit dem unerbittlich schweigenden Heiko Hand in Hand arbeitete, versuchte sie sich einen Reim darauf zu machen. Aber sie fand keine vernünftige Erklärung dafür.

Eine böse, durch und durch ungesetzliche Sache war hier im Gange – und Engelke hatte noch immer keine Vorstellung davon, welcher Art sie war. Jedenfalls waren skrupellose Verbrecher daran beteiligt, Menschen, die nicht vor einem Mord zurückschreckten. Aber wofür hatte Jürgen Burmeester sterben müssen?

Engelke hatte eben das letzte Faß an Heiko weitergereicht und stand jetzt, tief in Gedanken versunken, auf den Bodenbrettern des Laderaums. Was konnte sie noch tun? Sie wußte nicht, wo sie weitersuchen sollte. Alles, was sie bisher erfahren hatte, gab ihr neue, verwirrende Rätsel auf. Die Nuß, die zu knacken sie sich vorgenommen hatte, erwies sich als überaus hart.

Zu hart für Engelke Geerts? Gegen dieses Eingeständnis einer Niederlage rebellierte all ihr Stolz. Noch standen viele Fragen offen und waren zu beantworten. Jede Antwort aber konnte die Lösung des Rätsels in sich tragen – die Handhabe, um Jürgen Burmeesters Mörder an den Galgen zu bringen. Zudem ging es nicht mehr allein um den ungesühnten Mord. Ein anderes, noch nicht begangenes Verbrechen mußte vereitelt werden, denn dieses Verbrechen hing mit der Halfmoond zusammen, dem Eigentum der Familie van Damme. Es verstand sich wohl von selbst, daß Engelke nichts unversucht lassen würde, um dieses Eigentum zu schützen.

Todmüde stieg sie den steilen, schmalen Niedergang hinauf, der aus dem Bauch des Schiffes an Deck führte. Ein neuer Plan reifte in ihr. Sie wußte zwar noch nicht genau, wie er durchzuführen war, aber etwas würde sich schon ergeben.

Zuerst jedoch war für heute die letzte Klippe zu überwinden: der Umtrunk, zu dem sie eingeladen worden war. Zu gern hätte sie sich gedrückt, sich einfach davongemacht. Aber das war völlig unmöglich, ein Freibier abzulehnen – so etwas tat kein Schauermann. Damit hätte sie sich auf der Stelle entlarvt. Also mußte sie durch, auch wenn sie sich kaum noch auf den Beinen halten konnte.

»Hast brav geschafft«, sagte die dunkle, warme Stimme, die sie schon kannte, »hier ist deine Löhnung.«

Engelke drehte sich um. Weshalb pirschte sich dieser große Kerl eigentlich immer so leise hinter ihrem Rücken an sie heran? Wortlos und ohne ihn anzusehen streckte sie ihm die Hand hin, diesmal mit Handschuh.

Der Riese zahlte die zwei Silberstücke. »Das Boot ist schon klar zum Ablegen«, sagte er, »kannst sofort an Bord gehen.«

»Wer fährt noch mit an Land?«

»Nur Heiko und ich.«

»So, Heiko.« Engelke zog unwillkürlich eine widerwillige Grimasse. »Dann wird's ein lustiger Abend.«

Der Riese lachte. Es klang ansteckend, kam tief aus dem Bauch. »Na – ich bin ja auch noch da.«

»Warum geht eigentlich überhaupt noch einer von euch an Land?« fragte Engelke. Im Rückblick fand sie es sonderbar, daß sie nicht mit den anderen Schauerleuten weggeschickt, sondern als einzige auf dem Schiff behalten worden war. Die Matrosen hätten auch ohne ihre Hilfe leicht den letzten Teil der Ladung verstauen können; eine weitere Fahrt aus dem Hafen in die Stadt wäre damit überflüssig gewesen.

»Wir holen den Skipper an Bord«, sagte der Riese mit den Flachshaaren.

Das erklärte natürlich alles. Engelke ließ die beiden Witten in dem ausgepolsterten Hosenlatz ihrer Beinkleider verschwinden, der wie eine kleine Tasche gearbeitet war. Dann drehte sie sich um und schob steifbeinig zur Kuhlreling hinüber, wo die Strickleiter außenbords ins Boot hinabhing. Mit zusammengebissenen Zähnen kletterte sie hinunter und ließ sich auf die hintere der beiden Ruderbänke plumpsen. Lieber Gott, wie fühlte sie sich zerschlagen! Aber das durfte keiner merken – keiner! Besonders nicht der breitschultrige Riesenkerl, der, gefolgt von Heiko dem Stummen, so elegant und geschmeidig das Fallreep herabturnte!

Die beiden Seeleute nahmen ihre Plätze an den mittleren Riemen ein. »Kannst steuern«, sagte der Große und deutete mit dem Daumen auf die zierlich geschwungene Ruderpinne am Heck des Bootes, »für heute hast du genug gearbeitet, mein' ich.«

»Mein' ik ook«, gab Engelke zurück und suchte den Seufzer in ihrer Stimme zu unterdrücken.

Heiko brummte mißbilligend. »Bin nich' sicher, ob der überhaupt steuern kann«, meinte er mit einem zweifelnden Blick auf Engelke, »besser, ich nehm' die Pinne – denn fahr'n wir nich' im Kreis.«

Engelke hatte sich schon ans Heck gesetzt. Sie stieß einen verächtlichen Schnaufer aus. »Blödian«, fauchte sie, »konzentrier du dich lieber darauf, den Mund zu halten. Da kommt nämlich nur dussliges Zeug raus! Nich' s-teuern können – ha! So'n Dröhnkram!«

Der Riese grinste, wurde fast augenblicklich wieder ernst. Er sagte nichts, gab Heiko nur einen Wink mit den Augen und machte dann die Leine los. Schweigend begann er zu pullen. Heiko schickte sich und ruderte auch, ohne noch zu murren.

Engelke führte die Pinne so gut, wie sie es gelernt hatte.

Sie beobachtete die beiden Männer, die ohne zu sprechen auf die Hohe Brücke zuhielten, unauffällig, aber mit aufmerksamen Blicken. Ob auch diese beiden Teil der Verschwörung auf der Halfmoond waren? Ob sie wußten, daß auf dem Schiff irgend etwas Ungesetzliches im Gange war?

»Die Mannschaft ist kein Problem«, hatte der Kerl mit dem östlichen Akzent gesagt, »nur der Lange – der macht mir Sorgen.« Ob der Riese, der auf der Bank vor Engelke zusammen mit Heiko das Boot so kraftvoll dem Ufer zutrieb, wohl dieser Lange war? Eigentlich mußte er es sein; einen weiteren übergroß gewachsenen Seemann hatte Engelke auf dem Schiff nicht gesehen.

»Sind eigentlich schon alle von der Mannschaft an Bord?« fragte sie auf gut Glück.

Der Riese wandte den Kopf zu ihr um und lächelte. »Hmm«, sagte er und nickte, »alle, außer dem Skipper – der wartet im Krug darauf, daß wir ihn einsammeln. Morgen früh kommt dann noch der Lotse – mit dem Wasserboot.«

»Ah.« Engelke glich durch einen leichten Druck gegen die Pinne den Kurs des Bootes aus. »Und in welchem Krug wartet der Skipper?«

»Zum Ochsen, auf dem Cremon.«

»Ah.« Engelke kannte die Gegend, wo sich dieses Brauhaus befand. Es lag direkt neben der Holzbrücke am Alsterufer. Nicht die beste Adresse – aber auch nicht die schlechteste.

»Wieso spendierst du uns Schauerleuten eigentlich 'n Bier?« forschte Engelke weiter, »kennst du die Männer – vielleicht von früher?«

Der Riese lachte verlegen. »Nee. Mir war einfach heute nach 'ner lustigen Runde«, brummelte er, deutlich nach Gründen für seine Freigebigkeit suchend. Er setzte sogar einen Schlag mit dem Ruder aus. Offensichtlich war ihm bewußt, wie wenig glaubwürdig seine Erklärung sich anhörte.

Engelke nahm sie ihm auch nicht ab. »Hast wohl Geld zuviel, was? Oder bist du was Besseres?«

Der Riese sah Engelke über die Schulter an. Wieder zeigte sich ein merkwürdiger Ausdruck in seinen Augen – eine gewisse Scheu, eine Unsicherheit, die der Situation nicht angemessen war. Und es kam keine Antwort.

Statt dessen sagte Heiko: »Dierk is' S-teuermann. Da reicht die Heuer schon für 'n paar läpp'sche Bier.«

»Oha«, entfuhr es Engelke. Der Steuermann eines großen Schiffes war allerdings etwas ›Besseres‹ – er kam im Rang gleich nach dem Schiffer. Und diesem wichtigen Mann gegenüber, einem der Hauptleute, hatte sie einen dermaßen ungebührlichen Ton angeschlagen! Sie schaute schnell weg – im gleichen Moment, in dem auch der Blick des Steuermanns hastig von ihr abirrte.

Es dauerte mehrere Atemzüge, bis Engelke ihre Haltung zurückgewonnen hatte. Dann straffte sie die Schultern, auch wenn es wehtat. Was war überhaupt in sie gefahren, daß sie in Gegenwart dieses Dierk so unruhig wurde? Als schlichter Schauermann hatte sie schließlich nicht ahnen können, daß der Lange eine Respektsperson war. Er hatte sich ihr nicht vorgestellt. Und jetzt mußte eine kleine Entschuldigung reichen, um ihre Entgleisung wettzumachen. »Tut mir leid«, murmelte sie leise. »dat ik Heern Stüürmann so unhöflich –«

»Da sind wir schon«, unterbrach der Riese betont laut und fröhlich, »Heiko – mach mal fest!«

Sie hatten die Holzbrücke erreicht. Das Boot legte an. Heiko warf wortlos die Leine um einen der Poller, die hier in einer Reihe auf dem schmalen Uferstreifen standen, dann stiegen Engelke und die beiden Seeleute an Land.

Das Brauhaus, vielmehr der Krug zum Ochsen, war um diese Stunde gut besucht. In dem niedrigen Raum, dessen Dämmerlicht von einigen an den offenen Dachbalken hängenden Tranlampen durchflackert wurde, drängten sich Handwerker, Seeleute, Hafenarbeiter. Besonders der einfache, aus Holzbohlen gezimmerte Tresen, auf dem ein frisch angezapftes Bierfaß sprudelte, war dicht umlagert.

Engelke hatte noch nie im Leben ein solches Lokal von innen gesehen. Sie fühlte sich äußerst ungemütlich, im krassen Gegensatz zu den vielen anderen Gästen des Kruges. Vor allen wußte sie nicht genau, wie sie sich hier, in engster Nachbarschaft von so vielen, teils recht angetrunkenen Männern aus den einfachen Schichten verhalten sollte. Nicht auf der Halfmoond war sie Gefahr gelaufen, sich zu verraten – nein. Jetzt, in dieser Schenke, konnte ihr das weit eher passieren. Sie durfte keinen einzigen Fehler machen, sonst...

Dierk der Steuermann schob die Leute am Tresen auseinander und schaffte sich Bahn zum Bierfaß. Er besorgte drei Krüge, kam zurück und reichte Engelke den ersten. Lächelnd trank er ihr zu, aber seine Augen lächelten nicht mit. Der Blick, der Engelke diesmal aus den wasserblauen Augen traf, war ernst und forschend, fast fragend.

Engelke wandte sich von ihm ab und schaute sich, da sie seinem Blick nicht standhalten konnte, nervös in der Gaststube um. »Ich sehe gar keinen von den anderen Schauerleuten«, sagte sie, »wo bleiben die denn?«

»Werden schon noch kommen«, sagte der Steuermann, »trink aus, Junge. Warmes Bier is' 'ne Todsünde!«

Er hatte das Wort ›Junge‹ sonderbar betont. Oder bildete Engelke sich das nur ein? Nein – er musterte sie, schien sie mehr als gründlich zu betrachten. Engelke hatte das unangenehme Gefühl, als taste er mit Blicken ihre Gesichtszüge ab.

Sie mußte hier raus – so schnell es ging. Die Nähe dieses großen Kerls war ihr unerträglich. Nicht mehr lange, und sie würde ihre Rolle als Schauermann fallen lassen müssen.

Aber wie konnte sie aus dem Lokal verschwinden, ohne sich vorher zu betrinken und dadurch bei ihren Begleitern Anstoß zu erregen? Schon hatte Dierk der Steuermann sich ein zweites Mal zum Wirt durchgeboxt und hielt ihr ein frisches Bier hin.

Es abzulehnen wäre unmöglich gewesen. Heldenhaft nahm Engelke den Steinkrug in Empfang und trank dem Spender zu. Der lächelte wieder ganz eigenartig dazu... Heiko dagegen zeigte sich so, wie es seiner Natur gemäß war: Er schwieg und machte keine Umstände mit seinem zweiten Becher.

Engelke ließ den Blick ratlos über die Gesichter der Kneipenbesucher wandern. Noch schien niemand von ihr Notiz zu nehmen, aber das konnte sich ändern, falls dieser Dierk sie weiterhin so seltsam anstarrte.

Am Tresen standen, eingekeilt in eine Traube von schon sehr lustigen Zimmerleuten, tatsächlich zwei Frauen. Engelke entdeckte sie zufällig, als die Gruppe, bei der sie standen, sich für einen Augenblick teilte. Die Mädchen waren in tief ausgeschnittene, eng taillierte Kleider gezwängt. Die schreienden Farben ihrer Gewandung wetteiferten mit dem Lippen- und Wangenrot, von dem sie überreichlich Gebrauch gemacht hatten. Diese Frauen waren eindeutig Huren, die hier ihrem Gewerbe nachgingen.

Engelke kam ein verwegener Gedanke. Einen Augenblick zögerte sie. Dann grinste sie die Jüngere der beiden Weiber an.

Die Hure grinste zurück. Ihr fehlte ein Schneidezahn, was ihrem Lächeln, das verführerisch wirken sollte, etwas Komisches gab.

Engelke grinste noch einmal und zwinkerte der Hure zu. Die Frau witterte ein Geschäft und winkte. »He, Süßer! Magst nich' mal rüberkomm'?«

Engelke trank ihren beiden Begleitern ein letztes Mal zu. Dann schob sie sich zum Tresen hinüber. Im Weggehen fing sie Dierks und Heikos Blicke auf. Heiko machte ein verblüfftes Gesicht und zeigte ein schiefes Lächeln; in den Augen des Steuermanns schimmerte völliges Unverständnis. Er regte zwar keinen Muskel, aber Engelke kam es vor, als schüttle er enttäuscht und vor allem ungläubig den Kopf.

Was sie davon zu halten hatte, wußte sie nicht. Eine leichte Gänsehaut überlief sie. »Dank för dat Freibier«, rief sie ihm in ihrer Verlegenheit noch zu, dann drehte sie sich um und sprach die Hure an: »Na, Kleine, hast du Zeit für 'n netten Jungen?«

Die Dirne lachte schrill. »Aber immer«, gurrte sie, »wenn du s-pendabel bist...«

»Was soll's denn kosten?« Engelke fand instinktiv den richtigen Ton. Sie wußte genau, wenn es ihr nicht gelang, ganz schnell aus dem Krug zu verschwinden, dann würde ihre Lage bald sehr brenzlig werden. Der Steuermann war bereits einen Schritt auf sie zugetreten – er hatte offenbar vor, sie zu sich und Heiko zurückzuholen.

»Kommt drauf an«, sagte die Hure und grinste süßlich, »billig bin ich nich', mein Lütten!«

»Na, denn nimm mich man mal mit in dein Kämmerlein«, säuselte Engelke und faßte die Frau um die Taille.

Die Hure kreischte auf. »Huch – du bist mir ja einer!« Aber sie zog Engelke zielsicher durch das Gedränge nach draußen vor die Tür. »Wenn wir's gleich hier hinter der Ecke erledigen, dann kost' es 'n Schilling«, klärte sie Engelke über ihre Preise auf, »in der Bude macht es vier. Und im Bett sechs.«

»Paß auf«, sagte Engelke und ließ die Dirne hastig los, »du kriegt zwei Witten dafür, daß du'n Weilchen hier draußen wartest, ehe du dich wieder im Krug blicken läßt. Einverstanden?«

»Wie?« Das Mädchen machte runde Augen. »Wat schall ik maken?«

Sie schien nicht begriffen zu haben. »Dauert das immer so lange bei dir?« fragte Engelke ungeduldig. »Hier sind zwei Witten«, sie angelte die Münzen aus ihrem Hosenlatz und drückte sie der Hure in die Hand, »dafür wartest du hier vor der Tür. So lange, wie'n Freier gewöhnlich braucht. Verstehst du?«

»Nee«, sagte die Hure fassungslos. »Willst du denn nix dafür, min Seuten? Bün ik di nich' schön genug?«

»Ach, was!« Engelke brannte plötzlich der Boden unter den Füßen. »Ich hab' man bloß heut' abend was anderes vor! Tu einfach, was ich gesagt hab'! Dann kannst du die zwei Witten behalten.«

»Männer gibt das...« murmelte die Hure. Kopfschüttelnd schaute sie Engelke nach, die auf der Holzbrücke eilig die Alster überquerte und am anderen Ufer die Deichstraße entlangrannte.

Das Speicherhaus der van Dammes lag verlassen. Niemand sah Engelke, als sie durch die kleine Schlupftür die Lagerhalle betrat. Hinter dem Stapel aus Kisten wechselte sie die Kleider, verstaute ihre Schauermannstracht in der gleichen Ecke, wischte sich Gesicht und Hals mit dem Hemdzipfel einigermaßen sauber und ordnete das Haar.

Inzwischen schmerzten ihr Beine, Arme und Rücken so sehr, daß jede Bewegung schwerfiel. Unmöglich konnte sie in diesem Zustand den Abend im Kreis von Familie und Gästen durchstehen. Ein warmes Bad würde Abhilfe schaffen müssen, vor allem auch im Hinblick darauf, daß morgen früh weitere Anstrengungen auf sie warteten. Erik Holms Badestube in der alten Bäckerstraße war die einzige, die Engelke ohne Scheu aufsuchen konnte. Außerdem – Holm war diskret und würde kein Wort über ihren Besuch durchsickern lassen, wenn sie ihn darum bat.

Der Weg zur Badestube war Engelke lang geworden. Mit jedem Schritt hatten sich ihre Beine schwerer angefühlt; als sie endlich angekommen war und an die Tür klopfte, war ihr, als müsse sie gleich in sich zusammenfallen wie ein nasser Sack. »Ich möchte deinen Herrn persönlich sprechen«, sagte sie zu der jungen Magd, die aufmachte, und lehnte sich müde an den Türrahmen.

Erik Holm erschien im Handumdrehen, höflich und adrett gekleidet wie immer. »Was ssagt man mir? Es ssei das Fräulein Engelke – und ssie mösste mich sselbst spressen?«

Engelke widmete dem langen Dänen ein mattes Lächeln. »Holm – ich wünsche ein warmes Bad. Aber möglichst in einer separaten Kammer, wo ich ganz ungestört sein kann.« Sie trat in den Vorraum und achtete sorgfältig darauf, daß niemand aus dem Badesaal sie im Blickfeld hatte. »Darf ich ganz offen sein?«

»Aber das wissen Fräulein Engelke doch«, gab Holm mit der gewohnten Selbstverständlichkeit zurück, »spresst frei heraus. Iss stehe immer ssu Diensten.«

»Holm – kann dafür gesorgt werden, daß mein Aufenthalt in Eurem Badehaus unbemerkt bleibt?« Engelke sah den Bader ernst an. »Es wäre mir sehr wichtig, daß es niemand erfährt.«

Der Bader zeigte ein fragendes Gesicht. Aber er nickte, ohne nach den Gründen zu forschen.

»Ich habe schreckliche Muskelschmerzen«, flüsterte Engelke ihm erklärend zu, »die Anstrengungen des heutigen Tages sind nicht spurlos an mir vorübergegangen.«

»Da werden einige Kräuter im warmen Badewasser Euss ssisser wohltun«, flüsterte Holm und paßte seine Lautstärke Engelkes Ton an.

»O ja«, hauchte Engelke, »Ihr seid eine wahre Hilfe! Ich habe –«

»Kommt«, unterbrach der Bader, noch immer im Flüsterton, »wenn niemand Euss ssehen ssoll, sso dürfen wir nisst hier verweilen!«

Er winkte Engelke, ihm zu folgen. Es ging die schmale Stiege hinauf, die aus dem Vorraum ins Obergeschoß seines Hauses führte. Hier gab es, was Engelke nicht gewußt hatte, drei weitere kleine, durch Türen abgeschlossene Badezimmer.

Holm öffnete gleich die erste Kammer mit einem Schlüssel. Mit formvollendeter Verbeugung bat er Engelke hinein und zündete an der Kerze, die im Flur brannte, die Hängelampe im Zimmer an.

Das Kämmerchen war unerwartet luxuriös ausgestattet. Engelke betrachtete staunend die noble Einrichtung. Eine große, aus poliertem Nußholz gebaute und mit Kupfer ausgekleidete Wanne stand mitten im Raum, die Wände waren mit polierter Täfelung verkleidet bis auf eine, deren Damastbespannung tiefrot schimmerte und die ein sehr großer, goldgerahmter Spiegel schmückte. Unter dem Spiegel stand eine zierliche, gepolsterte Bank mit Fußstütze, daneben ein kleiner Tisch, auf dessen Brokatdecke ein Zinnteller und ein gläserner Becher glänzten.

»Lieber Himmel, Holm«, sagte Engelke tief beeindruckt, »ich hatte keine Ahnung, daß Ihr so etwas zu bieten habt! Das ist ganz erstaunlich!«

»Ssu gütig, Fräulein Engelke«, gab Holm lächelnd zurück, und es war ihm anzumerken, daß er sich geschmeichelt fühlte. »Sseht Ihr – für meine Ehrengäste ssollte sson ein etwas gemütligeres Gemach vorhanden ssein – ist das nisst sso?«

»O ja! Dieses Gemach ist allerdings gemütlich – und so kostbar eingerichtet! Allein der Spiegel –« Das wertvolle Stück mußte ein Vermögen gekostet haben.

»Iss sstehe auf die Standpunkt, daß das Wohlgefallen meiner Gäste in diesse Haus das einssig Wichtige ist«, sagte Holm nüchtern, »die billige Vergnügen ssollen andere Badestuben ssorgen. Hier bei Holm gibt es ssolsse nisst. Iss biete nur wirklisse Genüsse.«

Er drehte sich um und zog an einem Klingelzug, der versteckt hinter der Tür hin. »Das Mädssen wird ssofort die heiße Wasser einfüllen«, fügte er mit einem dienstbeflissenen Lächeln hinzu, »und iss sselbst werde für die

Bad die passende Kräuter mixen. Auf bald, Fräulein Engelke.«

Er verschwand nach draußen auf den Flur. Gleichzeitig trat die Bademagd ein, bereits mit zwei Eimern heißem Wasser. Sie lächelte, grüßte, huschte hinaus, kam fast augenblicklich mit zwei neuen Eimern Wasser wieder. Sie schien nicht weit laufen zu müssen, um die Wanne zu füllen. Holm nutzte wohl die Annehmlichkeiten einer Pumpe, mit der sowohl warmes als auch kaltes Wasser ins Obergeschoß befördert werden konnte. Was für ein kluger, umsichtiger Geschäftsmann!

Engelke, die sich auf die kleine Polsterbank gesetzt und die müden Beine ausgestreckt hatte, mußte nicht lange warten, bis ihr Bad bereit war. Holm persönlich streute Melissenblätter und Lavendelblüten in die Wanne, »um die verkrampfte Muskeln ssu besänftigen«, wie er sagte, und ließ Engelke dann in den duftenden Schwaden der kleinen Badekammer allein. »Ssolltet Ihr ein Wunss haben«, sagte er zuvorkommend, während er sich diskret entfernte, »sso ssieht einfach diesse Klingel. Ssofort wird das Mädssen ssur Stelle ssein.«

»Gut«, sagte Engelke, »ich danke Euch, Holm.«

Die Tür schloß sich. Engelke wußte, sie würde jetzt völlig ungestört sein, solange sie wollte. Sie entkleidete sich, legte Hemd und Obergewand auf dem Polsterbänkchen zurecht, warf einen Blick in den Spiegel, bevor sie in das heiße, verführerisch duftende Bad stieg.

Der Spiegel – lang, rechteckig – war aus mehreren Silberglas-Teilen zusammengesetzt und zeigte ihr weit mehr von ihrer Gestalt als der kleine runde Spiegel, den sie selbst besaß. Sie konnte sich vom Scheitel bis zu den Hüften betrachten, und was sie sah, gefiel ihr. Ein markantes, energisches und doch ebenmäßiges Gesicht blickte ihr entgegen; das aufgelöste, blaßgoldene Haar fiel vom glatten Scheitel in sanften, schimmernden Wellen über die Schultern und umspielte kleine, feste Brüste mit rosigen Spitzen. Die Taille war schmal, die Hüften nicht besonders ausgeprägt, aber sehr weiblich...

Wieder einmal, nicht anders als schon so viele Male zuvor, verstand Engelke nicht, warum man sie als Frau so wenig beachtete. Sie hatte doch viele Vorzüge – weit mehr als andere Frauen. Der liebe Gott hatte sie, als er sie schuf, gewiß nicht benachteiligt. Warum war sie dann aber bis heute allein – und würde es wohl auch bleiben? Es konnte nicht sein, daß nur die mangelnde Mitgift mögliche Anwärter davon abhielt, um sie zu werben – viel häßlichere Mädchen waren schon ohne Heiratsgut unter die Haube gekommen.

Engelke stieg auf die kleine Bank. Nun konnte sie ihre Beine sehen – schön geformte, glatte, schlanke Beine... unendlich lange Beine.

Die waren schuld. Diese langen Beine waren schuld daran, daß niemand es in Betracht gezogen hatte, sie zu heiraten. Welcher Mann wollte schon eine Ehefrau, die ihm auf den Kopf spucken konnte? Nein – der Traum aller Männer war ein süßes kleines Frauchen, wie Anneke eins werden würde, das Bäschen, das Glückskind.

Zornig und mit einem Neidgefühl, dessen sie sich schrecklich schämte, sprang Engelke von der Bank herab und stieg in die dampfende Wanne. Sie setzte sich zurecht, lehnte sich an, dehnte die Glieder in der duftenden, wohltuenden Wärme des Wassers. Auf einmal kam ihr der Gedanke an den Steuermann der Halfmoond. Der war noch ein gutes Stück größer als sie – ein starker, selbstsicherer Mann.

Sie schloß die Augen. Sein Blick ruhte wieder auf ihr, sein sanfter, etwas verwirrter Blick.

Dierk...

Sie ertappte sich dabei, wie sie seinen Namen murmelte. Mit einem Ruck öffnete sie die Augen wieder und blies die Backen auf. Dieser Dierk wußte nicht einmal, daß sie überhaupt eine Frau war, und er würde es auch nie erfahren. Für ihn war sie Geert, ein junger Schauermann. Außerdem ...

Sie war nicht mehr vierzehn wie Anneke. Sie machte sich längst keine Illusionen mehr wie damals, als sie noch ein unreifes Mädchen gewesen war. Es hatte keinen Sinn, den verlorenen Träumen nachzuhängen. Aber die alten Sehnsüchte, die waren noch da, und stärker denn je.

Mit Gewalt riß sie sich aus diesen Träumen los. Was hatte sie denn heute bloß? Es gab im Augenblick, weiß Gott, Wichtigeres, als wehleidig alte Wunden zu lecken, die zudem gar keine Wunden mehr, sondern nur noch Narben waren!

Engelke konzentrierte sich darauf, die schmerzenden Muskeln zu entspannen und die Wärme des Kräutersuds auf ihre müden Arme und Beine einwirken zu lassen. Morgen würde sie sich zwar ähnliche Anstrengungen wie die des heutigen Tages nicht mehr zumuten, aber sie mußte so ausgeruht wie möglich sein. Denn sie würde die Spur weiterverfolgen, die zunächst auf die Halfmoond führte und an deren Ende mit Sicherheit Jürgen Burmeesters Mörder zu finden war.

Eine ganze Weile ruhte sie, den Kopf auf den Rand der Wanne gebettet, dösend im warmen Wasser. Nicht nur ihr Körper, sondern auch ihr Geist entspannte sich. Ihre Gedanken strömten ziellos in alle Richtungen, ohne an irgendeinem konkreten Thema festzumachen. Im Unterbewußtsein allerdings war sie hellwach und arbeitete fieberhaft an der Aufgabe, die sie sich gestellt hatte. Wort- und Gedankenfetzen wirbelten da herum und suchten sich in eine sinnvolle Form zu bringen, ohne daß dabei ein rechtes Bild zustande kam. Und die innere Unruhe, die durch diese Anstrengung aufs neue entstand, brachte Engelke schließlich dazu, aus ihrem trägen Halbschlaf in die Wirklichkeit zurückzukommen.

Zuerst fiel ihr die Musik auf, die plötzlich an ihre Ohren drang. Engelke erhob sich, trocknete sich mit den bereitliegenden Leintüchern ab und stieg aus der Wanne. Sie lauschte. Erstaunlich, daß die Melodien, die unten im großen Badesaal gespielt wurden, bis hierher zu hören waren!

Die Töne drangen durch die Täfelung der Stirnwand. Engelke trat näher und stellte fest, daß zwischen zwei Paneelen ein Spalt klaffte. Da war auch eine kleine Fingerkerbe ...

Engelke drückte und schob. Das rechte Paneel glitt ein Stückchen zur Seite. Durch die entstandene Lücke in der Täfelung war der Blick in den Badesaal freigegeben!

Dieser Holm! Er hatte wirklich an alles gedacht. Bei leicht geöffneten Schiebepaneelen konnten seine Extrakunden in den vornehmen Einzel-Badestuben die Musik ebenso genießen wie die weniger feinen Besucher im unteren Geschoß. Sie hatten ihre Ruhe, mußten aber deswegen nicht auf Unterhaltung verzichten. Sehr klug war das eingerichtet.

Außerdem konnte man von hier oben genau überblikken, wer sich unten aufhielt – und zwar, ohne selbst gesehen zu werden. Engelke ließ die Augen wandern. Mehrere Ehepaare badeten gemeinsam. Einige hatten sich das Tischbrett über die Wanne legen lassen und nahmen im warmen Wasser ein frühes Abendessen ein.

Engelke kannte fast alle diese Leute. Beim Anblick der Speisen, die ihnen im Badesaal serviert wurden, spürte sie plötzlich, wie leer ihr Magen war. Es wurde höchste Zeit, daß sie nach Hause kam.

Sie kleidete sich schleunigst an und frisierte das Haar. Bevor sie die kleine Badekammer verließ, warf sie noch einen abschließenden Blick zwischen den geöffneten Paneelen hindurch.

Unten im großen Saal verabschiedete sich soeben ein dunkelhaariger Mann, der einen leuchtend blauen Mantel über dem Arm trug.

Engelke stockte der Atem. Sie stand einen Augenblick

wie erstarrt. Dann rannte sie auf den Flur hinaus, stolperte die Stiege hinunter, prallte mit Holm zusammen, der auf dem Weg nach oben war. »Ich zahle morgen«, sprudelte sie hastig hervor, »jetzt hab' ich es zu eilig!«

»Ssehr gut, Fräulein Engelke«, gab der Bader verdutzt zurück, »iss wollte Euss nur berissten, daß –«

Den Rest seiner Worte wartete Engelke nicht mehr ab. Sie war bereits aus der Tür. Aufgeregt lief sie auf die Straße, blickte in beide Richtungen. Aber von dem Mann im blauen Mantel war keine Spur mehr zu entdecken. Es war, als habe die Erde ihn verschluckt.

8

Zu Hause war Engelke während des Nachmittags nicht vermißt worden. Godert van Damme und sein Gast, Hans Veckinghusen, hatten die Zeit nach dem Mittagessen in Holms Badestube verbracht, waren anschließend mit einigen Herren der Hamburger Kaufmannschaft im Einbeck'schen Haus zusammengetroffen und hatten über Gesprächen bei einem guten Roten neue Geschäftsverbindungen geknüpft. Jetzt saßen sie mit Evert dem Älteren in der Stube und sprachen weiter über's Geschäft. Sie waren so vertieft, daß es Engelke erst nach mehreren Versuchen gelang, die Aufmerksamkeit ihres Onkels zu erringen.

»Was gibt es denn?« fragte Godert van Damme zerstreut.

»Ich wollte mich nur nach der Halfmoond erkundigen«, erklärte Engelke und schlug den nüchternen Ton an, der bei Ohm Godert immer Interesse erweckte.

»Was ist mit der Halfmoond?«

»Nun – das Schiff läuft ja morgen aus. Ist alles geregelt, was Ladung, Proviant und Wasseraufnahme betrifft?«

»Ich denke schon.« Godert van Damme lächelte. »Die Aufsicht über all diese Dinge habe ich dem Schiffer übertragen, der die Fahrt für mich macht. Jens Olsen ist der beste Mann, den ich mir für die Halfmoond vorstellen kann. Ein sehr erfahrener Schiffshauptmann – in jeder Hinsicht. Er kennt sowohl die Ostsee als auch das westliche Meer. Wenn alles gutgeht, werde ich ihn wohl ganz in meine Dienste nehmen – immer vorausgesetzt, daß er will.«

Engelke nickte. Den Namen Olsen hatte sie schon gehört; er war immer mit Achtung genannt worden. Olsen war ein Setzschiffer – ein Hauptmann ohne eigenes Schiff, der im Dienst verschiedener Handelsherren auf Fahrt ging und dafür am Geschäft beteiligt wurde. »Daran tätest du gut, Ohm Godert. Der ist wirklich ein fähiger, besonnener Mann nach allem, was man hört. Hat er auch die Besatzung angeheuert?«

»Hat er. Die meisten Leute sind von ihm selbst ausgewählt. Einige wenige hat uns Burmeester letzte Woche noch beschafft, nur wenige Tage vor seinem unzeitgemäßen Tod.«

»Ach ...« Engelke dachte einen Augenblick nach. Ein paar Satzfetzen kamen ihr in den Sinn – Jürgen Burmeesters letzte Worte. »Alle zusammen sind es sechs ...«

»Sag, Onkel«, fuhr sie fort und meisterte die Unruhe, die sie ergriff, »wird eigentlich ein Passagier auf der Halfmoond mitfahren?«

»Nicht, daß ich wüßte«, erwiderte Godert van Damme, »es sei denn, Olsen hätte nachträglich noch eine private Vereinbarung getroffen. Er ist dazu befugt, weißt du. Aber er würde selbstverständlich den Eigner – mich – darüber informieren, korrekt, wie er ist. Und das hat er bis jetzt nicht getan.«

»Dann fährt also nur der Kaufmann mit, der seine Ware selbst begleiten wollte«, murmelte Engelke, »der und ein Gehilfe.«

»Richtig«, bestätigte Godert van Damme, »abgesehen von der Schiffsmannschaft sollten nur er und sein Kontorist an Bord sein. Aber auf Jens Olsen ist Verlaß. Der bringt die Ladung unbeschädigt nach London. Und dort wartet ja dein Vetter Evert der Jüngere. Der kümmert sich um alles Weitere. Du siehst, wir brauchen uns keine unnötigen Sorgen zu machen.«

Engelke bemühte sich um eine unauffällige Miene. »Nein, nein. Olsen wird ganz sicher kein Risiko eingehen, Onkel«, sagte sie. Ihre Stimme klang völlig gelassen, obwohl sie inzwischen äußerst beunruhigt war. »Und bei Wasser und Proviant ist ja wohl auch alles klar?«

»Morgen früh um sieben geht das Boot mit den eingekauften Lebensmitteln von der Lände beim Kran zur Halfmoond«, sagte Godert van Damme, »außerdem wird zusätzliches Trinkwasser aufgenommen. Ich habe mich selbst noch einmal vergewissert. Wir können dem Auslaufen der Halfmoond in Ruhe entgegensehen, glaube ich.«

Engelke nickte. »Etwas anderes noch, Ohm Godert«, sagte sie langsam, während sie nach den passenden Worten suchte, »ich – ich habe ein gutes Angebot für Bauholz erhalten. Und da hatte ich vor –«

»Bauholz? Wozu? Als Handelsware oder für den eigenen Bedarf?« Godert van Damme blickte sehr aufmerksam – wie immer, wenn Engelke diesen bedächtigen Ton anschlug.

»Das wäre noch zu entscheiden«, gab Engelke zurück. »Jedenfalls hatte ich vor, nach Buxtehude zu fahren und mir das Material erst man anzuschauen, ehe wir einen Kauf in Erwägung ziehen. Der Preis ist äußerst günstig.«

»Eiche?«

»Eiche und Buche. Balken hauptsächlich. Und mehrere Jahre abgelagert – was selten ist.«

»Das könnte lohnen«, mischte Evert der Ältere sich ein. Er lächelte und zwinkerte Engelke zu. »Wieviel ist es denn? Genug für ein Haus?«

»O – ich denke schon.« Engelke hatte ihre Unsicherheit überwunden. »Es war von hundert mittleren bis großen Eichenbalken die Rede, dazu –«

»Sieh es dir an«, unterbrach Godert, ganz Geschäftsmann. »Sollte der Preis stimmen, kannst du in meinem Namen verhandeln. Gutes Holz wird jederzeit gebraucht – wozu es verwendet wird, entscheiden wir später.«

Evert der Ältere lächelte noch immer. Er sah Hans Veckinghusen an, der schweigend zugehört hatte. »Meine Enkelin hat ein besseres Gespür für's Geschäft als so mancher Mann«, sagte er voller Stolz, »sie ist der beste Kaufmann, den man sich in einem Handelshaus wünschen kann.«

Ohm Godert wollte in das Lob einstimmen, das Engelke immer so verletzte. Sie kam ihm zuvor. »Ich werde also morgen ein Boot mieten und nach Buxtehude fahren«, warf sie ein, »es kann allerdings länger dauern – möglicherweise mehr als einen Tag.«

»Nimm dir die Zeit, die du brauchst«, sagte Evert der Ältere, »gut' Ding will Weile haben – und hier werden wir eben ohne dich auskommen müssen, solange du in Geschäften unterwegs bist. Übrigens, Engelke – mein Angebot steht noch. Du weißt ja, welches ich meine.«

Engelke nickte und spürte, wie sie rot anlief. Die Geschichte von dem Bauholz, dessen Qualität sie prüfen mußte, war natürlich frei erfunden. Es gab kein derartiges Angebot – schon gar nicht in Buxtehude. Sie hatte sich das Märchen nur ausgedacht, um den morgigen Tag zur freien Verfügung zu haben. Beim Stichwort ›Bauholz‹ aber war Grootvadder Evert natürlich zwangsläufig darauf gekommen, daß sie sein Angebot, ein neues Brauhaus zu bauen, annehmen wollte – was überhaupt noch nicht sicher war.

Nun ja. Bei passender Gelegenheit konnte sie den Altherrn immer noch korrigieren. Für den Augenblick mußte sie ihn in dem Glauben lassen, daß sie tatsächlich den Bau der Brauerei plante. »Sicher, Grootvadder«, sagte sie, »dat waard sik allens finnen.«

Sie zog sich aus der Stube in die Diele zurück. Was sie hatte erfahren wollen, wußte sie jetzt. Und sie hatte sich für ihre morgigen Pläne freie Bahn geschaffen.

Kaum hatte sie aber die Männer wieder ihren Gesprächen überlassen, als die Haustür aufging. Anneke und Konrad Veckinghusen kehrten von ihren Besuchen in der Stadt heim, in ihrem Kielwasser die Muhmen Meta und Gesine.

Annekes zartes Gesichtchen leuchtete. Konrad Vekkinghusen erinnerte Engelke entfernt an einen jungen Kater, der zum ersten Mal erfolgreich auf der Jagd gewesen war. Seine Augen glühten vor Stolz, sein Arm lag – verwegen – um Annekes Schultern. Die Tanten wirkten erschöpft und außer Puste.

»Engelke«, zwitscherte die kleine Braut in spe, »wir sind für morgen schon wieder eingeladen, denk dir bloß! Es ist gar nicht so schlimm, wie ich dachte... Ich meine, daß der große Schmaus ausfällt! Und wir waren im Heilig-Geist-Haus und haben es den Schwestern selbst gesagt, daß sie das ganze viele Fleisch gestiftet kriegen, weil wir es hier ja nicht mehr brauchen. Die Mutter Oberin hat sich so gefreut! Sie bedankt sich sehr, hat sie gesagt. Und sie wird all die guten Sachen an die Bedürftigsten und Kränksten verteilen lassen, sobald jemand das Fleisch zu ihr bringt. Ist das nicht noch viel schöner, als wenn wir es selbst essen würden? Mir hat der Gedanke richtig gut getan – ich meine, daß Arme und Kranke auch mal 'n bißchen glücklich sind, und daß –«

»Anna«, unterbrach Engelke den Redeschwall ihres Bäschens, »wann habt ihr denn das Heilig-Geist-Haus aufgesucht – heute früh etwa, bevor ihr eure Einladung wahrgenommen habt?«

»Nein, nein«, sprudelte Anneke weiter, »wir kommen eben jetzt von dort zurück! Die Muhmen wollten zuerst gar nicht zum Hospital – aber ich hab' sie überredet.« Sie ließ ein spitzbübisches Lächeln blitzen. »Am Ende war es ihnen dann doch recht – nicht, Muhme Gesine?«

Die Angesprochene nickte mürrisch. Engelke schüttelte den Kopf. »Wenn ihr erst vor kurzem im Heilig-Geist-Haus wart – dann hätte das Fleisch aber längst da sein müssen. Oder hab' ich dich eben falsch verstanden?«

»Nein...« Anneke schaute verdutzt. Aber dieser Ausdruck hielt sich nicht lange auf ihrem Gesicht. »Es wird schon richtig ankommen, wenn du jemanden damit hinschickst«, strahlte sie, »ich zeige Konrad jetzt zuerst mal das Kontor. Bis später beim Essen, Engelke... Oder kommst du mit?«

Sie faßte ihren Zukünftigen am Ärmel und zog ihn die schmale Stiege hinauf, die vom vorderen Ende der Diele nach oben in die Schreibkammer führte.

Die beiden Kontorgehilfen, die dort über ihrer Arbeit saßen, würden die willkommene Störung gern in Kauf nehmen, für die Anneke und Konrad Veckinghusen schon sorgen würden – das wußte Engelke. Sie selbst dagegen war keineswegs so erwünscht, das war ihr ebenfalls klar. Wenn Fröl'n Engelke auftauchte, durfte man alles tun – nur nicht eine Arbeitspause einlegen. Bei Fröl'n Anneke war das etwas ganz anderes. Denn die hatte kaum Ahnung von den Tätigkeiten, die in einem Kontor anfielen, und konnte nicht beurteilen, ob der Laden lief oder ob eine ruhige Kugel geschoben wurde.

Engelke lächelte und schüttelte ablehnend den Kopf. Sie entschied sich dafür, den Kontorgehilfen eine frei Stunde zu gönnen und deshalb die beiden Jungverliebten nicht in die Schreibstube zu begleiten. Gleichzeitig umwölkte sich ihre Miene. Annekes Bericht über das noch nicht abgelieferte Fleisch fiel ihr wieder ein. Sie hatte Katrien zeitig genug damit zum Heilig-Geist-Hospital geschickt. Die Jungmagd mußte entweder für diesen einen Gang den ganzen Tag vertrödelt haben, oder...

Katrien war nirgendwo zu finden. Mette, die in der Küche das Essen vorbereitete – Haferbrei für das Gesinde, Fisch für die Herrschaft –, wußte nicht zu sagen, wo die Jungmagd sein konnte. »Hab' sie mal kurz auf der Treppe gesehen«, gab sie zögernd Auskunft, »aber danach nich' mehr. Ich dachte, die soll Gänge für Euch machen, Fröl'n Engelke...«

Auch Mettes kleine Töchter wußten nichts über Katriens Aufenthalt zu sagen. Teetje, der in der Ecke auf dem

Fußboden hockte und mit einem Messer von Holzscheiten Späne zum Feueranzünden abspaltete, schüttelte einfach den Kopf und sagte gar nichts. Selbst die alte Wiebke hatte keine Ahnung, wo das Mädchen sein konnte.

Das war schon sehr sonderbar. Katrien war immer ein wenig unzuverlässig gewesen, aber sie hatte sich bis jetzt noch niemals erlaubt, ohne Nachricht von der Arbeit wegzubleiben.

Den ganzen Abend machte Engelke sich Sorgen. Schließlich war es möglich, daß Katrien ein Unglück zugestoßen war. Vielleicht hatte man sie auf ihrem Weg zum Heilig-Geist-Haus überfallen, ihr das Fleisch abgenommen... Vielleicht traute sie sich deswegen nicht mehr nach Hause, oder, schlimmer – sie lag verletzt in irgendeinem Graben... die Gegend um das Milderaden-Tor war nicht besonders sicher.

Engelke grübelte noch darüber nach, als sie neben der bereits süß schlummernden Base Anna im Bett lag. Der Gedanke, daß Katrien etwas zugestoßen sein könnte, störte sie sehr empfindlich im Durchdenken ihres Planes für den morgigen Tag. Sie kam einfach zu keiner ordentlichen Strategie, weil sie immerfort bei der verschwundenen Katrien landete. Nach Stunden endlich fand sie wenigstens ein bißchen unruhigen Schlaf. Aber schon weit vor Sonnenaufgang erwachte sie wieder.

Leise, um Anneke nicht zu wecken, schlüpfte sie aus den Federn, zog sich an und verließ, nachdem sie sich das Haar zu einem festen Nackenzopf geflochten hatte, die Schlafkammer. Überall im Haus herrschte noch tiefe Ruhe – das kam ihr sehr zupaß. Auf leisen Sohlen ging sie die Galerie entlang zur Wendeltreppe. Plötzlich hörte sie aus der winzigen Kammer, die der Treppe am nächsten lag, leise Geräusche.

Die Kammer wurde von Katrien bewohnt. Engelke

blieb stehen und lauschte. Dann packte sie den Türknopf und öffnete die Tür.

Vor dem dicken Strohsack, der fast den gesamten Boden des Gelasses bedeckte, kniete Katrien. Sie hatte sich tief über irgend etwas gebeugt und fuhr erschrocken herum, als Engelke eintrat. »Fröl'n Engelke... Ihr...?«

»Wo bist du die ganze Zeit gewesen?« fragte Engelke streng. Ihre Stimme hatte den harten, klirrenden Unterton, der ihren Zorn verriet.

»Ich...?«

»Ja, du. Wer sonst?«

Katriens Augen waren furchtsam aufgerissen. Sie suchte offenbar nach einer Ausrede für ihre Eskapade. »Ja... ich... ich war...«

Engelke entdeckte plötzlich den kleinen Stoffbeutel, den Katrien vor sich auf dem Strohsack liegen hatte. »Was ist das?« verlangte sie zu wissen und bückte sich gleichzeitig nach dem Beutelchen.

Katrien raffte es hastig an sich. »Dat – dat is' nich' wichtig...« stieß sie hervor.

»Ich glaube doch«, sagte Engelke ruhig, »gib es einmal her.«

»Nein!« Katrien krampfte die Finger um das Leinensäckchen. Etwas klirrte darin.

»Gib es her, sofort!« Engelke streckte ihr befehlend die Hand hin. Widerstrebend lieferte Katrien den Beutel aus. Er enthielt eine staatliche Anzahl Silberstücke.

Engelke betrachtete das Geld ohne Verwunderung. »Wo hast du das her?« fragte sie und kannte die Antwort bereits.

»Dat... dat heff ik... dat heff ik geerbt...«

»So. Von wem? Soweit ich weiß, hast du keine Verwandtschaft, die dir was vererben könnte.«

»Ik heff dat Geld... funnen...« Katriens Augen wanderten unstet zur Tür, dann heftete sich ihr Blick erneut auf das Beutelchen, das Engelke noch in der Hand hielt.

»Gefunden?« wiederholte Engelke spöttisch, »ich sage dir, wie du daran gekommen bist. Du hast das Fleisch verkauft – stimmt's? Und mit dem Erlös wolltest du dich in aller Herrgottsfrühe davonmachen.«

Katrien schob trotzig den Unterkiefer vor. »Und wenn? In Eurem Haus gefällt mir das nich' mehr. Is ja kein Wunder, wenn Euch die Leute weglaufen – so schlecht, wie einer hier gehalten wird! Und deshalb –«

Sie sprang auf, straffte sich und griff blitzschnell nach dem Beutel in Engelkes Hand. Aber Engelke war schneller. Sie schnappte Katriens Unterarm und hielt ihn fest. Ihre Finger umspannten Katriens Handgelenk wie Eisenklammern. »Pack dein Zeug«, sagte sie tonlos zwischen zusammengebissenen Zähnen, »du kommst mir tatsächlich aus dem Haus! Ab sofort wirst du im Heilig-Geist-Hospital in Dienst gehen. Da bringen sie dir schon bei, was Arbeit ist!«

»Da geh' ich nich' hin«, zischte Katrien, »Ihr könnt mich nich' zwingen.«

»Ach – nein? Wär's dir lieber, wenn ich dich vom Büttel holen lasse?« Engelke war so wütend, daß sie nur noch flüstern konnte. »Wie Diebstahl und Betrug bestraft werden, das weißt du ja wohl. Glaub mir, Katrien – ich schrecke nicht davor zurück, dich brandmarken zu lassen. Was du getan hast, ist einfach widerlich!«

Katrien riß die Augen auf. Ihr Blick irrte entsetzt über Engelkes Gesicht. Aber darin war keine Milde zu entdekken. Sie senkte den Kopf. Sie wußte tatsächlich nur zu gut, was man mit Dieben und Betrügern machte. Die Urteilssprüche waren verschieden; je nach Schwere der Gesetzesübertretung bekamen sie ein Brandmal auf Wange oder Stirn, oder man schnitt ihnen einen Schlitz ins Ohr, oder man hackte ihnen eine Hand ab ... Es blieb ihr nichts anderes übrig, als sich zu schicken. Sie hatte keine Wahl.

Stumm schnürte sie ihre wenigen Habseligkeiten zu einem Bündel. Und kurz darauf verließ sie in Begleitung von Engelke das Haus. Die alte Wiebke, die in der Küche zu dieser frühen Stunde wie immer das Feuer anzündete und die sich mit einem liebevollen Lächeln und einem wissenden Blick von Engelke verabschiedet hatte, würdigte sie keines Wortes und keines Händedrucks.

Ohne mit Katrien zu reden, brachte Engelke die Magd zum Heilig-Geist-Hospital. Schweigend gingen sie nebeneinander die noch menschenleere Reichenstraße entlang, überquerten im ersten grauen Dämmerlicht des nahenden Morgens die Schreiberbrücke, deren Buden noch geschlossen waren, und marschierten die neue Bäckerstraße entlang. Hier roch es schon nach frischem Brot. Aber Engelke konnte die angenehmen Düfte heute nicht recht genießen. Zu unerfreulich war der Beginn dieses Tages ausgefallen.

Über die Mühlenbrücke führte ihr Weg auf den Burstah, an Sankt Nicolai vorüber und über das Deichstraßenfleet zum Hospital. Die Pförtnerin am Eingang des uralten, schmucklosen Ziegelgebäudes wunderte sich, daß zu so früher Stunde schon Besucher Einlaß forderten. Erst auf den zweiten Blick erkannte sie Engelke.

»Nanu –«, stotterte sie, »was führt Euch denn hierher?«

»Meine kleine Base war gestern hier«, sagte Engelke, »sie hat der Mutter Oberin eine Spende angekündigt – das Fleisch, das wir für die Verlobungsfeier eingekauft hatten und nicht verwenden wollten.«

»Ja, ja«, sagte die Klosterschwester, »ich erinnere mich. Aber –«

»Es ist etwas dazwischengekommen«, fiel Engelke ihr in die Rede, »und wir möchten statt des Fleisches lieber das Geld spenden.« Sie zog den Leinenbeutel aus ihrem Ärmel hervor und reichte ihn der Nonne. »Wir sind sicher, es wird gute Verwendung finden.«

»O ja, ganz sicher!« Die Pförtnerin nahm das Leinensäckchen strahlend entgegen. »Geld ist sogar noch besser, wißt Ihr. Wir könnten –«

»Noch etwas«, unterbrach Engelke sie ein zweites Mal, »unsere Jungmagd –« sie deutete auf Katrien, »hat sich gewünscht, hier im Haus zu wirken und an den Armen und Kranken ein gutes Werk zu tun – unentgeltlich, nur gegen Kost und Unterkunft. Ich nehme an, Mutter Oberin wird sich dieser Bitte nicht verschließen.«

»O nein!« Diesmal überzog ein sonniges Lächeln das runde Gesicht der Klosterfrau. »Es ist doch immer wieder wundervoll, wie Gott der Herr uns fleißige Hände schickt, wenn sie am meisten gebraucht werden! Im Augenblick haben wir nämlich viele zu pflegen, die eine unbekannte Seuche auf das Krankenlager gezwungen hat, und nur so wenige Gesunde sind bereit, sich ihrer anzunehmen.« Energisch faßte sie Katrien bei der Hand. »Komm, meine Tochter. Du sollst herzlich willkommen sein. Eine Schwester wird dich auf der Stelle einweisen. Und Ihr, Fräulein«, sie wandte sich an Engelke, »sagt Eurem Oheim unseren ganz besonderen Dank für die großherzige Unterstützung! Wir werden ihn in unsere Gebete einschließen!«

Damit entließ sie Engelke und verschwand mit der wohlgefüllten Geldbörse in dem baufälligen Gebäude. Katrien, die wie versteinert dreinblickte, wurde regelrecht von ihr abgeführt. Und Engelke mußte ein Lächeln der Befriedigung unterdrücken. Jetzt fühlte sie sich bedeutend wohler. Sie konnte ohne störende Nebengedanken in Angriff nehmen, was sie sich für heute vorgenommen hatte.

Zielstrebig wanderte sie vom Heilig-Geist-Hospital am Rand des Fleets den Rödingsmarkt hinunter. Auf halber Höhe zweigte an der nur spärlich bebauten Straße zwischen den weitläufigen Grundstücken ein Weg nach links ab – eine Twiete, die über den Rödingsmarkt und Deichstraßenfleet direkt zur Deichstraße führte. Die Twiete traf fast exakt an der Stelle auf, an der das van Damm'sche Speicherhaus stand.

Engelke atmete tief. Der Gang zwischen Wiesen, auf denen im allerersten Morgenlicht der Tau der vergangenen Frühlingsnacht funkelte, und auf denen fette Kühe zufrieden grasten, wirkte ungemein erfrischend. Engelke spürte fast den Muskelkater nicht mehr, der sie an die Plackerei von gestern erinnerte. Ihre Schritte waren locker und elastisch. Als sie beim Speicherhaus angekommen war, fühlte sie sich so munter wie immer am frühen Morgen.

Ungesehen – denn auch auf der sonst so geschäftigen Deichstraße hatte der Tag noch nicht recht begonnen – huschte sie durch die Schlupftür ins Lagerhaus und wechselte hinter dem Kistenstapel wieder die Kleidung. Diesmal war Geert der Schauermann im Handumdrehen fertig – viel schneller als am Vortag. Und dieser Geert, ein schlanker Bursche mit Topfmütze und ziemlich viel Schmutz im Gesicht, machte sich auf den Weg zur Schiffslände beim Kran, wo die Gemüsebauern üblicherweise ihre Produkte anlandeten und sie den Hausfrauen tagesfrisch zum Kauf anboten – direkt aus dem Kahn.

Heute sollten von dort auch die beiden Boote ablegen, die Proviant und Wasser zur Halfmoond brachten. Engelke, oder vielmehr Geert der Schauermann, würde auf einem dieser Boote mitfahren. Sie mußte die letzte Möglichkeit nutzen, das Schiff zu durchsuchen und vielleicht dem Verbrechen, das dort stattfinden sollte, doch noch auf die Spur zu kommen, bevor die Halfmoond Segel setzte und auslief.

Engelke legte in ihrer Verkleidung den Weg zum Neß schneller zurück, als es ihr in Frauenkleidern möglich gewesen wäre. Die Stadt war inzwischen aus dem Schlaf erwacht. Überall begann das Leben auf den Straßen. Handwerker klappten die Läden ihrer Buden hoch; Höker zogen mit schwerbeladenen Kiepen auf den Markt; Mägde holten Wasser aus der Alster oder den Fleeten, kippten Unrat in die Gosse, fütterten Schweine und Hühner. Niemand nahm Notiz von dem jungen Mann in der groben

Kleidung, der mit langen, weit ausgreifenden Schritten die Wechslerbrücke überquerte und dem Gestade beim großen Kran zusteuerte, wo bereits zahlreiche Bauernkähne festgemacht hatten.

Engelke arbeitete sich durch die Stapel von Gemüsekörben, die Milchkannen und Steigen mit Salat oder Käse. Was sie suchte, hatte sie bald gefunden: Dicht bei dem nach drei Seiten offenen Häuschen, in dem die amtliche Waage untergebracht war, lagen zwei Boote, die nicht ent-, sondern beladen wurden. Auf das eine wurden über eine dicke Planke Fässer gerollt, in dem anderen stapelten sich Tonnen mit Erbsen und Bohnen, offene Kisten mit Schiffszwieback, Speckseiten, Rüben...

Engelke überlegte nicht lange. Sie betrat energisch die Holzbohlen, mit denen das Ufer der Schiffslände hier wie überall am Hafen abgedeckt war, damit der Boden sich nicht unter Hunderten von Holzschuhen in knietiefen Matsch verwandelte. Ein paar Schritte, und sie war bei den Männern, die das Beladen der Kähne beaufsichtigten. »He, du«, rief sie einen von ihnen an, »fahrt ihr zur Halfmoond?«

»Jo«, erwiderte der Mann mürrisch, »wer will dat weten?«

»Ich will das wissen«, Engelke fiel es gar nicht mehr schwer, den Jungen aus dem einfachen Volk zu spielen. »Geert ut Fuhlsbüttel. Ik mutt do hin. Nehmt ihr mich mit op't Boot?«

»Worüm muß du do hin?« Der Mann musterte Engelke von oben bis unten. »Arbeit gifft dat bei uns nich'. Wi hebbt ald 'noog Lüüd.«

Engelke zeigte ihr breitestes Grinsen. »Leute kann man nie genug haben«, gab sie mit einem frechen Zwinkern zurück, »besonders, wenn sie keine Löhnung fordern. Ich helf' ausladen, wenn ihr mich mitnehmt.«

»Und wieso willst du unbedingt auf die Halfmoond? Eh' du das nich' sagen tust, kannst' das vergessen.« Der

Mann schaute jetzt regelrecht mißtrauisch drein. Ein Junge, der umsonst helfen wollte? Daran mußte doch was faul sein!

»Ich hab' auf dem Schiff angeheuert«, erklärte Engelke. Sie trat näher und senkte vertraulich die Stimme. »Gestern abend hätt' ich schon an Bord gehen müssen – aber ich bin bei 'nem Mädel hängengeblieben. Du weißt ja, wie das is...«

Auf dem Gesicht des Bootsbesitzers breitete sich langsam ein breites, verständnisvolles Lächeln aus. »Ach so is dat«, sagte er und kniff ein Auge zu, »und jetzt wird wohl die Zeit knapp, was?«

Engelke nickte. »Du bist meine letzte Rettung.«

»Na, denn...« Der Mann deutete auf das Boot mit den Wasserfässern. »Der Kahn wird schon nich' kentern, wenn du auch noch mit drauf bist. Der andere Kerl fährt sowieso auf dem Boot mit den Vitalien mit.«

Der andere? »Was'n für'n anderer?« fragte Engelke obenhin.

»'n Passagier für die Halfmoond. Hat sich gestern abend angesagt. Müßte jeden Moment da sein.« Der Mann ging wieder an seine Arbeit, ohne noch ein Wort zu verlieren.

Engelke sprang ins Boot, das schon bereit war abzulegen. Sie suchte sich eine Lücke zwischen den Fässern und hockte sich hin. Die vier Mann, die die Besatzung bildeten, stießen ab und ruderten mit kräftigem, geübtem Schlag die Alster hinunter Richtung Hohe Brücke und Seehafen.

Engelke hielt den Kopf nach hinten gerichtet und beobachtete die Lände beim Kran, solange sie in ihrem Blickfeld war. Aber je weiter das Boot der Biegung der Alster folgte, desto weniger war von dem Landeplatz der Bauernkähne zu sehen, und schließlich kam er ganz außer Sicht, ohne daß Engelke etwas Bemerkenswertes hätte erkennen können.

Nun – sie hatte ohnehin so eine Ahnung, wer der ominöse Passagier sein konnte. Gewißheit würde sie bekommen, sobald sie ihn an Bord der Halfmoond sah. Aber wie sie das eigentliche Rätsel – den Grund seiner Anwesenheit auf dem Schiff ihres Onkels – lösen wollte, das wußte sie noch nicht im entferntesten. Es galt aufzuklären, in welcher Beziehung der Passagier zu den Matrosen stand, die Engelke durch ihren ungepflegten Aufzug und vor allem durch ihre verdächtige Unterhaltung aufgefallen waren. Denn daß er mit ihnen im Bunde war, stand fest. Des weiteren mußte herausgefunden werden, was die Halunken vorhatten. Denn daß die schmutzigen Kerle Halunken waren, stand ebenfalls fest.

Das beste wäre vielleicht gewesen, mit Jens Olsen zu sprechen, dem Schiffer. Engelke schüttelte den Kopf. Sie erkannte plötzlich, daß sie in einer verzwickten Lage steckte. Gab sie dem Schiffer ihre Identität preis, würde sich die Nachricht von dem, was sie getan hatten – nämlich, als Schauermann mit rauhen Hafenarbeitern zu arbeiten und sich allein auf einem Schiff herumzutreiben –, wie ein Lauffeuer in der ganzen Stadt verbreiten. Man würde lästern und lachen über Engelke Geerts, das Mannweib. Schandmäuler würden die ganze Familie durch den Dreck ziehen. Das durfte auf keinen Fall geschehen.

Andererseits bestand für Engelke als Geert der Schauermann kaum die Möglichkeit, zum Schiffer vorgelassen zu werden. Jens Olsen war der unumschränkte Herrscher der Halfmoond; er würde kaum einem hergelaufenen Bengel Gehör schenken, der nicht einmal zur Mannschaft seines Schiffes gehörte.

Genaugenommen blieb nur eine einzige Möglichkeit: Engelke mußte die Vorgänge auf der Halfmoond ganz allein auskundschaften und sich, sobald sie Klarheit darüber hatte, einen Verbündeten unter der Besatzung suchen. Der konnte dann Nachricht an den Schiffer weitergeben, damit die nötigen Schritte eingeleitet wurden. Engelke selbst mußte völlig im Hintergrund bleiben – wie kompliziert auch immer sich das gestalten würde.

Die Hohe Brücke war fast erreicht. Linkerhand glitt das dicht bebaute Ufer des Cremon vorüber. In den ersten Strahlen der Morgensonne schimmerten mattrot die Ziegelgefache der vielen Brauhäuser, deren hölzerne Ausluchten und Erker auf das Wasser hinausragten. Die Reetdächer glänzten; hier und da schimmerten aus Ton gebrannte Dachpfannen eines neuen Gebäudes.

Die Brauereien bildeten zusammen mit den großen Schiffen draußen im Hafen den Reichtum der Stadt. Das Bier und die Schiffe, die es in alle Welt transportierten, die hatten Hamburg, das Brauhaus der Hanse, groß gemacht – so, wie es in Köln zum Beispiel der Wein gewesen war.

Engelke ließ fast zärtlich den Blick über das vertraute Panorama wandern. Ein gewisser Stolz stieg in ihr auf. Andere Städte mochten prächtigere Gebäude zu bieten haben; Hamburg ließ seinen Reichtum dagegen nicht allzu deutlich sehen. Aber ob man diese Stadt nun liebte oder nicht – sie hatte etwas Beeindruckendes, einen stillen Charme, dem sich niemand entziehen konnte.

Als das Boot unter der Hohen Brücke hindurchglitt, dem Tor zur Welt, da klopfte Engelke unerklärlicherweise das Herz. Einmal noch schaute sie nach den beiden Alsterufern zurück. Dann heftete sie den Blick auf die Halfmoond, die umgeben von ihren vier Begleitschiffen im Alstertief vor Anker lag.

Die vier Ruderer manövrierten den Kahn geschickt durch das Gewimmel der vielen Boote, Ewer, Schuten und Prahme, die den Hafen bevölkerten. Hier, in der salzigen Luft auf dem Wasser, wo es nach Teer und Hanf und Fisch roch und der leichte Wind daneben alle möglichen anderen Gerüche mit sich trug – üble oder angenehme –, hier hatte schon im ersten Morgengrauen das Leben und die Arbeit angefangen, nach einer kurzen Nacht.

Engelke, die am vergangenen Nachmittag diese Welt

zum erstenmal hautnah erlebt hatte, sog die Luft tief in die Lungen. Der bunte Betrieb im Hafen hatte eine berauschende Wirkung auf sie – Engelke konnte sich nicht recht erklären, woher das kam, aber sie genoß das aufregende Gefühl. Das Funkeln und Glitzern der Sonnenstrahlen auf den Wellen, die Schreie der Möwen, das Knarren von Tauwerk, die vielfältigen Rufe der Seeleute – all dies verband sich zu einer Mischung, die Engelke das Blut schneller durch die Adern pulsieren ließ und sie fast ein bißchen betrunken machte. Als das Boot die Halfmoond erreicht hatte und längsseits ging, kletterte sie als erste das Fallreep hinauf und sprang an Deck, ohne ihren Muskelkater noch im entferntesten zu spüren.

Zum Stauen der Wasserfässer standen schon einige Männer der Schiffsbesatzung bereit. Engelkes Anwesenheit fiel nicht auf – im Gegenteil. Ihr Gesicht war bekannt. Niemand hinderte sie daran, in den Laderaum hinunterzusteigen oder in die achtern gelegene Proviantkammer direkt unter dem Ruderstand, wo die Wasserfässer untergebracht wurden.

Engelke blieb unter Deck. Die Arbeit ging rasch vonstatten. Bald war das Boot entladen, und das zweite mit den Lebensmitteln hatte angelegt. Engelke erkannte dies an den Kisten, Fässern und Körben mit Hülsenfrüchten, Eiern, Speck, Pökelfleisch und Schiffszwieback, die ihr zum Stauen heruntergebracht wurden.

Die winzige Proviantkammer füllte sich. Da war kaum noch Platz, um sich zu rühren. Dennoch mußte Engelke hier in dieser drangvollen Enge ein Versteck für sich schaffen. Denn sie hatte sich entschlossen, so lange an Bord zu bleiben, bis das Geheimnis der Verschwörung auf der Halfmoond gelüftet war.

9

Als die Wasser- und Proviantaufnahme beendet war, mußte Engelke feststellen, daß die kleine Ecke, die sie sich in der Proviantkammer eingerichtet hatte, auf dem ganzen Schiff das denkbar schlechteste Versteck für sie war. Denn der Schiffer stieg persönlich hier herab, um sich über Umfang und Art der Vorräte zu informieren und festzustellen, ob auch wirklich alles Notwendige vorhanden war. Engelke gelang es gerade noch, durch das Schott, das der Proviantkammer gegenüber lag, in den Laderaum zu schlüpfen, ehe sie gesehen werden konnte.

Mit hämmerndem Herzen hockte sie hier zwischen den verzurrten Fässern verschiedenen Inhalts und wartete, bis es still wurde und polternde Schritte auf dem Niedergang ihr sagten, daß der Schiffer wieder an Deck ging.

Sie würde im Laderaum bleiben müssen. Zu dumm. Blieb zu hoffen, daß die Schotten zwischen den Abteilungen des Laderaums nicht dichtgemacht wurden. Aber wenn Jens Olsen ein so gewissenhafter Schiffer war, wie man es ihm nachsage, dann würde sich jetzt gleich der hölzerne Riegel vorschieben, und...

Sie durfte sich auf keinen Fall im Laderaum einsperren lassen. Also zurück in die Proviantkammer, solange sie noch konnte. Engelke streckte den Kopf aus dem vorsichtig geöffneten Schott und spähte den Niedergang hinauf, duckte sich hastig in die Lücke zwischen den Lebensmittelkisten und verharrte mit angehaltenem Atem wie ein gejagtes Wild.

Erneut polterten Schritte den Niedergang herunter. Ein Matrose erschien, verschwand im Laderaum, sperrte die Schotten zu und stampfte wieder nach oben. Engelke atmete hörbar aus.

Ihr Vorhaben war schwieriger durchzuführen, als sie sich das vorgestellt hatte. Wenn sie nicht dauernd von der Proviantkammer in den Laderaum und zurück gehetzt werden wollte, mußte sie sich eine Möglichkeit schaffen, das vordere Laderaumschott von innen zu öffnen.

Sie würde einfach die Riegelführung von der Schottenwand abschrauben. Aber womit? Kein einziges Werkzeug stand ihr zur Verfügung, kein Messer, nicht einmal eine Münze. Der einzige flache Gegenstand, den sie besaß, war ein silbernes Kreuzchen, das sie unter dem großen Männerhemd am Kettchen um den Hals trug. Und das würde sich bei der Operation hoffnungslos verbiegen.

Dies war ein neues Schiff. Engelke erinnerte sich an die Kalfatklammer, die sie am vergangenen Tag im Laderaum hatte liegen sehen. Mit solchen u-förmig gebogenen Krampen wurde die Dichtmasse aus Teer und Werg in den Fugen zwischen den Planken des Rumpfes festgehalten. Die Bauleute mußten vergessen haben, diese eine Klammer einzuschlagen. Vielleicht war sie auch überzählig gewesen. Kalfatklammern hatten zwei flache, schmale Enden – bestens geeignet, um Schrauben herauszudrehen.

Engelke verschwand wieder im Laderaum und tastete im Dunkeln nach der Klammer. Es dauerte eine Weile, aber endlich hatte sie sie tatsächlich gefunden.

Oben an Deck waren inzwischen alle Hände beschäftigt. Der Anker wurde gelichtet – das erkannte Engelke am rauhen Knirschen des Bratspills, an den rhythmischen Kommandos: »To-gliek... to-gliek...« und am Klirren und Rasseln von Metall an der Bordwand des Vorschiffs. Gleichzeitig wurde das Segel gesetzt. Stimmen brüllten, Füße polterten über Deck, Tauwerk knarrte...

Es war soweit. Die Halfmoond trat ihre allererste Fahrt an, ihre Jungfernfahrt. Einen atemberaubenden Augenblick lang horchte Engelke auf die Geräusche eines großen, seegehenden Schiffes – Geräusche, die ihr noch unbekannt waren. Sie spürte, wie der Plankenboden unter ihren Füßen sacht zu schwanken begann...

Mit Gewalt mußte sie sich von dem Zauber losreißen, den dies alles auf sie ausübte. Es gab etwas zu erledigen, jetzt, wo die Mannschaft vollzählig an Deck zu tun hatte und niemand sie stören konnte. Sie durfte die vielleicht einzige Gelegenheit dazu nicht verstreichen lassen.

Schnell und geschickt, als habe sie das schon viele Male getan, löste sie mit dem schmalen, flachen Ende der Kalfatklammer die beiden Schrauben, die die Riegelführung an der Schottenwand festhielten. Nun war das Schott nicht mehr zu schließen. Aber die kleine Brettertür sah geschlossen aus, wenn sie von innen fest zugezogen wurde. Der Riegel wirkte ja noch immer, als sei er vorgeschoben.

Befriedigt betrachtete Engelke das Ergebnis ihrer Bemühung. Im Laderaum würde sie vor Entdeckung weitgehend sicher sein, zu dem konnte sie jetzt, falls es nötig wurde, ihr Versteck jederzeit verlassen.

Eben wollte sie sich hinter das Schott in Deckung begeben, als ihr Blick von einer Bewegung am oberen Ende des Niedergangs, bei der viereckigen Einstiegsluke, angezogen wurde. Zwei Männer standen da an Deck. Engelke konnte ihr Gestalten bis zur Hüfte erkennen. Der eine trug dunkelrote Beinkleider und glänzende schwarze Schuhe; die strumpfengen Beinkleider des anderen waren nach der neuesten Mode mi-parti: schwarz das eine, schwarzweiß längsgestreift das andere Hosenbein. Außerdem trug er einen Mantel über dem Arm – einen leuchtend blauen Mantel, von dessen kleeblattförmiger silberner Schließe die eine Hälfte, nämlich der Haken, fehlte.

Engelkes Herz setzte einen Schlag aus. Der fehlende Verschlußhaken befand sich zu Hause in ihrer Schlafkammer. Sie hatte ihn an der Stelle gefunden, wo Jürgen Burmeester erstochen worden war. Wenn ihre Vermutungen stimmten – und es schien so –, dann war der Mann da oben Jürgen Burmeesters Mörder.

Jedenfalls war er der geheimnisvolle Passagier. Und im Augenblick unterhielt er sich ziemlich vertraulich mit dem Mann in der roten Hose: »Ich weiß Euch gar nicht genug zu danken, mein lieber Olsen! Es war sehr christlich von Euch, mich auf solch kurze Nachricht hin doch noch mitzunehmen.«

»Christlich?« Der Schiffer trat einen Schritt näher an den Niedergang heran. »Dat kann man nu nich' seggen. Ich hab' Euch schließlich in Gesellschaft von Jürgen Burmeester gesehen, Gott geb' ihm die ewige Ruh'. Burmeester war'n angesehener Bürger. Bloß deshalb seid Ihr auf'm Schiff.«

Engelke drückte sich hastig in die vollgestopfte Proviantkammer hinein. Über ihr sagte der Passagier: »Bloß deshalb? Ich zahle Euch aber auch einen guten Preis für die Überfahrt.«

»Hmm«, brummte Olsen.

»Wann werden wir das Meer erreichen?«

»Die offene See? So gegen Sonnenuntergang, wenn der Südostwind hält. Bei Ottensen geht der Lotse von Bord, und danach passieren wir Neuwerk.«

Engelke nickte. Bis Neuwerk würde sie selbst allerdings nicht mitfahren. Schon weit früher mußte sie ihre Aufgabe gelöst haben. Sie schob sich tiefer in die Lücke zwischen den Lebensmittelfässern. Und wenn alles erledigt war, was sie sich vorgenommen hatte, würde sie mit dem Boot des Lotsen nach Hamburg zurückkehren.

»Was ich Euch noch fragen wollte, mein lieber Olsen«, setzte der Passagier die Unterhaltung fort, »wie steht es mit dem Wetter? Und wann –«

»Genug geredet«, schnitt der Schiffer ihm das Wort ab, »ich hab' zu tun. Geht in meine Kajüte, bis wir Fahrt aufgenommen haben. Dann überlasse ich das Schiff dem Lotsen, und wir können alles übrige besprechen.«

Er stapfte weiter. Einen Augenblick später hörte Engelke ihn Befehle rufen. Der Passagier blieb noch ein paar

Atemzüge länger auf der Stelle stehen, dann verschwand auch er. Die Tür der Steuerbord-Kabine ging – er war wohl der Anweisung des Schiffers gefolgt.

Der Kerl hatte es geschafft, Quartier in der Kajüte des Schiffsherrn zu erlangen! In der Backbord-Kabine, die vom Steuermann, dem mitreisenden Kaufmann und dessen Gehilfen bewohnt wurde, war wohl absolut kein Platz mehr gewesen, und der Schiffer hatte den unerwarteten Fahrgast deshalb großzügigerweise bei sich selbst aufgenommen. War die Tatsache, daß der mysteriöse Passagier beim Schiffer logierte, ein Teil des Plans, den die Halunken verfolgten?

Engelke gefiel es jedenfalls gar nicht, daß ausgerechnet der Führer der Halfmoond die Kabine mit dem Blaumantel teilte. Möglicherweise schwebte er dadurch in Lebensgefahr – es sei denn, er steckte mit in dem Komplott. Und das konnte Engelke sich bei Jens Olsen überhaupt nicht vorstellen.

Die Luke zum Niedergang wurde mit einem Deckel verschlossen. Im Proviantraum war es plötzlich sackfinster. Engelke, der mit einem Schlag jede Sicht genommen war, hörte nun um so deutlicher die veränderten Geräusche, die an ihr Ohr drangen, und spürte um so intensiver die Bewegungen des Schiffes.

Ein gewaltiges Rauschen klang auf, gefolgt von einem lauten Knallen und Knattern und dem Knirschen von nagelneuem Tauwerk, das über Rollen lief. Das große, fast quadratische Segel der Halfmoond hatte sich entfaltet und wurde in den Wind gedreht.

Ein Zittern ging durch den Rumpf des Schiffes. Es legte sich in einer schaukelnden Bewegung auf die Seite, kam wieder hoch... und plötzlich war nicht mehr das Plätschern der Wellen an der Bordwand zu hören, sondern das zischende Brausen von Kielwasser. Engelke, die tief geduckt in ihrer Ecke des Proviantraumes direkt neben dem Achtersteven hockte, spürte regelrecht die schabenden, metallischen Geräusche, mit denen sich das mächtige Heckruder in seinen eisernen Fingerlingen drehte.

Dierk von Amrum stand jetzt da oben im Ruderstand an der Pinne und lenkte das Schiff mit der Kraft seiner Arme. Trotz der Dunkelheit schloß Engelke die Augen. Sie sah ihn vor sich – seine hochgewachsene, kraftvolle, breitschultrige Gestalt, das Gesicht mit der Adlernase, umflossen von flachsblondem, im Wind flatterndem Haar, die hellblauen, jetzt gegen die Sonne schmal zusammengekniffenen Augen – diese Augen, deren sanfter Blick so gar nicht zu seinem eher furchteinflößenden Äußeren passen wollte...

Ein dicker, schmerzhafter Kloß begann in Engelkes Kehle zu drücken. Sie kam sich mit einem Mal unendlich verloren vor. Was machte sie eigentlich hier, als Frau, mutterseelenallein auf diesem Schiff? In was für eine fürchterliche Lage hatte sie sich bloß gebracht? Was sie plante, war purer Leichtsinn und konnte schreckliche Folgen haben. Zudem saß sie bis auf weiteres im Bauch des Schiffes fest und hatte kaum die Möglichkeit, ihre gefährlichen Nachforschungen überhaupt fortzuführen.

Schreckensbilder stiegen in ihr auf. Am glimpflichsten konnte das Abenteuer, auf das sie sich eingelassen hatte, noch ablaufen, wenn ihr Aufenthalt an Bord schnell genug entdeckt wurde. Der Schiffer würde sie vor der Mannschaft entlarven und sie anschließend nach Hamburg zurückschicken. Es konnte aber auch sein, daß die Verbrecher die ersten waren, die Wind davon bekamen, daß Engelke ihnen nachspürte. Dann würde wohl klammheimlich die Leiche einer als Mann verkleideten jungen Frau über Bord gehen. Denn der Mann im blauen Mantel, der Hauptmann der Halunken, kannte keine Skrupel, was das Beseitigen von unliebsamen Mitwissern betraf.

Beide Möglichkeiten bedeuteten Katastrophen für Engelke. Im ersten Fall würde sie bestimmt tausend Tode sterben, sobald ihre Tat – ein Unding für eine Dame aus gutem Hause – in der Hamburger Gesellschaft offenbar wurde. Im zweiten Fall war sie gleich erledigt...

»O Gott«, flüsterte sie, »was mach' ich bloß?« Tränen der Furcht und der Mutlosigkeit sammelten sich in ihren Augen. Da plötzlich hörte sie ein Geräusch dicht neben sich.

Das leise Schaben drang aus einer Kiste, die mit Kohlrüben gefüllt war.

Eine Ratte? Nein – so hörte es sich nicht an. Eher wie etwas Größeres, Massigeres...

Engelke faßte mutig in die Kiste und räumte ein paar Rüben beiseite. Ihre Finger berührten etwas Weiches, feucht Verklebtes – menschliche Haare. Einen dicken, struppigen Haarschopf.

Sie tastete. Die wuscheligen Haare bedeckten einen Kopf, der seiner Größe nach zu einem Kind gehören mußte. Dieses Kind bewegte sich jetzt in der Kiste unter den Rüben – es kroch furchtsam in sich zusammen.

»Was in aller Welt machst du denn hier?« entfuhr es Engelke halblaut, »du gehörst doch ganz bestimmt nicht auf's Schiff!«

Das Kind rührte sich wieder – es schob sich langsam hoch und reckte in der Dunkelheit den Kopf aus der Kiste. »Fröl'n Engelke«, kam piepsig vor Angst seine Stimme, »woher hefft Ji 'wußt, dat ik –«

»Teetje!« Engelke war fassungslos. Mettes Ältester hatte sich in dieser Kiste als blinder Passagier auf der Halfmoond eingeschlichen! »Komm sofort da raus! Bist du verrückt geworden?«

Teetje wimmerte. »Bitte, Fröl'n Engelke – ik wull jo to See! Wenn Ji mik nu to'm Skipper bringt – denn schickt der mich zurück an Land. Und denn walkt mi Vaddern durch – und ich kann nich' Seemann weern!«

Engelke mußte ein Lachen unterdrücken. Ihre Mutlosigkeit war wie weggeblasen. »Teetje«, flüsterte sie, »ich will zwar kein Seemann werden, aber stell dir vor – ich bin auch 'n blinder Passagier. Ich könnte dich gar nicht beim Schiffer abliefern, selbst wenn ich wollte. Mich darf nämlich auch keiner zu Gesicht kriegen. Also beruhige dich – und steig aus der Kiste. Wie bist du überhaupt da reingekommen?«

Teetje ließ einen Seufzer der Erleichterung hören. Er setzte zu einer Antwort an. Aber Engelke hielt ihm hastig den Mund zu. »Schscht«, hauchte sie. Das Knarren des Lukendeckels über dem Niedergang hatte sie verstummen lassen.

»Hier ist es zu unsicher«, flüsterte sie, als es wieder still geworden war, »wir müssen hinüber in den Laderaum. Komm – und mach keinen Krach!«

Der Junge glitt lautlos aus der Rübenkiste. An Engelkes Hand geklammert folgte er ihr durch das präparierte Schott, das Engelke sorgfältig hinter ihnen verkeilte, damit es bei den Bewegungen des Schiffes nicht auf- und zuklappen konnte. In der finsteren Enge des Laderaums, auf den Bohlen über der Bilge hockend, erzählte Teetje dann, wie er auf's Schiffe gelangt war.

Er hatte sich eine der Gemüsekisten ausgesucht, die für die Halfmoond bestimmt gewesen waren hatte sich in die Rüben eingebuddelt bis über den Kopf und war darin unbemerkt an Bord geschafft worden. »Kein' ein' hat mich gesehen«, beendete er seinen trockenen Bericht, »weil ich mir dat Gesicht mit grönem Modder ut'n Fleet angeschmiert hab'. Ik bün gröön – wie dat Grööntüüg in de Kist'.«

»Daß du grün bist, das brauchst du durch Einschmieren mit Algen nicht noch zu betonen, min Jung'!« Engelke kicherte nun doch. Aber sofort beherrschte sie ihre Erheiterung wieder. »Herrgott – ich hoffe, du bist wenigstens verständig genug, um uns nicht in noch größere Gefahr zu bringen...«

»Gefahr, Fröl'n Engelke?« Teetje rückte dicht an sie heran. »Keine Angst – ich beschütz' Euch! Ihr seid doch geraubt woorn – oder?«

Engelke legte den Arm um den kleinen Rotzbengel. »Keine Zeit für Märchen, Teetje«, wisperte sie, »hör mir gut zu. Und danach tust du genau, was ich dir auftrage. Sonst kommen wir beide vielleicht nicht lebend hier raus.«

Sie erzählte dem Kind in einfachen Worten, weshalb sie auf dem Schiff war. Teetje lauschte in atemlosem Schweigen und unterbrach sie kein einziges Mal. Als sie fertig war, stieß er die Luft zwischen seinen großen Schneidezähnen durch, so daß es wie ein leises Pfeifen klang. »Un wat die mit de Halfmoond vörhebbt – dat weet Ji nich'?«

»Nee, min Jung. Dat mööt wi ruutfinnen.«

»Aber wie?« Teetje wippte ungeduldig auf den Fersen. »Schall ik mi mol an die Kerls ranschleichen? Wenn ich ganz leise bin, dann –«

»Du bleibst hier«, zischte Engelke, »keine Widerworte – verstanden? Ohne vernünftigen Plan tust du gar nichts.«

»Ik meen man bloß –«

»Schscht!« Engelke gab dem Jungen im Dunkeln eine spielerische Kopfnuß. »Denk doch mal nach, Teetje! Vor Einbruch der Dunkelheit kann es keiner von uns wagen, an Deck zu gehen! Wir würden auf der Stelle entdeckt werden – siehst du das nicht ein? Da oben sind über zwanzig Mann mit doppelt so vielen Augen! Glaub mir – denen entgeht nicht mal so'n Krümel, wie du einer bist!«

»Hmm«, machte Teetje. Engelke spürte, daß sein Widerspruchsgeist noch immer sehr lebendig war. Aber Teetje murrte nicht mehr. Er hatte die Gefahr erkannt, die ihm und dem Fröl'n Engelke drohte. Er würde sich ruhig verhalten, auch wenn er vor lauter Abenteuerlust kaum stillsitzen konnte.

Sie machten es sich also in der Enge des Laderaums bequem, lagerten sich im Laufgang zwischen den vertäuten Fässern und warteten. Die sanften, schaukelnden Bewegungen der Halfmoond, die sich jetzt im Fahrwasser der Elbe zwischen Baken und Markierungstonnen den Weg zur Nordsee suchte und die, kundig geführt vom Lotsen, ohne Aufenthalt an Sänden, Werdern und Untiefen vorüberglitt, wirkten einschläfernd wie das Schaukeln einer Kinderwiege.

Engelke mußte eingenickt sein. Teetjes kleine, feste Faust schüttelte sie und weckte sie auf.

»Fröl'n Engelke – Essen is ferdich!«

»Essen?« Engelke schüttelte den Kopf. »Wie lange hab' ich geschlafen?«

»Es is' schon dunkel draußen«, gab Teetje im Flüsterton zurück, während er ihr einen Kanten Schiffszwieback in die Hand drückte, »ich hab' den Lukendeckel mal'n büschen angehoben – und da war's an Deck schon duster.«

»Ich hatte dir doch gesagt –«

»Wir mußten aber was zu essen haben, Fröl'n Engelke«, fiel der Kleine ihr ins Wort, »und ik müß ook noch min Mütz' holen. Die hatt' ik in de Grööntüügkist' vergeten...«

»Herrgott, Junge!« Engelke richtete sich auf und bewegte vorsichtig die Schultern. Sie fühlte sich steif, wie eingerostet. Außerdem war sie zornig – in erster Linie auf sich selbst.

Die offene See war schon erreicht. Bei Einbruch der Dunkelheit würden sie Neuwerk passieren, hatte der Skipper gesagt. Und vorher war in der Nähe des Dorfes und der Festung Ottensen der Lotse von Bord gegangen!

»Herrgott, Junge«, wiederholte Engelke noch einmal. Sie wischte sich über die Stirn und biß geistesabwesend in den Schiffszwieback. Es dauerte einen Augenblick, bis sie begriffen hatte, daß ihr der Rückweg nach Hamburg abgeschnitten war. Sie saß auf der Halfmoond fest; es gab keine Möglichkeit mehr, nach Hause zurückzukehren!

Die Lage hatte sich völlig verändert. Dadurch, daß sie den ganzen Nachmittag verschlafen hatte, war sie nicht dazu gekommen, auf dem Schiff nach weiteren Spuren eines Verbrechens zu suchen oder sich wenigstens zu überlegen, wie sie dabei überhaupt verfahren sollte. Und jetzt blieb ihr, die sie ja buchstäblich noch immer im dunkeln tappte, vielleicht nicht einmal mehr Zeit genug, um noch zu irgendeiner Tat zu schreiten!

Zum zweitenmal an diesem Tag kam sie sich hilflos und verlassen vor. Aber Selbstmitleid und Selbstvorwürfe waren jetzt wahrhaftig nicht angebracht. Je weiter die Zeit voranschritt, desto gefährlicher wurde ihre Lage – das spürte sie. Auch wenn sie noch immer keine Ahnung hatte, aus welcher Richtung die Gefahr drohte oder wie sie aussah.

»Ich wünschte, ich wüßte, was da oben an Deck vor sich geht«, murmelte sie.

Teetje rückte dicht an sie heran. »Steifer Wind is aufgekommen«, wisperte er, »sie haben das Segel eingeholt. Wollen in der Nacht keine Fahrt machen, weil's zu wolkig is. Da kann man den Kurs nich' halten – seggt de Skipper.«

»Woher weißt du das?«

»Ich hab' doch den Lukendeckel –«

»Ach, ja. Satansbraten!«

»Die Laternen am Heck und auf dem Masttopp, die brennen schon«, fuhr Teetje flüsternd fort, »und die Wachen sind auch schon eingeteilt.«

»Ich wünschte, ich könnte –«

»Schall ik jetzt mol an Deck...?« Teetje war plötzlich wieder ganz bibbernde Ungeduld.

»Nein – auf keinen Fall«, bremste ihn Engelke, »das ist viel zu gefährlich. Wenn ich doch hören könnte, was die Matrosen miteinander reden! Es ist zum Verzweifeln!«

»Die von der Freiwache sitzen auf dem Vorschiff«, sagte Teetje. »Ich konnte sie sehen, als ich –«

»Halt«, unterbrach Engelke. Es gab doch einen Weg, näher an die Seeleute heranzukommen. Wenn man sich durch die drei Schotten des Laderaums bis zum Vorschiff schlich und dort heimlich eine der lose aufliegenden Decksplanken, mit denen die Ladeluke verschlossen war, beiseite schob, dann bekam man vielleicht Bruchstücke der Unterhaltung zwischen den Männern der Freiwache mit.

»So machen wir's«, sagte Engelke. Gleich, ob es sie weiterbrachte oder nicht – es war immer noch besser, als weiter tatenlos unter Deck zu sitzen.

»Wie, Fröl'n Engelke?« wollte Teetje aufgeregt wissen.

»Wir arbeiten uns zum vorderen Laderaum durch«, erklärte Engelke in angespanntem Flüsterton, »du hältst dich dicht hinter mir und gibst keinen Mucks von dir. Ist das klar?«

»Klar«, hauchte der Kleine. Er schien auch ohne Worte begriffen zu haben, was Engelke vorhatte.

Es war nicht leicht gewesen, sich in undurchdringlicher Finsternis ohne Geräusche durch die Abteilungen im Rumpf des Schiffes hindurchzutasten, zumal die Halfmoond, als Engelke und der Junge es bis mittschiffs geschafft hatten, plötzlich in heftige, schlingernde Bewegung geriet. Nur mit Mühe hielten Engelke und Teetje sich auf den Beinen, ohne gegen die Ladung zu prallen.

Es dauerte einen Augenblick, bis das Schiff wieder aufhörte zu rollen. Aber Engelke hatte den Eindruck, als machte es mehr Fahrt als vorher, denn das Wasser rauschte lauter und wilder an der Bordwand entlang.

Sonderbar. Doch im Augenblick war die Zeit zu kostbar, um deswegen Überlegungen anzustellen. Ohne weiteren Aufenthalt schob Engelke sich vorwärts, dem letzten Schott zu, Teetje im Schlepptau. Eine gewaltige Anspannung nahm plötzlich von ihrem ganzen Körper Besitz; all ihre Muskeln zitterten und strafften sich, und heiße, aus einer dunklen Furcht geborenen Kraft durchflutete sie. Es war, als tauche aus ihrem Innern eine neue

Engelke an die Oberfläche, eine, die mit jeder Lage fertig werden konnte – auch mit einer so prekären wie der, die sie im Augenblick zu meistern hatte.

Vor dem letzten Schott blieb sie stehen, die Hand auf den hölzernen Riegel gelegt. Leise Stimmen drangen durch die Bretterwand; im ersten Abschnitt des Laderaums hielten sich Leute auf. Was sie sagten, war durch das plötzlich so laut gewordene Rauschen der Bugwelle nur undeutlich zu verstehen; außerdem verwischten irgendwelche Arbeitsgeräusche, die die Männer erzeugten, noch den Klang ihrer gedämpften Worte.

Engelke preßte Teetjes Hand zum Zeichen, daß er schweigen und stillstehen sollte. Der Junge reagierte sofort und verharrte stocksteif auf der Stelle. »So«, klang es undeutlich durch die Bretterwand vor ihnen, »dat is der Dritte. Klappt doch gut – wie ich dat gesagt hab' . . .«

»Hmm«, antwortete ein Brummen. Gleichzeitig ertönte das Geräusch eines einrastenden Riegels.

Engelke preßte Teetjes Hand noch einmal. Sie hatte den ersten, der gesprochen hatte, am Akzent erkannt. Er gehörte zu den Halunken vom Achterdeck. Und jetzt sagte er mehr:

»Riegel is überflüssig. Ich bin Fachmann. Die liegen gut in't Kabelgatt. Da tun die dat Bilsch-Wasser schön rot färben!« Er ließ ein häßliches, unterdrücktes Kichern hören.

»Hmm«, sagte die andere Stimme, »Bärrnd hat den Kurrs schon jeändert. Der Steuermann pännt – hat nix jemärrkt. Bis jätz' is' jut jeloufen, das Janze.«

Der Mann aus dem Osten – Nummer zwei! Engelke bekam keine Zeit, sich zu besinnen, denn die beiden sprachen weiter:

»Noch ham wir kein' Fehler in die Sache. Rico tut dat Seine – is getz bei den Skipper drin. Schätze, der macht uns dat leicht. Wat meinße? Die Kam'raden müßten getz schon auf den Weg zu uns sein – oder?«

»Hmm. Vier, fünf Stunden wirrd die Hai aber brrauchen. Bedänk die Entfärrnung, Jungche. Schnällere Fahrt als wir jätz kenn' wir ja nich' machen.«

Der andere kicherte wieder. »Is klar. So wenig Besatzung, wie der Pott bald haben tut...«

»Na ja – der Händler und der Jrienschnabel – die sind nu schon weg. Das Wirrmchen von Schiffsjung zählt nich. Bleiben noch sächzehn – den Skipper und den Steuermann nich' mitjerächnet. Viel Arrbeit – und noch is se nich' ärrledicht.«

»Kerl – wat bist du bloß für ne alte Unke!« Der Mann mit dem unbekannten Akzent lachte regelrecht. »Die Jungs vonne Freiwache – die sind schon fast alle am Pennen. Noch 'ne Weile, dann leg' ich los. Einmal feste zwischen die dritte und vierte Rippe, und die Hand auffet Maul – so geht dat. Da muckst sich keiner mehr. Weißte – wenn ich dat nich' besser wüßte, dann würd' ich dich glatt für'n Bettseicher halten, so, wie du immer dat Hemd am Flattern hast. Ehrlich, Kerl... du kennst mich doch. Ich mach' dat so sauber, dat keiner mehr Zeit hat, Scheiße zu sagen.«

»Weiß ich doch, Jungche.« Der Danziger lenkte ein. »Trrotzdem hat es noch nie nix jeschadet, orrdentlich vorzujehen. Du mußt dafier sorrjen, daß die Kärrle auch liejen, als ob se schlafen. Kejne Blutlachen nich. Die Männer von der Wache dirrfen nix märrken.«

»Is klar.« Wieder das ekelhafte Kichern. »Ich leg' se dich zurecht, dat se aussehen wie kleine Engelchen. Und wenn Wachwechsel is, geht dann alles ganz flott. Bernd hat schon gesacht, er knöpft sich den Langen vor.«

»Ich weiß nich'.« Der Danziger seufzte tief. »Ob Bärrnd den alleine schaffen wirrd? Der Kärrl steht für drrei andere – aber mindestens!«

»Ach, Quatsch! Wenn er schläft, isser auch nich' stärker als wie der Rest. Mal wat anderes: Dat Öl is doch ausse Laternen raus – oder?«

»Hmm. Hab's sälber abjelassen. Weilchen noch, dann

wirrd's duster. Die anderen Schiffe sind aber sowieso schon außer Sicht.«

»Gut. Also dann...«

Die Bugwelle rauschte und ertränkte die weiteren Worte der beiden Verbrecher. Aber Engelke hatte genug gehört. Einen langen Augenblick stand sie wie erstarrt. Dann packte sie Teetjes Hand und hastete, so schnell es die Dunkelheit im Laderaum zuließ, mit dem Jungen zurück zum Heck des Schiffes.

Sie wußte, was sie jetzt zu tun hatte. Nur wie sie es durchführen sollte, wußte sie nicht. Die Herausforderung, der sie sich stellen mußte, war ungeheuer – genau wie das Risiko, das sie dabei einging. Aber es stand außer Frage, daß sie es auf sich nehmen würde.

Zum Ausarbeiten eines sorgfältigen Plans war keine Zeit mehr. Es galt, sofort zu handeln, den Verbrechern auf diesem Schiff um einen Schachzug voraus zu sein. Engelke war bereit dazu. Denn sie wußte, was für grauenvolle Dinge geschehen würden, falls sie nicht schnell genug war.

Sie hatte keine Ahnung, welche Männer im Augenblick Freiwache hatten und welche im Dienst waren. Sie wußte nur, daß ein gewisser Bernd – einer von der Mörderbande – um diese Zeit als Rudergänger das Steuer des Schiffes überwachte. An diesem Bernd galt es vorbeizukommen. Dierk der Steuermann schlief in der Backbord-Kajüte, die aber lag in unmittelbarer Nähe des Ruderstands unter dem Kastelldeck.

»Hör gut zu, Teetje«, sagte sie und strich dem Kleinen einmal kurz durch das struppige Haar, »ich kann dir das nicht lange erklären, aber die Leute von der Freiwache – nein, fast alle Leute auf dem Schiff sind in Lebensgefahr. Deshalb muß ich rauf an Deck. Verstehst du?«

»Nee«, sagte Teetje ehrlich, »in Lebensgefahr? Wieso?«

»Später!« Engelke konnte sich nicht mehr aufhalten lassen. »Bleib unter Deck – bis alles vorbei ist!«

»Ja – aber...«

Engelke war schon am Niedergang bei der Proviantkammer. Sie stieg die schmale Leiter hinauf und lüpfte geräuschlos den Lukendeckel. Teetjes letzte, verständnislos geflüsterten Worte kamen nicht mehr bei ihr an.

10

Die Hecklaterne der Halfmoond brannte noch. Das war das erste, was Engelke wahrnahm. Sie sah das dünne, flackernde Licht deutlich von der Reling des Achterkastells herüberschimmern. Aber ihr fiel auch auf, daß die schwache Flamme kurz vor dem Verlöschen war.

Bis das geschah, durfte sie nicht warten, auch wenn die danach entstehende Dunkelheit ihr bessere Deckung geboten hätte. Jeder Augenblick Zeit, den sie gewinnen konnte, zählte. Engelke hoffte inbrünstig, daß wenigstens einer von den Männern der Freiwache die Augen noch offen behielt. Schlaf war tödlich für die Ahnungslosen, die sich zu wohlverdienter Ruhe auf ihren Schlafplätzen unter dem Halbdeck des Vorderkastells gelagert hatten. Eine kleine Hängelaterne beleuchtete, in den Bewegungen des Schiffs sanft hin- und herschaukelnd, mit schwachem, flimmerndem Schein die Gruppe der liegenden Gestalten. Keiner der Seeleute rührte sich, nur in der Tiefe des Vorderkastells erkannte Engelke einen Mann, der hockte oder saß. Blieb zu hoffen, daß dieser noch wache Seemann keiner von den Mördern war.

Engelke wandte den Blick wieder zum Heck. In ihrer unmittelbaren Umgebung war niemand. Die Leute der Wache mußten sich fast alle auf dem Achterkastell aufhalten. Nur zwei von ihnen standen mittschiffs an der Reling beim Schanzkleid und schauten auf das nachtdunkle Meer hinaus. Engelke konnte ihre schwarzen Silhouetten steuerbords und backbords gerade noch vor dem Himmel ausmachen.

Der Weg war frei. Denn ein weiteres, ganz unerwartetes Glück begünstigte Engelke: Vor ihr, beim Durchgang zum Ruderstand, ragte der viereckige Klotz des Kochherdes auf. Das aus Ziegeln zusammengesetzte, ungefüge Ding mußte kurz nach dem Auslaufen an Deck aufgebaut worden sein. Es würde Engelke besten Sichtschutz bieten, wenn sie sich an die Kajüte des Steuermanns heranschlich.

Sachte hob sie den Lukendeckel ganz ab und bugsierte ihn beiseite. Es war ein schweres Stück Arbeit, aber sie schaffte es, dabei kein Geräusch zu machen. Dann, geschmeidig und tief geduckt, stieg sie lautlos an Deck.

Ein paar gleitende Schritte, und sie tauchte im Schatten der Kochstelle unter. Nach einer weiteren kleinen Strecke, mit angehaltenem Atem zurückgelegt, war die Backbord-Kajüte erreicht.

Niemand hatte sie bemerkt. Nichts war zu hören als das Rauschen der Wellen, das Singen des Windes in der Takelage, das Knarren der Wanten...

Engelke drückte sich an die Wand der Kajüte und atmete einmal tief ein. Dann legte sie die Hand auf die Klinke, drückte die Tür auf – gerade weit genug, damit sie hindurchpaßte – und betrat auf leisen Sohlen das winzige Gelaß.

Auch hier brannte ein Lichtchen in einer kleinen, aus durchbrochenem Eisenblech gemachten Sturmlaterne, die an einer Kette von der niedrigen Decke baumelte. Sie beleuchtete die vielen Gepäckstücke, mit denen der Raum vollgestopft war, und drei schmale, übereinander eingebaute, kistenartige Lagerstätten. Die oberen beiden Kojen waren unbenutzt. Auf der untersten lag, tief schlafend, Dierk von Amrum.

Engelke konnte nicht umhin, ihn zu betrachten. Er hatte die Beine angewinkelt; wäre es ihm möglich gewesen, sich auszustrecken, seine Riesengestalt hätte mehr als die gesamte Länge der Kajüte eingenommen. Sein Kopf ruhte auf dem linken Unterarm; das Gesicht wirkte mit geschlossenen Augen, umflossen von den Wellen seines blonden Haars, erstaunlich jung – fast wie das Gesicht eines Kindes. Im schwachen Schein der Lampe zeigten sich seine Züge weicher und runder, als Engelke sie in Erinnerung hatte.

Mit Gewalt mußte sie sich von seinem Anblick losreißen. Dennoch brauchte sie drei, vier Atemzüge, bis sie sich wieder regen konnte. Denn ihr Herz hatte angefangen, wild und schmerzhaft zu schlagen, und ein riesiges Gefühl der Schwäche lähmte sie für einen kurzen Augenblick.

Der eine Schritt bis zu seiner Koje kam ihr unendlich weit vor. Es kostete Überwindung, ihn zu tun. Sie beugte sich über den Schlafenden, packte ihn an der Schulter, rüttelte ihn sacht: »Steuermann...! Steuermann, wach auf!«

Dierk von Amrum verzog das Gesicht zu einem sanften Lächeln. »Du...« murmelte er bei noch immer geschlossenen Augen, »du bist...«

»Steuermann!« Engelke schüttelte ihn härter. »Wach auf!«

Er öffnete die Augen, sah sie an, ohne sie eigentlich zu sehen. Er runzelte die Stirn, kniff die Lider zusammen, blinzelte. Dann, unvermittelt, fuhr er von seinem Lager hoch. »Was ist das? Wie kommst du auf dieses...«

Er hatte laut gesprochen. Engelke preßte ihm hastig die Hand auf den Mund und hinderte ihn dadurch am Weiterreden. »Psst«, zischte sie, »es darf uns um Gottes willen keiner hören!«

Dierk zog die Augenbrauen noch dichter zusammen. Er packte Engelke am Handgelenk und schob ihre Finger von seinem Gesicht weg. Sein Griff war fest, aber nicht grob. »Geertje«, sagte er, diesmal in gedämpftem Flüsterton, »bist du das wirklich – hier bei mir auf diesem Schiff? Ich wußte, ich würde dich wiedersehen, aber so –«

Engelke unterbrach ihn ein zweites Mal. »Steuermann«, wisperte sie und befreite mit einer zögernden Bewegung ihre Hand, »ich will Euch gerne später alles erklären. Aber jetzt ist Eile geboten, und die Zeit reicht nicht für viele Worte. Ich –«

»Geertje ...«

Er war offenbar noch immer schlaftrunken – alles deutete für Engelke darauf hin. Seine Augen waren weit offen, aber seine Blicke wirkten traumverloren. »Steuermann«, flüsterte sie eindringlich, »da draußen sind sechs Mörder – sie wollen die Mannschaft umbringen. Wir müssen etwas dagegen unternehmen!«

»Mörder?« Er lächelte. »Aber Geertje, wo sollten die denn herkommen? Niemand ist an Bord außer der Mannschaft! Das ist ein Traum. Es kann kein Alptraum sein ...«

Engelke ballte die Fäuste. »Steuermann – wacht auf und hört mir endlich zu! Die Mörder, die sich unter Eure Mannschaft gemischt haben, sind genauso wirklich wie ich! Wenn wir nicht sofort eingreifen, werden sie –«

»Es ist der blanke Wahnsinn, was du getan hast, Geertje«, flüsterte Dierk von Amrum, »und ich werde höllische Schwierigkeiten bekommen, wenn ich es dem Skipper melde. Aber irgendwie schaff' ich das schon ...«

»Gar nichts wirst du mehr schaffen, Dierk, wenn du nicht sofort aufwachst«, sagte Engelke verzweifelt. Erst als die Worte heraus waren, wurde ihr bewußt, daß sie ihn vertraulich mit dem Vornamen angesprochen hatte. »Verzeiht, Steuermann«, fügte sie gehetzt hinzu, »wir müssen handeln – auf der Stelle!«

Er lächelte verwirrt. Sie griff nach seiner Hand, suchte ihn auf die Füße zu ziehen. Er schüttelte den Kopf. Von Deck drangen plötzlich Geräusch zu ihnen herein: trampelnde, schlurfende, hastige Schritte, halblautes Stimmengewirr, erschrockene Ausrufe.

Dierk von Amrum schwang die Beine aus der Koje. Endlich wandte er den Blick von Engelke ab und schaute zur Tür. »Was ist denn da los?« fragte er, ohne eine Antwort zu erwarten, »was ist das für ein Radau? Noch wird die Wache nicht abgelöst ...«

Er stand auf und stapfte, den Kopf tief eingezogen, mit bloßen Füßen zur Kajütentür. Unwirsch-schwungvoll riß er sie auf und trat auf das Achterdeck.

Engelke folgte ihm auf dem Fuß, blieb aber in der Kajütentür unter dem Kastelldeck stehen. Sie fühlte sich aufgewühlt, unfähig für den Augenblick, auch nur einen Schritt weiterzugehen. Geistesabwesend, aber verzweifelt bemüht, wieder einen klaren Gedanken zu fassen, starrte sie zur gegenüberliegenden Seite des Achterkastells hinüber, auf die fest verschlossene Tür der Steuerbord-Kajüte. Dahinter waren der Schiffer und Rico, der Mörder mit dem blauen Mantel...

Es konnte sein, daß Jens Olsen jetzt schon nicht mehr lebte. Möglicherweise wurde er aber auch gebraucht, um die Halfmoond zu führen – wenigstens vorläufig noch. Dann blieb Rico keine Wahl, als ihn am Leben zu lassen, und man konnte –

Engelke bekam keine Gelegenheit mehr, sich etwas zu Jens Olsens Rettung einfallen zu lassen. Aus dem Ruderstand glitt plötzlich ein Schatten an ihr vorbei – ein vierschrötiger Kerl, in dessen Faust ein Messer matt aufglänzte. Die Faust hob sich, zielte das Messer...

Engelke bewegte sich mit der Geschwindigkeit eines Gedankens. Sie schoß aus der Kajüte, sprang vorwärts, warf im Sprung mit aller Kraft den rechten Arm hoch und traf das Handgelenk des Mannes mit voller Härte.

Der stieß einen rauhen Schrei aus – eher vor Überraschung als vor Schmerz. Das Messer flog ihm aus der Hand und schlitterte ein Stück weit über die Decksplanken. Dierk von Amrum, dem der heimtückische Angriff aus dem Hinterhalt gegolten hatte, drehte sich um. »Ja – was zum Teufel –« würgte er hervor und konnte seiner Verblüffung im ersten Moment nicht Herr werden.

Bernd der Rudergänger hatte sich schneller gefaßt. Er grabbelte krampfhaft auf dem Boden nach seinem Messer. Engelke reagierte blitzschnell. Sie warf sich noch einmal auf den Kerl, suchte ihm die Arme festzuhalten. »Dierk«, keuchte sie, »hilf mir! Dies ist einer von den Mördern!«

Jetzt endlich begriff der Steuermann. Er holte aus. Seine Faust schmetterte gegen Bernds ungeschützten Unterkiefer. Bernd sackte ohne einen Laut in sich zusammen und rührte sich nicht mehr.

All dies hatte nur wenige Atemzüge gedauert. Blitzschnell war der Angriff erfolgt, genau so blitzschnell und effektiv war er abgewehrt worden. Aber dem Steuermann war es zu geschwind gegangen. Er stand da und schüttelte verständnislos den Kopf. »Der wird sicher 'ne ganze Weile schlafen«, murmelte er mit einem Blick auf den Bewußtlosen. »Warum der mich wohl abstechen wollte...?«

»Weil er ein Mörder ist«, sagte Engelke, »und weil er auf dich angesetzt war.«

»Du hast mir das Leben gerettet, Geertje... Wenn du ihm nicht das Messer aus der Hand geschlagen hättest, dann...« Seine Augen blickten zärtlich und bewundernd. »Wie soll ich dir das je –«

»Es sind noch fünf andere von seiner Sorte auf dem Schiff«, unterbrach Engelke schwer atmend, »die müssen zuerst unschädlich –«

Sie hielt inne. Vom Vorschiff kamen neue Geräusche – wieder hektisch scharrende Schritte. Und eine hysterisch-schrille Männerstimme stieß einen unterdrückten Ruf aus: »Nein – komm nich' näher... faß mich nich' an! Alle guten Geister – steht mir bei...!«

Die letzten Worte waren in namenloser Furcht hervorgesprudelt worden. Engelke drehte sich zum Vorschiff um. Im schlingernden Lichtkreis der wild hin- und herpendelnden Laterne beim Vorderkastell stand eine kleine Gestalt an Deck. Sie schimmerte modrig-grün, besonders im Gesicht, nur ihre Zipfelmütze leuchtete in flammendem Rot.

»Lieber Gott im Himmel«, flüsterte Dierk der Steuermann neben ihr, »der leibhaftige Klabautermann! Ich hab' nie recht an ihn glauben wollen, aber es gibt ihn doch! Helf uns, alle Heiligen!«

Das Kerlchen auf dem Vorschiff erhob die Stimme. »Ihr seid alle in großer Gefahr«, schrie es kindlich-schrill und durchdringend, »wacht auf – rettet euch! Ik komm', um Ji to waarn'!«

Teetje. Der Teufelsjunge war gegen Engelkes ausdrückliches Verbot an Deck gekommen. Sein Anblick zwang Engelke ein Lächeln ab, trotz ihrer gefahrvollen Lage. Teetje schien sich des abergläubischen Entsetzens, das er hervorrief, gar nicht bewußt. Denn er ging mit weit ausgebreiteten Armen auf die Männer der Besatzung zu, die sich geschlossen mit dem Rücken an die Reling drängten und zitternd wie eine Schar verängstigter Schafe vor dem vermeintlichen Schiffsgeist zurückwichen.

Dierk bekreuzigte sich. »Vater unser«, flüsterte er, »der du bist im Himmel – geheiligt werde dein Name...«

Auch Engelke murmelte ein Stoßgebet, aber bei ihr war es eine Danksagung. Der Bengel hatte mit seinem unbotmäßigen Verhalten unwissentlich dafür gesorgt, daß sie – für den Augenblick wenigstens – gegenüber der Mörderbande im Vorteil war. Die vier schmutzigen Verbrecher waren genauso vom Entsetzen gelähmt wie die übrigen Matrosen der Besatzung. Diese Momente des Schreckens galt es zu nutzen.

»Kommt, Steuermann«, sagte sie zu Dierk und legte einen drängenden Unterton in ihre Stimme, »ich weiß, wie die Kerle aussehen, die die Mannschaft umbringen wollen. Jetzt können wir sie uns greifen!«

Der Riese neben ihr rührte sich nicht. Er betete halblaut weiter; in seinen Augen schimmerte nicht weniger abergläubische Angst als in den Augen der übrigen Matrosen. »Und führe uns nicht in Versuchung«, wisperte er, »sondern erlöse uns –«

Die kostbaren Augenblicke verstrichen. Engelke spürte es: Noch wenige Atemzüge, und die Mörder in den Reihen der Seeleute würden zur Besinnung kommen. Sie würden erkennen, daß Teetje kein Gespenst, sondern ein Kind aus Fleisch und Blut war. Sie würden sich auf ihre ahnungslosen Opfer stürzen und noch mehrere verwunden oder töten, ehe sie – vielleicht – überwältigt werden konnten.

Das durfte nicht geschehen. Ohne darauf zu warten, daß der Steuermann ihr beisprang, stürzte Engelke auf die Kuhl hinaus, umrundete den Kochherd, riß im Vorüberlaufen einen freien Belegnagel aus der Nagelbank am Mast und näherte sich mit langen Schritten dem furchtsam zusammengedrängten Häuflein der Matrosen, die noch mit schreckverzerrten Mienen an der Backbordseite des Schiffes standen.

Die verängstigte Schar gaffte Engelke mit weit geöffneten Augen an. Engelke atmete tief durch. Ganz vorn standen die vier schmuddeligen Kerle, die sie suchte. Ohne neue Furcht aufkommen zu lassen, hielt sie einfach auf den erstbesten der Verbrecher zu, trat tollkühn dicht an ihn heran, riß ihm mit einem energischen Ruck den Dolch aus dem Gürtel und schleuderte die Waffe über Bord.

Der Mann glotzte blöde – er begriff nicht, wie ihm geschah. Aber seine Verwirrung dauerte nur einen Augenblick. Dann brüllte er auf und warf sich Engelke wütend entgegen. Der Bann, den Teetje ausgeübt hatte, war gebrochen.

Engelke wich geschickt zur Seite aus, ließ den Mann ins Leere laufen. Der fing sich sofort, duckte sich wie eine Katze, drang von neuem auf sie ein. Engelke ließ den Belegnagel durch die Luft sausen. Doch sie verfehlte den Kopf des Verbrechers um Haaresbreite. Ehe sie von neuem ausholen konnte, hatte er ihren Arm gepackt, hielt sie fest, entrang ihr die hölzerne Keule.

Engelke sah das triumphierende Glitzern in den Augen des Schurken. Seine Faust umspannte ihren Arm wie ein Schraubstock. »Stoß zu, Wiesel«, zischte er über ihre

Schulter hinweg, »und triff gut!« Engelke wußte instinktiv, daß diese Worte einem seiner Komplizen galten, der sich hinter ihrem Rücken heranmachte.

Engelke wand sich, trat und schlug um sich, machte gewaltige Anstrengungen, um aus dem brutalen Griff des Verbrechers freizukommen. Es gelang ihr nicht. Sie schaffte es lediglich, den Kerl einen Schritt zur Seite zu drängen. Der Dolchstoß, den der Komplize von hinten auf ihr Herz gezielt hatte, zerfetzte in Schulterhöhe den Stoff ihrer Jacke.

In höchstem Zorn und Schrecken schrie sie laut auf. Fast gleichzeitig ertönte noch ein Schrei – ein tiefer, wilder, wortloser Kampfschrei. Der Schurke, der Engelke mit dem Dolch bedrohte, flog, von der Faust des Steuermanns getroffen, quer übers Deck und knallte mit dem Kopf gegen den Mast. Er gab einen leisen Seufzer von sich, rutschte langsam auf die Planken des Decks nieder und blieb reglos liegen.

Derjenige, der Engelke noch immer gepackt hielt, riß sie jetzt hart an sich und benutzte sie wie einen Schutzschild. Er bugsierte Engelke vor sich her und duckte sich hinter sie, um dem Steuermann kein Ziel für seine erbarmungslosen Faustschläge zu bieten. Auf einmal war Teetje da.

Er kam, algenverschmiert wie er war, herbeigerannt und stürzte sich wie ein wildgewordener kleiner Straßenköter auf den Verbrecher.

Der ließ Engelke sofort los. In schlotternder Angst wich er vor dem Jungen zurück. »Nicht –« stieß er tonlos hervor, »bleib weg – du kannst mir nichts tun!«

Weiter kam er nicht mehr. Dierks Faust traf ihn wie ein Schmiedehammer. Der Steuermann schlug zweimal, dreimal zu, bis sein unwürdiger Gegner zu Boden ging und liegenblieb.

Teetje hüpfte auf und ab, fuchtelte mit den Armen, klatschte in die Hände. Er sah im schwankenden, flakkernden Licht der schaukelnden Laterne mehr denn je wie ein böser kleiner Kobold aus. Engelke stand still und rang nach Luft. Der Steuermann schüttelte den Kopf wie ein Betrunkener.

Einen schweren Atemzug lang herrschte gespannte Stille. Dann zerschnitt ein scharfer, greller Schmerzenslaut das Schweigen. Einer der Seeleute an der Reling brach in die Knie, beide Hände auf die Brust gepreßt.

Engelke hatte den Mann im Blickfeld gehabt und gesehen, daß er von seinem Nachbarn niedergestochen worden war. Dierk der Steuermann wirbelte beim Klang des Schreis herum. Aber der, der den hinterhältigen Dolchstoß geführt hatte, lag ebenfalls schon am Boden, niedergeworfen von einem Seemann, den Engelke als Heiko erkannte. »Du feiges Schwein«, knurrte Heiko und drosch mit beiden Fäusten auf den Schurken ein, »du dreckiges, feiges Mörderschwein!«

Engelke war schwindlig. Sie taumelte, prallte gegen den Steuermann, der neben ihr stand und lehnte sich haltsuchend an ihn. »Den da«, sagte sie atemlos und deutete mit ausgestrecktem Arm auf den vierten der Mörder, der bis jetzt wie unbeteiligt im Hintergrund geblieben war, »den mußt du unbedingt auch noch überwältigen, Dierk. Der ist der Letzte außer ...« Dann wurde ihr schlecht, und sie ließ sich einfach fallen.

Sonderbarerweise verging die Schwäche, sobald ihr Körper die Planken des Decks berührte. Sie konnte wieder klar sehen. Das vor Aufregung gespannte Gesicht des Steuermanns, der sich besorgt über sie beugte, die straffen Linien der Wanten, die sich tiefschwarz vor dem nächtlichen Himmel abhoben, das Segel, das nicht eingeholt, sondern nur etwas gerefft worden war – alle diese Einzelheiten erkannte sie als klares, geschlossenes Bild. »Alles in Ordnung«, flüsterte sie dem Steuermann beruhigen zu, »ich komm' schon klar!«

Sie hörte neue Kampfgeräusche. In das Singen des immer mehr auffrischenden Windes mischten sich wütende

Schreie, trampelnde Schritte und das Klirren von Waffen. Der Kopf des Steuermanns verschwand aus Engelkes Gesichtskreis; statt dessen tauchte Teetjes grünes Koboldantlitz auf. »Fröl'n Engelke...«

»Still, Junge«, zischte sie ihn an, »du weißt doch – keiner darf erfahren, daß ich auf diesem Schiff bin!«

»Ja, aber die von der Mannschaft haben Euch doch alle schon gesehen...«

»Ich bin Geert – Geert, ein Schauermann. Hast du das verstanden?«

Der kleine Kobold schüttelte den Kopf. »Aber die wissen ja alle, daß Ihr –«

»Bis jetzt noch nicht, Teetje.« Engelke setzte sich hin und fixierte mit Mühe den Blick des Jungen. »Schwör mir, daß du den Mund hältst. Ab sofort sagst du Geert zu mir!«

»Wegen der Hosen...?« Teetje fiel Engelkes Männerkleidung erst jetzt auf.

»Ja. Auch.«

»Ach so.« Der Junge grinste. Seine großen Schneidezähne blitzten in dem verschmierten Gesicht.

»Ehrenwort, daß du mich nicht verrätst?«

»Ehrenwort, Fröl'n Engelke – Geert.«

Eine heftige Bö fuhr über Deck, ließ das Segel knallen und blähte es dickbauchig auf. Das Schiff begann plötzlich zu tanzen. Seine Nase tauchte tief in ein Wellental ein, hob sich wieder, tauchte erneut hinab. Die Halfmoond rollte. Niemand steuert sie, sie war aus dem Ruder gelaufen.

Engelke rappelte sich von den Planen des Decks auf, suchte sich auf den Beinen zu halten. Erschrocken schaute sie zum Heck hinüber, zum unbemannten Ruderstand.

Die Tür der Steuerbord-Kajüte war offen. Sie schwang in den wilden, schlingernden Bewegungen des Schiffes hin und her. Und in der Kajüte war offenbar ein Handgemenge im Gange.

Ohne lange zu überlegen, hastete Engelke nach achtern. Im Laufen schrie sie: »Zu Hilfe – kommt zu Hilfe!«

Drei, vier Matrosen rannten hinter ihr her. Engelke wurde überholt. Die Männer waren vor ihr am Platz des Zweikampfes, der in der Kajüte des Schiffes tobte. Sie warfen sich ins Getümmel. Augenblicke später war das Scharmützel beendet und der vermeintliche Passagier außer Gefecht gesetzt.

Jens Olsen hatte den Anschlag auf sein Leben nicht gut überstanden. Er war schwer verletzt. Der Mörder, mit dem er die Kabine geteilt hatte, war in seinem Plan, ihn umzubringen, fast erfolgreich gewesen. Aber sein tückischer erster Dolchstoß war an einer Rippe abgeglitten und hatte das Herz knapp verfehlt. Nur deshalb hatte der Skipper noch die Kraft gehabt, sich zu wehren. Nur deshalb hatten seine Männer ihn retten können.

Einer von ihnen suchte jetzt mit rasch aus einer Seekiste hervorgekramten Leinenbinden das Blut zu stillen, das aus mehreren tiefen Fleischwunden an Jens Olsens Oberkörper und Schultern hervorsprudelte. Die anderen Matrosen zerrten Rico, der sich wie ein gestellter Eber wehrte, hinaus auf Deck und banden ihm die Hände auf den Rücken. »Hängt ihn an der Rahnock auf«, schrien einstimmig die restlichen Leute der Mannschaft, die inzwischen in wilder Aufregung herbeigerannt waren, »den und die anderen vier Mordbuben!«

Schon wurden Tauenden zu Henkersschlingen geknüpft. In Windeseile hantierten die Seeleute mit den Stricken. Sie mußten vor Wut und Haß völlig außer sich sein – kein Wunder nach allem, was geschehen war. Sie machten sich bereit, die Mörder in ihren Reihen eigenhändig hinzurichten.

Einmal mehr war Engelke ratlos. Sie wußten nicht, wie sie das, was sich da anbahnte, verhindern sollte. Schon lag das Seil um den Hals des Anführers der Mörderbande, schon machte sich einer der Seeleute bereit, die Strickleiter am Mast hinaufzuklettern und es über die Rahnock zu werfen...

Mitten durch das Tosen der Wellen und des Windes schallte ein laut gebrüllter Befehl: »Bootsmann – ans Ruder! Alle anderen zu mir!« Es war der Steuermann, der die Führung des Schiffes übernahm. Im gleichen Augenblick löste sich die erregte, rachedurstige, blutrünstige Stimmung der verbliebenen Mannschaft in nichts auf.

Die Leute ließen die Henkersschlingen fallen, die sie geknüpft hatten, rannten nach mittschiffs vor den Mast, scharten sich im Halbkreis um Dierk von Amrum. Der Bootsmann tauchte in das tiefe Dunkel des Ruderstandes. Auch Engelke hatte sich von dem Ruf des neuen Kommandeurs ansprechen lassen. Sie mischte sich einfach unter die Matrosen, die dastanden und schweigend warteten.

»Männer«, sagte Dierk, und Engelke bewunderte ihn für die Gelassenheit, die er aufbrachte, »wie es zu diesem blutigen Zwischenfall kommen konnte, weiß ich nicht. Ich kann euch nicht einmal sagen, warum fünf aus der Mannschaft alle anderen töten wollten – denn die fünf hätten, wäre ihnen der mörderische Plan geglückt, niemals allein ein Schiff wie die Halfmoond segeln können. Aber welche Gründe sie auch für ihre wahnsinnige Tat gehabt haben mögen – jetzt ist es aus mit ihnen. Jetzt ist nur noch wichtig, daß sie vor ein ordentliches Gericht gebracht und abgeurteilt werden. Sie sollen die Strafe bekommen, die sie verdient haben. Seit ihr mit mir einer Meinung?«

Vielstimmige Rufe antworteten. O ja – sie waren alle seiner Meinung. Für einen Augenblick flackerten Rachedurst und Haß wieder auf.

»Kameraden«, beendete Dierk das Geschrei, »bindet die Gefangenen und fesselt sie im Abstand von sechs Schritten an das Schanzkleid auf Deck. Ihnen ist nicht zu trauen. Wir sollten sie im Auge behalten. Und die Toten bringt –«

Ein zorniger und erschrockener Zwischenruf unterbrach ihn. »Welche Toten? Ich denke, es gibt nur zwei Verletzte – außer dem Schiffer...!«

»Richtig«, fiel ein zweiter Seemann ein, »ich hab' nur 'n Kratzer am Arm. Und Wigo is' auch nich' so schwer verwundet...«

Der Steuermann hob den Arm. »Wir haben vier Mann verloren«, sagte er ruhig und deutete zum Vorschiff. »Außerdem werden noch der Kaufmann, sein Gehilfe und ein Jungmaat vermißt.«

Alle Blicke gingen in die Richtung, in die der ausgestreckte Arm wies. Unter dem niedrigen Halbdeck des Vorderkastells lagen, entspannt ausgestreckt, vier stille Gestalten – Seeleute, die die Mörder im Schlaf überfallen und umgebracht haben mußten. Engelke ballte in hilflosem Zorn die Fäuste. Also hatte sie doch nicht jeden der Ahnungslosen vor dem Tod retten können, der ihnen von den Meuchelmördern zugedacht gewesen war!

Tränen sammelten sich in Engelkes Augen, weniger aus Trauer als vielmehr aus Wut darüber, daß sie am Ende doch nicht schnell genug gehandelt hatte. Sie räusperte sich und hob die Stimme. »Der Kaufmann, sein Gehilfe und der Jungmaat – die sind ebenfalls tot«, rief sie. »Seht im Kabelgatt nach – da werden ihr sie finden. Die Schurken haben sie als erste ermordet und da hineingeworfen!«

Alle Köpfe wandten sich ihr zu. Sie sah aufgerissene Augen, in denen sich neues Entsetzen spiegelte. Einer der Seeleute tat den Mund auf: »Wer bist du denn? Deinen Kopp hab' ich die ganze Zeit nicht bei der Mannschaft gesehen!«

»Ja! Woher weißt du überhaupt, was mit den Leuten passiert ist? Und wie sollen wir wissen, ob du nicht auch einer von den Mordbuben bist...?« mischte sich ein zweiter Matrose ein. Weitere nickten. Grobe Fäuste griffen nach Engelke.

»Still«, brüllte Dierk der Steuermann, »zurück – und nehmt die Hände weg! Geert ist als blinder Passagier auf dem Schiff – genau wie der Knirps, den wir alle für den Klabautermann gehalten haben! Wir müssen dem Himmel dafür danken, daß die beiden den Anschlag entdeckt haben und uns warnen konnten. Sonst…«

Die Hände ließen Engelke los. Gleichzeitig tat das Schiff einen gewaltigen Satz. Es wurde hochgeworfen, rollte, schlingerte. Der Wind griff wie mit Riesenfäusten in das Segel und ließ den Mast zittern.

Plötzlich stand Engelke allein. Um sie her herrschte auf einmal fieberhafte Geschäftigkeit. Dierk der Steuermann gab knappe Befehle, die nur die Seeleute verstanden. Alles wurde getan, um das Schiff aus dem Wind zu drehen, der inzwischen fast zum Sturm geworden war.

Mühsam gegen die wütenden Böen ankämpfend, die sie immer wieder umzureißen drohten, arbeitete sich Engelke, Teetje fest an der Hand, zum Heck des Schiffes. Ohne erst um Erlaubnis zu bitten, riß sie die Tür zur Backbord-Kajüte auf und schob sich in das enge Kämmerchen. Drinnen befahl sie Teetje, in die oberste Koje zu klettern und sich still zu verhalten. Sie selbst ließ sich einfach auf die Bodenbretter niedersinken und lehnte sich erschöpft mit dem Rücken gegen einen Seesack, der vielleicht dem toten Kaufmann gehört hatte.

11

Der stürmische Wind erfüllte die Luft mit einem stetigen, dröhnenden Brausen, das in wechselnden Atemzügen auf- oder abschwoll. Durch sein Stöhnen und Heulen drangen ab und zu menschliche Stimmen, flogen in abgerissenen Fetzen die Rufe der Mannschaft. Aus dem langen, schlitzartigen schmalen Fenster an der heckseitigen Wand strömte graues, trübes Licht in den winzigen Raum; die Nacht war vorüber.

Engelke kam langsam zu sich. Sie mußte da, wo sie umgesunken war, eingeschlafen sein, denn sie saß noch immer auf dem Fußboden der Kabine, angelehnt an den Seesack.

Die Geschehnisse der vergangenen Nacht zogen ihr durch die Erinnerung wie Bilder eines Alptraums, aus dem sie eben erwacht war. Dennoch, was sich draußen an Deck der Halfmoond abgespielt hatte, war keineswegs ein Traum gewesen, und alles war, anders als in einem Alptraum, einigermaßen glimpflich ausgegangen. Man hatte die Mörder gefangengesetzt, wie Engelke sich erinnerte. Von den Verbrechern drohte keinerlei Gefahr mehr. Sogar ihr Anführer – Rico mit dem blauen Mantel – saß gefesselt am Schanzkleid des Schiffes. Warum also nach wie vor dieses Gefühl der Unwirklichkeit und der Angst – so, als sei die Gefahr, die der Halfmoond drohte, noch nicht vorüber?

Engelke dröhnte der Schädel. Dennoch – sie mußte sich jetzt zusammennehmen und nachdenken. Irgendeine Einzelheit steckte in ihrem Unterbewußtsein und verlangte herausgelassen zu werden.

Engelke richtete sich auf und massierte mit den Fingerspitzen ihre pochenden Schläfen. Sie zwang ihre Gedanken in gerade Bahnen, ordnete all die Informationen, die sie gesammelt hatte, und suchte ein Bild daraus zusammenzusetzen.

Jürgen Burmeester hatte dem Schiffer Jens Olsen die Matrosen empfohlen, die sich als Mörder entpuppt hatten...

Nein. Rico hatte das ›eingefädelt‹. Und Burmeester hatte sich deutlich davon distanziert. Er hatte vorgehabt, ›weitere Verluste‹ zu verhindern. Deshalb hatte er sterben müssen.

Aber vorher – da hatte er ohne Zweifel mit Rico zusammengearbeitet. Engelke holte tief Luft. Was für Geschäfte waren das gewesen, die er mit dem Anführer der Mörderbande getätigt hatte? Was war mit den Schiffen geschehen, die Jürgen Burmeester in dem verzweifelten Zwiegespräch kurz vor seinem Tod erwähnt hatte? Welchen Nutzen hatte Jürgen Burmeester daraus gezogen, daß er mit Rico gemeinsame Sache gemacht hatte – und welchen daraus, daß sein eigenes Schiff, die Nordstern, untergegangen war?

Das angestrengte Nachdenken trieb Engelke den Schweiß auf die Stirn. In der ständigen, stampfenden und rollenden Bewegung des Schiffes krampfte sich ihr leerer Magen schmerzhaft zusammen. Ihr war plötzlich wieder übel. Ich bin absolut machtlos, dachte sie verbissen, so machtlos, daß ich nicht mal kotzen und die Fische füttern kann...

Die Fische.

Bei diesem Stichwort öffnete sich ihr Unterbewußtsein und gab frei, was bis jetzt nicht hatte hervorkommen können. »Die Hai«, hatte der eine der Schurken gesagt, »die wird schon so vier, fünf Stunden brauchen.«

Die Hai. Ein fremdes Schiff, das der Halfmoond entgegensegelte. Ein Piratenschiff.

Engelke preßte die Hände auf den Mund. Sie verstand auf einen Schlag. Die Lösung des Rätsels, an der sie bis jetzt ebenso starrsinnig wie erfolglos gearbeitet hatte, war ganz einfach. Gleichzeitig aber war das Verbrechen, das sie gerade durchschaut hatte, raffiniert geplant gewesen – zu raffiniert, als daß einer es je hätte aufklären können, wäre Engelke weniger zäh den Spuren nachgegangen.

Ein Kaufmann – Jürgen Burmeester – war in Geldnöten gewesen. Er baute also ein Schiff mit dem Kapital anderer Kaufleute, hoffte, sich langsam und mühselig wieder aus der Misere herauszuarbeiten. Da traf er auf einen zwielichtigen Fremden, der ihm einen fantastischen Handel vorschlug: Halbpart – vielleicht Drittelpart –, falls er sein Schiff samt Ladung kampflos an die Piraten auslieferte, deren Hauptmann der Fremde war. Den Kaufmann lockte der stolze Gewinn aus dieser schmutzigen Transaktion, der ihn mit einem Schlag sanieren würde. Er willigte ein. Das Schiff lief aus. Sechs in die Mannschaft eingeschmuggelte Piraten, darunter auch der Fremde, metzelten auf hoher See die Besatzung und den Schiffer nieder ... Es gab keine Überlebenden, die berichten konnten, was anschließend mit dem Schiff geschah.

Natürlich war Jürgen Burmeester nach dieser grauenvollen Tat, in der er sich hatte verwickeln lassen, erpreßbar gewesen. Noch zweimal hatte er es den Verbrechern ermöglicht, ein neues, mit wertvoller Fracht beladenes Schiff zu kapern. Erst, als der Gedanke an die ehrlichen Seeleute, die jedesmal bis auf den letzten Mann sterben mußten, ihn nicht mehr schlafen ließ, hatte er sich endlich geweigert, den Piraten weiterhin gegen Geld zu Willen zu sein. Er hatte gedroht, sich selbst dem Rat zu stellen, sich verurteilen zu lassen, nur um dem mörderischen Treiben ein Ende zu machen.

Er hatte seinen späten Mut mit dem Leben bezahlt. Der Anführer der Piraten hatte ihn einfach aus dem Weg geräumt. Das Verbrechen, an dem er nicht mehr hatte teilnehmen wollen, war dennoch in die Wege geleitet worden – auch ohne ihn. Und es bestand nach wie vor die

Möglichkeit, daß den Seeräubern der Anschlag auf Godert van Dammes Schiff am Ende doch noch gelang.

Engelke sprang vom Boden auf. Nein – die Gefahr, in der die Halfmoond schwebte, war alles andere als abgewehrt. Die Hai, das Piratenschiff, das die Halfmoond ins Schlepp nehmen sollte oder aber genügend Leute an Bord hatte, um ein unbemanntes Schiff zu besetzen, war auf dem Weg. Weit konnte sie nicht mehr entfernt sein – im Gegenteil. Die Piraten hatten ja genügend Zeit gehabt, die Halfmoond zu orten. Auch sie waren fähige Seeleute.

Engelke hastete aus der Tür. Draußen auf Deck fiel der Wind sie an wie ein Raubtier. Sie suchte Halt an der Wand des Achterkastells und schob sich zum Ruderstand durch, wo Dierk an der Pinne stand.

Das Schiff machte keine Fahrt. Der Steuermann suchte es nur in den wild bewegten Wogen einigermaßen stabil zu halten. Schon das war Schwerstarbeit.

Er stand mit dem Rücken zu Engelke. Als sie sich ihm näherte, drehte er sich um. Die Anstrengung der Nacht war ihm anzusehen. Schatten lagen um seine Augen, aber er lächelte. »Böses Wetter«, sagte er, »müssen sehen, daß wir den Kahn über Wasser halten!«

Engelke konnte nicht auf seinen scherzhaften Ton eingehen. Sie trat dich an ihn heran. »Steuermann«, fragte sie und hob die Stimme über das Tosen des Windes und der schäumenden Wellen, »wißt Ihr, wo wir uns befinden?«

Dierk schüttelte den Kopf. »Die verräterischen Schweine haben gestern nacht stundenlang den falschen Kurs gesteuert«, gab er zurück, »unsere Begleitschiffe haben wir jedenfalls verloren. Wir müssen an die hundert Meilen von ihnen entfernt sein. Neu orientieren könne wir uns erst wieder, wenn der Wind abflaut und man den Himmel sehen kann.«

»Was heißt das?«

»Wir müssen den Sturm ausreiten.« Seine Blicke streichelten sie zärtlich. »Keine Angst, Geertje – ich sorge schon dafür, daß wir nicht absaufen. Wir dümpeln einfach 'n bißchen rum. Das ist ganz ungefährlich. Und wenn wir dann später in Hamburg sind –«

Engelke wich seinem Blick aus und bekämpfte wütend die Erregung, die sich ihrer in seiner Gegenwart von neuem bemächtigen wollte. »Es gibt keine andere Möglichkeit«, sagte sie und räusperte sich, »wir müssen ihnen davonsegeln – sonst sehen wir Hamburg vielleicht nie wieder!«

»Davonsegeln?« Seine Stimme verriet höchste Überraschung. »Wem denn, Geertje? Weit und breit ist hier niemand –«

»Ahoi«, schallte ein Ruf vom Vorschiff, »Hai Ahoi! Willkommen, Brüder!«

Einer der an die Reling gefesselten Verbrecher hatte die Worte gebrüllt – laut, gellend, triumphierend. Engelkes Herz tat einen wilden Sprung. Sie waren schon da, die Piraten. Einmal mehr war ihre Warnung zu spät gekommen. Nun galt es nur noch, die Halfmoond so teuer wie möglich zu verkaufen.

»Es ist ein Piratenschiff«, schrie Engelke dem Steuermann zu, »gibt es Waffen an Bord? Können wir uns überhaupt verteidigen?«

Dierk von Amrum stand einen Atemzug lang starr wie eine Bildsäule. Dann donnerte sein Befehl über Deck: »Bootsmann – zu mir! Alle anderen klarmachen zum Gefecht!«

Er hatte ihr geglaubt, ohne nachzufragen. Als der Bootsmann herbeigerannt kam, wies er ihn mit wenigen Worten an: »Halt das Schiff stetig – bis ich weitere Befehle gebe.«

Der Bootsmann übernahm das Ruder. Dierk von Amrum verließ den Ruderstand, sprang mit Riesenschritten den Niedergang zum Kastelldeck hinauf, gefolgt von Engelke, die blind dem Drang nachgab, an seiner Seite zu sein.

Auf dem Achterkastell waren bereits zwei Männer fieberhaft damit beschäftigt, die Bombardelle zu laden, die auf einer Drehlafette direkt an der Reling montiert war. Engelke war das Vorhandensein dieses hochmodernen, gefährlichen Geschützes bisher nicht aufgefallen; die Bombardelle hatte keineswegs die beeindruckenden Ausmaße einer herkömmlichen Steinschleuder. Aber die Steinkugeln, die sie aus ihrem kurzen, mit dicken Eisenringen besetzten Rohr verschießen konnte, flogen ungleich weiter und hatten erheblich mehr Durchschlagskraft – das wußte Engelke vom Hörensagen. Godert van Damme hatte sein jüngstes Schiff sogar ausgezeichnet bewaffnet. Unten an Deck hängten je zwei Männer der Besatzung soeben zwei weitere, kleinere Pulvergeschütze in die dafür vorgesehenen eisernen Gabeln steuerbords und backbords auf dem Schanzkleid ein.

Die Halfmoond war nicht wehrlos dem Angriff der Piraten ausgeliefert. Von der Hai, einer schlanken, rotbraunen Kogge, die sich unter halbem Segel schnell näherte, schallten Rufe herüber, deren Wortlaut noch nicht zu verstehen war. Jemand gab Flaggensignale. In wenigen Augenblicken würde die Halfmoond mit Blitz und Donner darauf antworten.

»Wird es gehen?« hörte Engelke den Steuermann fragen.

»Weiß ich noch nit«, gab er angesprochene Seemann zurück, »uns Büchsenmeister is tot, un isch hab' so e Dinge erst einmal abjeschosse. Aber probeere don mer et op jeden Fall. Maat Üch kein Sorje... et klapp bestimmt.«

»Was ist mit dem Pulver?« erkundigte sich der andere Matrose unsicher. »Das Werg und die Kugel hab' ich schon ins Rohr gestopft...

Der Erste mit der optimistischen Einstellung wandte sich geduldig seinem Kameraden zu. »Sieh mal«, erklärte er und hielt ihm einen dosenähnlichen Gegenstand aus

Eisen hin, »da muß dat Pulver rein. Fest anstopfen – aber nit zu fest!«

Die Hai war inzwischen auf Rufweite herangekommen. Bis die Piraten erkannten, daß die Halfmoond nach wie vor bemannt war, konnte es nur noch Augenblicke dauern, denn ihre an Deck gefesselten Spießgesellen schrien ihnen lauthals Warnungen entgegen.

Engelke griff nach der Zunderbüchse, die auf dem Boden lag. Sie schlug Funken und entzündete die Lunte. Es dauerte ihr viel zu lange, bis die beiden Seeleute die Bombardelle endlich schußbereit hatten. Außerdem – der erste Schuß mußte sitzen. Für einen zweiten würde es sicher weder Zeit noch Gelegenheit mehr geben.

Die vielen Männer an Bord der Hai waren bereits deutlich auszumachen. Engelke glaubte ihre Köpfe erkennen zu können – wilde, siegessichere, beutegierige Gesichter. Die Piraten standen dichtgedrängt an der Reling der Hai. Es waren ihrer genug, um Mann gegen Mann mit der geschrumpften Besatzung der Halfmoond fertigzuwerden – falls sie es schafften, das Schiff zu entern.

»Los – schieß«, sagte Engelke und drückte dem Seemann, der als Büchsenmeister fungierte, die brennende Lunte in die Hand. »Mach zu! Jeder Augenblick zählt, wenn wir sie überraschen wollen! Halt auf die Rah!«

Der Seemann drehte sich zu Engelke um. Er grinste. »Jut Ding will Weile haben«, erwiderte er augenzwinkernd und nahm die Lunte an. »Ich hab' et jetz. Die Pulverladung is drin. Und rat ens, wohin ich dat Rohr jezielt han...«

»Himmel – beeil dich doch, Mann«, fuhr Engelke ihn erregt an, »sonst hat alles Zielen keinen Zweck mehr!«

»Soll ich, Steuermann?« fragte der Matrose und zwinkerte noch einmal.

»Tu genau das.« Dierk von Amrum konnte der Situation ebenfalls keine komische Seite abgewinnen. »Feuer!«

Betont langsam führte der Seemann die brennende

Lunte an das Zündloch der Bombardelle. Betont gründlich justierte er noch einmal die Neigung und Richtung des Rohrs. Dann bekreuzigte er sich, ließ mit der gleichen Bewegung die Lunte ins Zündloch gleiten und sprang zwei Schritte zurück.

Einen Atemzug lang geschah nichts. Plötzlich, unvermittelt, kräuselte sich ein winziges Rauchwölkchen aus dem Zündlock der Bombardelle. Und dann löste sich der Schuß.

Der Donnerschlag war lauter als alles, was Engelke je gehört hatte. Ein greller Flammenstrahl schoß aus dem dicken, eisenringverstärkten Rohr des kleinen Geschützes. Und die faustgroße Steinkugel, mit der es geladen gewesen war, zischte so schnell durch die Luft, daß kein Auge ihre Flugbahn verfolgen konnte.

Aber der Schaden, den das Geschoß angerichtet hatte, war sofort zu erkennen. Das Segel der Hai senkte sich plötzlich schräg nach backbords, gleichzeitig begann es gefährlich zu flattern und sich um die eigene Achse zu drehen. Und dann, ausgefranste Tauende hinter sich herreißend, polterte die schwere Rah vom Mast herunter aufs Deck.

»Mein Gott«, sagte Engelke, »ein Treffer! Die Kugel muß die Toppnanten beschädigt haben. Das war ein Meisterschuß!«

Dierk von Amrum stand hoch aufgerichtet und spähte mit unbewegtem Gesicht zur Hai hinüber. »Glücklicher Zufall«, murmelte er. »Und es waren nicht nur die Toppnanten. Die Kugel hat ihnen auch Fall und Rack zerfetzt – alles laufende Gut, das die Rah am Mast hält. Vorläufig werden sie nicht mehr manövrieren können...«

»Zufall?« beschwerte sich der Matrose, der die Bombardelle abgefeuert hatte. »Paßt ob, Steuermann, ich lad' nach. Dann krach' et noch ens – und dann werde mer ja sehen, ob dat Zufall war!«

Dierk von Amrum wandte sich dem Seemann zu. Er lächelte schmallippig. »Laß man, Hännes«, sagte er, »der erste Schuß war gut genug. Jetzt runter an Deck.« Er legte, schon auf dem Weg in den Ruderstand, die Hände um den Mund. »Fertig zum Segelsetzen«, schallte sein Befehl.

Und er kam keinen Augenblick zu früh. Wildes Gebrüll toste von der Hai herüber, durchdrungen von einzelnen wütenden Schreien. Dann zischten Armbrustbolzen durch die Luft, gemischt mit Pfeilen und Brandpfeilen. Ein Krachen und ein zischendes Pfeifen über die Halfmoond hinweg sagten Engelke, daß auch den Piraten Feuerwaffen zur Verfügung standen.

Die Bluthunde gaben sich noch nicht geschlagen. Während die Männer der Halfmoond fieberhaft arbeiteten und die mächtige Rah hochfierten, während sich das Segel zur Hälfte entfaltete und in den Wind drehte, beschossen die Piraten ohne Pause das Schiff. Aber ihr Kanonier war glückloser als Hännes, der die Bombardelle der Halfmoond mit soviel Gefühl bedient hatte. Engelke, die auf der Kuhl hinter der Kochstelle in Deckung gegangen war, konnte den einzigen Treffer aus nächster Nähe beobachten. Die Kugel durchschlug das Schanzkleid und kullerte harmlos wie ein Kinderspielzeug übers Deck. Alle anderen Schüsse – vorher und nachher – pfiffen entweder hoch über die Halfmoond hinweg, oder sie klatschten wirkungslos vor ihr in die grauen, schäumenden Wogen.

Die Halfmoond nahm Fahrt auf. Bald war die Entfernung zwischen ihr und der bewegungsunfähigen Hai zu groß für die geringe Tragweite der Geschütze.

Engelke kam aus dem Windschatten der Kiste aus Ziegelsteinen, hinter der sie das Ende des Gefechtes abgewartet hatte, und arbeitete sich, gebeutelt vom stürmischen Wind, an die Reling vor. Von der Hai war nur noch der Masttop zu sehen, an dem brandrot der riesige, geflammte Flüger wehte, mit dem die Piraten ihr Schiff als hansischen Kauffahrer getarnt hatten. Nur noch kurze Zeit, dann würde auch dieser gewaltige Wimpel nicht mehr erkennbar sein. Er würde einfach unter den Horizont aus grau-grünem, wild bewegtem Wasser versinken, als sei er nie dagewesen. Aufatmend umfaßte Engelke den Handlauf der Reling. Unmittelbare Gefahr drohte der Halfmoond im Augenblick nicht mehr. Die gefangengenommenen Schurken, die entlang dem Schanzkleid des Vorschiffes gefesselt an Deck kauerten und sich ihrer Lage wohl bewußt waren, boten ebenfalls keinen Grund zu Befürchtungen mehr. Wenn jetzt noch die Heimkehr nach Hamburg glückte...

Ein paar Matrosen bewegten sich breitbeinig von vorn nach achtern. Sie kamen dicht an Engelke vorüber. »Und ik segg di – dat war die Nordstern«, brummte einer, ein grauhaariger alter Kämpe, seinen Kameraden zu, »ich hab' sie genau wiedererkannt! Hab' sie ja selber bauen helfen – da merkt man sich Einzelheiten!«

»Timmermann! Das Schiff, das angeblich gesunken ist?«

»Genau das.« Der Grauhaarige nickte energisch.

»Wenn es wirklich die Nordstern war«, sagte der junge Matrose, der direkt neben ihm ging, »dann ist meinem Vater das passiert, was fast mit uns geschehen wäre. Mein Vater war Bootsmann auf der Nordstern...«

»Wird Zeit, daß mal einer was gegen die verdammten Piraten unternimmt«, sagte der alte Schiffszimmermann. Die anderen nickten, plötzlich tiefernst.

Die Bemerkungen, die die Männer gemacht hatten, bestätigten noch einmal, was von Engelke aufgedeckt worden war. Aussagen wie die des Schiffszimmermanns würden vor Gericht von großer Wichtigkeit sein. Man mußte dafür sorgen, daß er auch gehört wurde.

Engelke wollte sich gerade überlegen, wie sie in den Prozeß eingreifen konnte, ohne selbst dabei in Erscheinung zu treten. Da sah sie, daß der Steuermann das Ruder wieder dem Bootsmann übergeben hatte und ihr vom Kastelldeck her zuwinkte.

Sie machte sich, angestemmt gegen den pfeifenden Wind, auf den Weg zu ihm. Sonderbar – irgendwie fühlte sie sich seit der vergangenen Nacht als Teil der Mannschaft dieses Schiffes – oder war es etwa nicht die Disziplin eines Matrosen, die sie dazu brachte, jedem Wink des stellvertretenden Schiffers zu folgen?

Nachdenklich stieg sie die schmale Leiter zum Heckkastell hinauf und näherte sich Dierk von Amrum, der breitbeinig auf der Brücke stand.

»Ja?« sprach sie ihn an und brachte es nur mit großer Überwindung fertig, ihm ins Gesicht zu sehen.

Er antwortete zunächst nicht. Seine Miene war undurchdringlich; dennoch glaubte Engelke eine große Verlegenheit darin zu erkennen, gemischt mit einem Ausdruck, den sie nicht benennen konnte. »Habt Ihr eine Aufgabe für mich, Steuermann?« fragte sie mit belegter Stimme.

»O ja«, sagte er. Seine Worte verrieten ein Zittern. »Aber ich muß dich erst fragen, ob du bereit wärst, sie zu übernehmen, Geertje. Und ich weiß nicht, wie ich das anstellen soll...«

Engelke senkte den Kopf. Ja – er war verlegen. Und seine Verlegenheit teilte sich ihr mit. Sie spürte, wie ihr das Blut in die Wangen stieg. »Was wollt Ihr damit sagen, Steuermann?« stammelte sie, ohne zu wissen, warum ihre berühmte Haltung sie plötzlich im Stich ließ.

»Ich bin nicht so schweigsam wie mein Vetter Heiko«, erwiderte Dierk und senkte die Stimme, »aber auch mir liegt es nicht besonders, viele Worte zu machen. »Ich –«, er räusperte sich nervös und trat einen Schritt auf sie zu, »ich habe mich in jemanden verliebt... nein, ich liebe jemanden.«

»So«, hauchte Engelke und starrte mit aufgerissenen Augen hinab auf die Decksplanken, »und warum erzählt Ihr mir das, Steuermann?«

Plötzlich fühlte sie seine Hände auf ihren Schultern.

»Willst du mich nicht wieder Dierk nennen? Du hast es ja schon ein paarmal getan. Und bitte – sieh mich doch an, Geertje...«

Er hatte geflüstert. Und seine Finger preßten sich so fest in ihre Schultern, daß es fast schmerzte. Sie hob den Kopf. »Was wollt Ihr denn von mir, Dierk?« fragte sie tonlos und wußte plötzlich, daß sie sich leidenschaftlich eine ganz bestimmte Antwort wünschte. Genau so sicher aber war sie sich, daß sie auf eine solche Antwort nicht zu hoffen brauchte.

»Geertje...«, murmelte er. Langsam streckte er die Hand aus und berührte mit den Fingerspitzen ihre Wange. »Es kommt mir vor, als hätte ich dich mein Leben lang gekannt. Du warst mir vom ersten Augenblick an so vertraut – schon, als du mit der Lademannschaft an Bord gekommen warst und unten im Ruderstand –«

Engelke schloß die Augen. Sie konnte seinem Blick nicht länger standhalten. »Was soll das alles, Steuermann?« unterbrach sie ihn rauh, »niemand hat gemerkt, daß ich –«

Sie preßte die Hand auf den Mund und riß erschrocken die Augen wieder auf. Er lächelte. Es war das sanfteste Lächeln der Welt. »Daß du eine Frau bist«, ergänzte er. »Ich nehme an, Männerkleidung ist bei der Arbeit, die du tust, praktischer als Weiberröcke es sein könnten. Sie schützt dich wahrscheinlich auch vor Zudringlichkeiten. Aber vor mir mußt du die Maskerade doch nicht aufrechterhalten. Ich würde dir bestimmt nie zu nahe treten, Geertje...«

»Dadurch, daß du das sagst, hast du's schon getan«, wisperte Engelke und drehte den Kopf zur Seite. Das brennende Gefühl der Sehnsucht in ihr war plötzlich unerträglich. »Dadurch, daß du mich fragen willst, ob ich zwischen dir und der Frau, die du liebst, vermittle...«

Er nahm ihr Gesicht in beide Hände. »Dich liebe ich, Geertje«, sagte er tonlos, aber mit Nachdruck, »und ich glaube, du wirst mich auch lieben. Deine Augen verraten es.«

Abrupt wandte Engelke sich ihm zu und sah ihn an. Ihre Blicke tauchten tief in seine Augen. Sie fand keine Lüge darin – nur Wärme, Kraft und ein Meer von Zärtlichkeit.

Sie machte sich von ihm los. Wie blind lief sie den Niedergang hinunter. Sie brauchte Ruhe und Einsamkeit, um Ordnung in das Chaos der Gefühle zu bringen, das in ihr losgebrochen war.

»Geertje«, rief er ihr nach, »ich hab' noch tausend Fragen!«

»Später«, antwortete sie und rannte weiter, ohne sich umzudrehen, »nicht jetzt... ich kann nicht!«

Teetje schlief noch tief und fest. Nicht einmal der Donner der Pulvergeschütze während des Treffens mit den Piraten hatte ihn wecken können.

Engelke setzte sich auf die unterste Koje, schloß die Augen und bedeckte das Gesicht mit den Händen. Sie hatte Dierk gefragt, und sie hatte die Antwort bekommen, mit der sie am wenigsten gerechnet hatte. Sie, Engelke Geerts, hatte soeben eine Liebeserklärung gehört – von einem Mann, der ihr alles andere als gleichgültig war. Es war ein Wunder, ein unfaßbares Wunder.

Was sollte sie jetzt tun? Wie sollte sie von jetzt an weiterleben? Die Möglichkeit, sich einfach auf Dierk einzulassen, erschien ihr allzu abenteuerlich. Es paßte nicht zu einer so vernünftigen Person wie Engelke Geerts, sich Hals über Kopf von einem Gefühl hinreißen zu lassen. Auch wenn es so stark war wie diese eben erst entdeckte Liebe zu Dierk von Amrum.

Sie kannte ihn ja kaum. Sie wußte nichts von ihm. Und er wußte auch nichts von ihr. Das Ganze war ein Wahnsinn. Und –

Teetje war aufgewacht. Er steckte seinen strubbeligen

Kopf aus der Koje und rieb sich die Augen. »Mojn, Fröl'n Engelke... ich meine, Geert«, gähnte er, reckte sich und kletterte herunter, als er keine Antwort bekam. Mit einem Plumps hüpfte er auf den Boden. »Ich hab' Hunger«, fuhr er in seinem Monolog fort, »soll ich für Euch was organisieren?«

Engelke blickte auf und schüttelte den Kopf. »Du solltest dich mal waschen«, murmelte sie geistesabwesend, »und paß auf, draußen an Deck. Und steh den Männern nicht im Weg.«

»Mach ich!« Teetje der Kobold flitzte hinaus. Engelke schloß die Augen wieder. Ob das überhaupt Liebe war, dieses turbulente Gefühl, das sie ganz ausfüllte? Sie hatte gar keine Vorstellung davon gehabt, wie es sein würde... nur eine unbestimmte Sehnsucht war dagewesen, eine Sehnsucht nach etwas, das sie genau so wenig beschreiben konnte.

Das, was sie beim Gedanken an Dierk fühlte, machte ihr Angst. Es brachte sie aus dem gewohnten Gleichgewicht, riß ihr den sicheren Boden unter den Füßen weg. Sie fühlte sich diesem Strudel aus unbekannten Empfindungen wehrlos ausgeliefert. Wenn sie kapitulierte – was wurde dann aus Engelke Geerts?

Die Tür schwang auf. Er war da. Er war ihr nachgekommen. Er trat an sie heran und setzte sich neben sie auf dem Kojenrand.

Sie sah ihn an. Tränen schossen ihr plötzlich in die Augen. Sie konnte einfach nichts dagegen tun.

Er legte die Arme um sie und zog sie an sich. Sie spürte seine Lippen auf ihrer Wange. »Lieber Gott«, flüsterte er, »ich hab' mich so schrecklich nach dir gesehnt, all die Jahre. Und jetzt bist du da. Ich kann's ja selber noch nicht fassen!«

Engelke war es, als habe er mit diesen Worten all das ausgesprochen, was sie selbst hatte sagen wollen. Bei diesen Worten lösten Unsicherheit und Angst sich in nichts auf und machten Platz für ein riesiges Glücksgefühl. Engelke krallte die Finger in Dierks Rücken. Die Tränen, die aus ihren Augen auf seine Schulter tropften, schwemmten die letzten Reste von Zweifeln fort.

Viele Atemzüge lang hielten sie sich umschlungen. Es hatte etwas Berauschendes, die Nähe des anderen zu spüren, und weder Engelke noch Dierk konnten einander gleich wieder loslassen. Schließlich flüsterte Engelke: »Du sagtest, du hättest tausend Fragen... ein paar habe ich auch, aber die können warten...«

Er lachte leise. »Meine ebenfalls, Geertje«, antwortete er, »nur eine – die brennt mir auf den Nägeln.«

»Welche?«

»Würdest du... könntest du dir vorstellen...«

»Was?«

»Ich besitze einen Hof auf Amrum«, sagte er langsam, »ein schönes Anwesen, das jetzt ein Knecht für mich bewirtschaftet. Ich könnte auch ein Gehöft in Hamburg erwerben, falls du deine Heimatstadt nicht verlassen möchtest. Geertje«, er nahm ihr Gesicht in die Hände und schaute ihr in die Augen, »ich wünsche mir... dich als Frau in meinem Haus. Was sagst du dazu?«

»Ja«, kam es automatisch aus Engelkes Mund, »nur –«

»Nur? Bist du nicht frei?« Seine hellblauen Augen weiteten sich erschrocken. »Mußt du jemanden um Erlaubnis fragen?«

»Nein, nein.« Engelke lächelte und wagte es zum erstenmal, mit der Hand sein Gesicht zu berühren. »Ich bin von niemandem abhängig. Seit ich volljährig bin, kann ich frei entscheiden. Nur Godert van Damme müßte ich Bescheid geben – anstandshalber.«

»Godert van Damme, dem Eigner dieses Schiffs?« Dierk zog überrascht die Augenbrauen hoch. »Was hast du mit dem zu tun?«

»Ich lebe in seinem Haus«, sagte Engelke einfach, »ich lebe und arbeite dort.«

»Ach so!« Er atmete erleichtert auf. »Und er wird wahrscheinlich nur ungern auf deine Arbeit verzichten wollen so tüchtig wie du bist.«

»Ja. Wahrscheinlich. Aber er wird es müssen.«

Er umarmte sie von neuem. Er drückte sie so fest, daß ihr der Atem verging. »Und was deinen kleinen Jungen betrifft«, flüsterte er ihr zu, »ich werde für ihn einen mindestens ebenso guten Vater abgeben, wie seiner es war – Gott habe ihn selig...«

Diesmal mußte Engelke lachen. »Gott bewahre«, sagte sie, gerührt und belustigt zugleich, »Teetje ist nicht mein Sohn. Der Satansbraten hat sich ganz unabhängig von mir aufs Schiff eingeschmuggelt.«

»Aber du und er – ihr scheint euch aber gut zu kennen, Geertje...«

»O ja. Auch er lebt im Haus von Godert van Damme.« Sie lehnte sich an Dierk. »Er ist eigentlich ein lieber kleiner Kerl.«

»Nicht so lieb wie die Kinder, die wir haben werden.« Er küßte sie, zärtlich und mit verhaltenem, leidenschaftlichem Überschwang.

Es war der allererste Kuß, den Engelke je bekommen hatte, und sie wagte es nicht, ihn zu erwidern. Als Dierk ihre Lippen wieder freigab, zitterte sie am ganzen Leibe. »Laß mir doch Zeit«, wisperte sie atemlos, »ich hab' nicht viel Übung mit so was...«

»Ich auch nicht«, sagte Dierk, »es kommt mir vor, als hätten wir beide viel, viel nachzuholen.« Er nestelte an seinem Halsausschnitt, machte eine dünne silberne Kette mit Anhänger von seinem Nacken los und hielt sie Engelke hin. »Vor allem will ich, daß du dies hier als Pfand von mir annimmst. Es ist ein Talisman – ein Thorshammer, seit alten Zeiten in meiner Familie, vom Vater auf den Sohn weitervererbt. Du sollst ihn tragen, bis ich ihn meinem Sohn geben kann.«

Engelke faßte den Anhänger vorsichtig mit zwei Fingern. Das zierlich gearbeitete kleine Kunstwerk hatte die Form eines altertümlichen Streithammers. An der Stelle, wo Stiel und Hammerkopf sich verbanden, war vom Silberschmied in feiner Durchbrucharbeit ein winziges Kreuz eingeschnitten worden.

»Es ist sehr schön«, sagte Engelke bewundernd, »aber es hat fast was Heidnisches...«

Dierk nickte. »Es war auch mal heidnisch«, bestätigte er. »Später ist es dann durch das eingeschnittene Kreuz geweiht worden«, fügte er beruhigend hinzu, »du brauchst keine Angst davor zu haben, daß es dir Unglück bringen könnte. Wirst du es nehmen?«

»Nur, wenn du auch von mir ein Pfand akzeptierst«, sagte Engelke und machte das bescheidene Silberkreuzchen, das sie selber trug, vom Hals los. Ernst drückte sie es Dierk in die Hand. »Es ist lange nicht so kostbar wie deine Gabe. Aber es hat die gleiche Bedeutung für mich. Es ist ein Versprechen...«

Dierk von Amrum nahm das kleine Schmuckstück und fuhr liebevoll mit dem Daumen über das verzierte Silber. Dann umarmte er Engelke impulsiv und küßte sie noch einmal. »Nicht nur ein Versprechen«, hauchte er, »ein Schwur, Geertje.«

Diesmal gab Engelke ihm seinen Kuß zurück – mit aller Inbrunst und Leidenschaft, deren sie fähig war.

12

Engelke saß untätig an der Reling auf dem Kastelldeck und ließ sich von der Aprilsonne bescheinen, die nach so viel nassem Grau an diesem Morgen endlich wieder aus den Wolken hervorgetaucht war. Rechts und links der Halfmoond glitten die Ufer der Elbe vorüber. Das Schiff machte, von einem sanften Westwind getrieben, flotte Fahrt.

Gegen Abend, vielleicht sogar schon am späten Nachmittag, würden sie in den Hamburger Hafen einlaufen, nach nur drei stürmischen Tagen auf See. Dierk hatte das Unmögliche fertiggebracht: Steuermann und Schiffer in einer Person zu sein. Und es war ihm gelungen, in üblem Wetter, bei unbekannter Position und mit einer viel zu kleinen Mannschaft das Schiff dennoch auf Heimatkurs zu bringen.

Jetzt stand er leicht gebückt unten auf der äußersten Spitze des Vorschiffs neben dem Bugspriet und lotete die Tiefe des Fahrwassers aus. Der Wind wühlte in seinen langen, flachsblonden Haaren, die Sonne bestrahlte hoch vom Himmel seinen breiten Rücken und ließ das verschossene Blau seines Leinenhemdes wie neu schimmern.

Engelke war ungeheuer stolz auf den Mann, den sie so bald wie möglich heiraten würde. Es fiel ihr sehr schwer, Zurückhaltung zu üben und ihre Verkleidung als Geert beizubehalten, solange sie noch mit ihm auf dem Schiff war.

Während der Tage auf See, als die Halfmoond gegen den Sturm kreuzen mußte, da hatte es für Engelke manchmal Gelegenheit gegeben, sich in Dierks Nähe aufzuhalten, auch wenn sie seit den wenigen Augenblicken in der Backbord-Kajüte nie mehr mit ihm allein gewesen war.

Aber jetzt, unter den wachsamen Augen der Matrosen, die nun nicht mehr dauernd mit dem Segeln des Schiffes beschäftigt waren, blieben ihr einstweilen nur die zärtlichen Blicke, die er ihr schenkte, wenn es niemand sah.

Sie lächelte. Ihre wahre Identität hatte sie ihm noch nicht preisgegeben. Damit würde sie ihn überraschen, sobald er nach dem Prozeß das Haus ihres Onkels Godert aufsuchte, um die Modalitäten der Hochzeit zu besprechen. Für ihn war das alles schon jetzt einfach und klar. »Zuerst miete ich für uns ein kleines Haus«, hatte er gesagt, »vielleicht nur eine Bude, um Geld zu sparen. Aber nach der ersten großen Fahrt bringe ich genug heim, um einen Hof zu kaufen, Liebste. Wir werden es zu Wohlstand bringen – dafür bin ich gut. Und du wirst in Samt und Seide gehen – mit Gold und Perlen!«

Engelkes Lächeln vertiefte sich. Wie würde er staunen, ihr stolzer Friese, wenn sie ihm eröffnete, daß sie, gemessen an den Maßstäben des einfachen Volkes, so arm gar nicht war! Was würde er für Augen machen, wenn sie ihm von ihren eigenen Plänen zu dem neuen Brauhaus erzählte, und von dem Kredit, den Grootvadder Evert ihr zugesagt hatte! Sie war sicher, daß Evert der Ältere den Kredit erhöhen würde, sobald er Dierk von Amrum zu Gesicht bekam. Dann reichte das Geld vielleicht sogar aus, um ein eigenes Schiff zu bauen und...

Alles der Reihe nach. Es würde ganz bestimmt wenigstens einen Tag dauern, bis vor dem Rat von Hamburg die Halfmoond-Affäre geklärt und alle Verhöre und Vernehmungen abgeschlossen waren. Dierk war neben der restlichen Mannschaft der wichtigste Zeuge, also würde man ihn wohl bis zum Abschluß der Beweisaufnahmen dabehalten. Diese Zeit konnte Engelke nutzen, um die Papiere und Urkunden für das Brauhaus zusammenzutragen und in Ordnung zu bringen. Und wenn er dann in die Reichenstraße kam, um sich ganz offiziell als ihr Verlobter vorzustellen, würde sie ihm eine Mitgift präsentieren können, die sich gewaschen hatte.

Es war wirklich ganz einfach – einfach und unkompliziert. Sie liebte ihn – er liebte sie. Mehr brauchte sie nicht. Engelke schloß die Augen und wandte das Gesicht der Sonne zu. Sie tastete mit der Hand nach dem kleinen silbernen Thorshammer, der über ihrem Herzen lag. Noch konnte sie von einem Leben mit dem Mann, den sie liebte, nur träumen. Aber bald, sehr bald würde der Traum greifbare Wirklichkeit sein. Sie würde das Glück umarmen können – in aller Öffentlichkeit. Das Glück ihres Lebens... Dierk von Amrum...

»Geertje – schläfst du etwa?«

Das war seine Stimme. Sie lächelte und blinzelte. Er ragte hoch über ihr auf, wie ein Turm. »Nein«, sagte sie, zog sich mit einem Ruck die Filzmütze tiefer über die Ohren und erhob sich. »Ich hab' nur ein bißchen geträumt.«

»Du auch?« flüsterte er. Unauffällig streckte er die Hand aus und berührte in einer zarten, streichelnden Bewegung ihre Fingerspitzen. »Nicht mehr lange, Liebste... dann –«

Ein Matrose kam den Niedergang herauf, machte eine Leine von einem Belegnagel los, schaute kurz zu ihnen herüber.

»Wie geht es dem Schiffer, Steuermann?« entschärfte Engelke geistesgegenwärtig die Situation.

»Nicht besonders«, sagte Dierk laut, »aber sein Fieber ist gesunken. Er schläft die meiste Zeit. Er wird es wohl schaffen.«

»Gut. Solange er vor dem Rat gegen Rico und die anderen Mörder aussagen kann.« Engelke mußte sich zwingen, nicht Dierks Hand zu ergreifen, die ihrer so nah war. »Und wie weit sind wir noch von Hamburg entfernt?«

»Wir haben die Höhe von Stade schon passiert«, gab Dierk zurück, »nicht mehr lange, Geertje.«

Sein Blick sagte ihr, wie er diese Antwort gemeint hatte.

Und seine Hand legte sich sacht auf ihre Schulter. Fast unmerklich fuhr sein kleiner Finger über ihren Halsansatz. Dann packte er fester zu, rüttelte sie freundschaftlich. »Der Kleine wird der einzige auf diesem Schiff sein, der nur ungern in Hamburg von Bord geht«, fügte er hinzu, »dieser Teetje! Er hat sich Heiko an die Fersen geheftet – klebt an ihm wie eine Klette! Ich glaube, wenn die Halfmoond zum zweitenmal ausläuft, muß der Knirps eingesperrt werden, damit er sich nicht noch mal im Laderaum versteckt!«

Er lachte. Engelke stimmte ein und gab ihm einen kleinen Stoß vor die Brust. »Steuermann«, sagte sie, »Teetje wird es immer wieder versuchen, fürchte ich. Er ist mit Seewasser getauft. Was meint Ihr? Ob Eure Söhne später auch einmal –«

»O, ganz sicher«, unterbrach er. Seine Hand verstärkte den Druck auf ihrer Schulter, während er den Blick träumerisch in die Ferne lenke. »Und weißt du auch, warum? Sie werden eine Mutter haben, die das Meer nicht scheut – eine, die die schlimmsten Stürme übersteht... zusammen mit mir.«

»Vill Jlück beim Suchen«, flaxte der Matrose von der Nagelbank herüber, »su jet mööt ziemlich selten sin!«

Der Kerl hatte offenbar die Unterhaltung mitgehört. Er war derjenige, der die Bombardelle abgefeuert hatte.

Dierk brach in schallendes Gelächter aus. Er ließ Engelkes Schulter los und schlenderte langsam zum Niedergang. »Das Glück kann jeden überraschen«, sagte er, noch immer aus dem Bauch heraus lachend, »du müßtest das doch am besten wissen, Hännes!«

Es war für Engelke keine Schwierigkeit gewesen, auch am Ende der Reise ihre falsche Identität als Schauermann zu wahren und unerkannt die Halfmoond wieder zu verlassen. Ihr straffe Haltung, dazu Kraft und Geschicklichkeit, die sie bei den Arbeiten an Bord bewiesen hatte – all diese bewährten Eigenschaften hatten sie für die Seeleute zu einem Kameraden werden lassen, der unmöglich eine Frau sein konnte. Von diesem Kameraden verabschiedeten sie sich mit kräftigem Handschlag und kernigen Sprüchen. »Mach's gut, Geert – und laß nix anbrennen!« Engelke nahm es ihnen nicht krumm. Sie hatte vielsagend dazu gelächelt.

Die Männer der Halfmoond waren in drei Gruppen eingeteilt worden: Die erste hatte den verwundeten Schiffer an Land gebracht; mit ihr waren Engelke und Teetje von Bord gegangen. Die zweite hatte unter Dierks Leitung die Gefangenen in den Turm abgeführt. Und die übrigen Matrosen waren als Wache auf dem Schiff zurückgeblieben.

Sobald Engelke wieder festen Boden unter den Füßen gehabt hatte, war sie, Teetje fest an der Hand, hinter einem Lagerschuppen bei den Kajen verschwunden. Dort, wo keiner der Matrosen von der Halfmoond sie mehr hören oder sehen konnte, hatte sie mit dem Jungen einen Handel abgeschlossen. »Du weißt nichts davon, daß ich auf der Halfmoond war«, hatte sie gesagt, »und ich sorge dafür, daß du für dein Verschwinden zu Hause keine Abreibung kriegst. Abgemacht?«

Teetje war mit Freuden darauf eingegangen. Erleichtert hatte er sich Richtung Reichenstraße davongemacht. Und Engelke war zur Deichstraße gegangen, um sich von Geert dem Schauermann wieder in die junge Frau aus gutem Haus zurückzuverwandeln.

Kleid, Unterhemd, Schuhe und Mantel hatten unberührt in der Ecke hinter den leeren Kisten gelegen, wo Engelke sie vor ihrer abenteuerlichen Reise versteckt hatte. Ein paar Augenblicke später war sie wieder in ihre eigene Wirklichkeit zurückgekehrt.

Aber es war eine völlig veränderte Wirklichkeit. Die Sonne strahlte heller für Engelke, die Farben der Stadt leuchteten satter, der Nachmittagshimmel war von einem geradezu unwahrscheinlichen Blau. Und auf dem gesamten Heimweg sah sie gleichzeitig vor ihrem inneren Auge Dierks Silhouette an der Reling der Halfmoond vor sich – so, wie sie ihn beim Abschied von Bord gesehen hatte. Die Sonne in seinem Rücken hatte sein helles Haar wie eine goldene Aureole aufleuchten lassen.

An ihren Fingern spürte sie noch seinen Händedruck. Es kam ihr fast wie ein Sakrileg vor, mit diesen Fingern den Türklopfer des Hauses van Damme zu betätigen, als sie dort angekommen war.

Mette öffnete. »O – Fröl'n Engelke! Man gut, daß Ihr wieder da seid! Wir hatten denn doch nich' damit gerechnet, daß Ihr fast 'ne Woche wegbleibt!«

»Ist denn nicht alles glattgegangen im Haus?« Engelke wählte den sachlichen Ton, an den die Domestiken bei ihr gewöhnt waren. »Hat es besondere Vorfälle gegeben?«

Mette schüttelte die Kopf. »Eigentlich nich'. Die Herren Veckinghusen sind gestern wieder abgereist – und Fröl'n Anneke und Fröl'n Meta und Gesine wollten unbedingt mit nach Lübeck. Also sind sie auch abgereist, zusammen mit Herrn Godert. Nächste Woche sollen sie zurück sein. Und denn –« sie wischte sich unauffällig über die Augen, »denn war noch Teetje weg. Aber der is wieder da. Wenn Karl vom Hufschmied nach Hause kommt – denn kann der Lümmel was erleben...«

Sie waren zusammen in die Diele eingetreten. »Nein, nein«, sagte Engelke und legte Mette beschwichtigend die Hand auf den Arm, »das ist überhaupt nicht nötig. Teetje war die ganze Zeit bei mir. Er hat mich begleitet, Mette. Ohne ihn wäre mein Ausflug ganz sicher weniger erfolgreich gewesen.«

Mette machte runde Augen. »Wat seggt Ji do?«

»Du hättest dir gar keine Sorgen zu machen brauchen. Wo ist Teetje jetzt?«

»Hockt im Pferdestall... hat sich verkrümelt.«

»Dann schick ihn doch gleich zu mir nach oben. Vielleicht brauche ich ihn heute noch mal.« Engelke marschierte die Wendeltreppe hinauf. Sie würde sich umkleiden, das Gewand, das sie trug, hatte während seiner Lagerung im Speicherhaus einen etwas muffigen Geruch angenommen. Wenn Teetje kam, würde sie ihm eintrichtern, was er, falls sie ihn ausfragten, zu sagen hatte.

Teetjes Dankbarkeit für die Rettung vor dem Zorn seines Vaters war grenzenlos gewesen. Überglücklich hatte er sich getrollt und sogar völlig ohne Murren die kleinen Arbeiten übernommen, die seine Mutter ihm aufgetragen hatte.

Frisch gewandet in ihr gutes Dunkelblaues mit den bestickten Borten ging Engelke, nachdem sie sich das Gesicht gründlich gewaschen und die Haare neu geordnet hatte, hinunter ins Erdgeschoß. Beflügelt von einer nie gekannten Leichtigkeit betrat sie die Stube, in der jetzt, nach Abreise der Gäste, wieder Grootvadder Evert wohnte.

Der Altherr saß wie gewöhnlich auf seinem Platz am Fenster. Er drehte sich um und blickte Engelke freundlich entgegen. »Na, mein Deern – was hast du mir zu berichten? Ist der Holzkauf unter Dach und Fach?«

»Leider noch nicht, Grootvadder«, gab Engelke zurück, »ich werde mich wohl weiter umsehen müssen. Diesmal hat's jedenfalls nicht geklappt.«

»Trotz der langen Suche?« Er hob erstaunt die buschigen weißen Augenbrauen. »Nun – ich bin mir sicher, du wirst schon wissen, was du tust, Engelke. Und an gutes Bauholz ist zu kommen – früher oder später.«

»Ja, Grootvadder, bestimmt.« Engelke räusperte sich. »Was ich dich eigentlich fragen wollte –«

»Wenn du die Baugenehmigung und den Orloff meinst«, kam er ihr zuvor, »um die habe ich mich bereits gekümmert. Das Grundstück in Sankt Katharinen gehört dir – es wurde vorgestern auf deinen Namen eingetragen. Baugenehmigung und die Erlaubnis zu bauen liegen beim Rat. Du mußt sie nur noch gegenzeichnen, danach kannst du gleich anfangen. Wie gefällt dir das?«

»O Grootvadder!« Engelke mußte sich beherrschen, um nicht vor Begeisterung wie ein kleines Kind in die Luft zu springen. Alles, alles ging nach Plan. Und wenn Dierk morgen an die Tür klopfte...

»O Grootvadder – ist das alles, was du dazu sagst?« Der Altherr lachte leise. »Vergiß nicht, daß du auch den Kredit brauchen wirst. Und was den betrifft, da haben Godert und ich uns gedacht, wir machen die Gelder flüssig, sobald der Bauplan ausgearbeitet ist und du einen konkreten Kostenvoranschlag präsentieren kannst – auch für den ersten Bedarf an Braugerste und so weiter. Zufrieden?«

»O Grootvadder!« Engelke lief zu ihm hin und ging vor dem alten Mann in die Knie. Ganz ohne ihre gewohnte Form zu wahren, küßte sie ihm die knochigen Greisenhände. Der Altherr entzog ihr seine Finger verwundert und ein wenig verlegen. Übermäßige Gefühlsausbrüche waren ihm selber fremd, und er wußte nicht gut damit umzugehen, wenn sie von anderen kamen. »Na, na«, brummte er mit tadelndem Unterton, »wenn ich's nicht besser wüßte, Engelke, dann würde ich jetzt sagen, du hast doch was Weibisches an dir!« Er faßte sie an der Hand. »Komm, steh auf! So ein Benehmen paßt zu einer Frau, die nichts anderes will, als den Männern zu gefallen. Für Anneke geht das an, aber für dich doch nicht!«

Engelke erhob sich wieder. Sie unterdrückte ein Kichern. Wenn du wüßtest, Grootvadder, dachte sie belustigt. »Nein – ich will keinem mehr gefallen«, sagte sie laut, »ich hab' Wichtigeres zu tun. Ich danke dir, Grootvadder, daß du mir die Möglichkeiten dazu bietest.«

Der Altherr war versöhnt. »So gefällst du mir, Engelke.« Er drückte ihr die Hand, wie er sie einem befreundeten Kaufherrn bei Vertragsabschluß gedrückt hätte. »Mach gut – und enttäusche das Vertrauen nicht, das ich in dich setze! Sei umsichtig in deinem neuen Geschäft – sei ein hervorragender Kaufmann, wie du es gelernt hast!«

Strahlend vor Glück verabschiedete sich Engelke. Die Worte ihres Großvaters, die sie früher immer so stolz gemacht und sie gleichzeitig so sehr verletzt hatten, stimmten sie heute einfach froh. Sie dachte an Dierk, für den sie eine geliebte Frau und kein fähiger Kaufmann war, und der Boden, auf dem sie ging, wurde zur Wolke. Bald, Geertje, hatte Dierk gesagt. Diese beiden Worte verbannten alle anderen in den Hintergrund.

Engelke steckte eine Handvoll Silber in ihren Geldbeutel, legte die kleeblattförmige Schließenhälfte dazu, warf sich den Mantel über und winkte Mette zu sich, die in der Diele, unterstützt von ihrer kleinen Tochter Liseke, den Boden putzte. »Ich gehe noch mal aus«, teilte sie der Magd mit, »in zwei, drei Stunden bin ich zurück. Dann werden wir gemeinsam zu Abend essen.«

Mette wunderte sich. Aber sie stellte keine Fragen. Sie war schon zu lange in diesem Haushalt, um nicht zu wissen, wann man fragte und wann nicht. »Wiebke wird dann auch wieder da sein«, meinte sie abschließend, »die is' zum Beten nach Sankt Petri – wie jeden Tag, seit Ihr weggefahren wart.«

Holms Badehaus in der Bäckerstraße war um diese Tageszeit – es ging auf die Vesper – fast überfüllt. Die drei Mägde, die bei Holm arbeiteten, hatten alle Hände voll zu tun. Und auch Holm selbst schien äußerst eingespannt. Dennoch war er die Höflichkeit in Person, als er Engelke begrüßte – ja, er schien sich ehrlich über ihren Besuch zu freuen.

»Fräulein Engelke – welss angenehmer Anblick! Und sso erleissternd auch! Es is Euss doch wohl ergangen?«

»Aber ja, mein lieber Holm.« Engelke wunderte sich über seine eigenartige Wortwahl. »Warum sollte es mir nicht gut gegangen sein?«

Holm ging auf diese Frage nicht ein. »Man hört, die Halfmoond ssei wiederum in die Hafen«, fuhr er fort und heftete seinen aufmerksamen Blick auf Engelkes Gesicht. »Eine Meuterei – sso ssagt man. Was ssagt Ihr?«

»Kaum«, entfuhr es Engelke. Sie biß sich auf die Unterlippe. »Holm, wäre es möglich, daß Ihr mir noch einmal die kleine private Badekammer vorbereiten laßt?«

Der lange Däne nickte, beflissen wie immer. »Mit Vergnügen, Fräulein Engelke.« Er wies zur Stiege und begleitete sie ins Obergeschoß. »Auch heute mit frisse Kräuter in die Wasser?« fragte er, als sie oben waren. »Iss nehme an, es wäre kein sslesste Idee... nach ssolsse Strapazen...«

»Was für Strapazen, Holm?« Seine Bemerkungen machten Engelke jetzt doch nervös, so liebenswürdig sie gemeint sein mochten.

Der Bader überhörte auch diese Frage. Er öffnete die Tür und trat mit Engelke in die kleine Badestube. »Macht Euss keine unnütse Ssorgen, Fräulein Engelke«, sagte er mit gedämpfter Stimme, »Ihr wißt – iss bin diskret. Niemand erfährt von Erik Holm mehr, als ssickliss ist. Allerdings – auf die Rathaus, da habe iss ein Aussage gemacht. Daß Ihr miss habt gewiesen auf die Mann mit die blaue Mantel.«

Engelke starrte ihn sprachlos an. Was sagte der Bader denn da? Der redete ja, als wisse er alles, was sie wußte!

»Diesse Mann war in mein Badehaus«, führte Holm seine Erklärung fort, »er hat ssehr verdässtige Dinge gesagt, an die Tag, als Ihr hier habt gebadet. Diesse verdächtige Dinge mußte iss sselbstverständliss weitergeben – und da war es notwendig, daß Eure Name erwähnt mußte werden.«

Engelke schluckte. »Also, Holm –«

»Die andere Ssache habe iss nisst offengelegt«, fiel ihr der Bader beruhigend ins Wort, »und kein Wort davon ssol jemals über meine Lippen kommen. Verlaßt Euss ganss auf miss, Fräulein Engelke. Und im Vertrauen: Iss bewundere das alles ssehr, wass Ihr getan habt ssur Rettung von die Halfmoond.«

»Hom, ich –«

»Nein, nisst weiter, Fräulein Engelke.« Holm kniff die Augen zusammen, was ihm plötzlich ein völlig anderes Aussehen verlieh. Sein Gesicht verlor den geschäftsmäßig-zuvorkommenden Ausdruck; es zeigte Konzentration und tiefen Ernst. »Ihr und iss«, sagte er leise, »wir wollen doch beide, daß der Mord an Herrn Burmeester und die Vorgänge auf die Ssiff von Eure Oheim sind sswei verssiedene Dinge – ist das resst?«

»Ja, ja«, stotterte Engekle, »obwohl –«

»Nun, dann müssen wir die Gute Gott danken dafür, daß ein junge Ssauermann hat die Leben gerettet von die Seeleute auf die Halfmoond – nisst wahr? Und der Mörder von Herr Burmeester – der ist entlarvt von Fräulein Engelke und Erik Holm. Gut?«

Einen Augenblick lang fehlten Engelke die Worte. Dann, völlig aus dem Gleichgewicht gebracht, stammelte sie: »Was wißt Ihr davon?«

Der Bader zeigte ein verschmitztes Lächeln. »Früh am Morgen, als die Halfmoond auslaufen ssollte, da war iss... unterwegs. Iss ssah ein junge Ssauermann einsteigen in ein Boot mit Proviant für die Halfmoond. Diesse Mann war kein Mann.« Und er zwinkerte Engelke zu.

»O Gott.« Das war alles, was sie herausbringen konnte. Holm hatte sie erkannt, trotz der Verkleidung. Ihn hatten die alten Kleidungsstücke und der Schmutz im Gesicht nicht täuschen können. Er hatte zwei und zwei zusammengezählt in seiner scharfsinnigen Art.

»Iss sweige wie das Grab«, sagte Holm, »aber wenn einmal Sseit und Ruhe ist – werdet Ihr mir dann die gansse Gessisste erssählen?«

Engelke nickte stumm. Sie schaute dem langen Dänen in die Augen. Und auf einmal wußte sie, daß ihr Geheimnis bei ihm sicher war. »Ich werde«, sagte sie und lächelte. »Aus Freundschaft.«

»Immer ssu Eure Diensten«, erwiderte Holm. Aber es war nicht die höfliche Floskel, die Engelke bis jetzt immer von ihm gehört hatte. Diesmal lagen Wärme und sehr viel Herzlichkeit in diesen, seinen wohlbekannten Worten.

Engelke hatte das warme Kräuterbad in Holms kleiner, separater Badekammer unendlich wohlgetan – zumal es sich dabei, in duftendem, warmem Wasser liegend, herrlich Zukunftspläne schmieden ließ. Mit geschlossenen Augen hatte sie sich das Leben an Dierks Seite ausgemalt; das Haus, das sie mit ihm bewohnen würde, war buchstäblich vor ihrem inneren Auge aus dem Grundstück in Sankt Katharinen auf der Grimm-Insel emporgewachsen. In ihrer Fantasie hatte sie schon seine Worte hören können, mit denen er ihre Pläne begutachtete, hier und da Einspruch einlegte und...

Es fiel Engelke schwer, aus der Wärme dieser Glücksfantasien auszusteigen. Aber bevor sie sich ihnen ganz und für immer hingeben konnte, mußten erst noch ein paar Präliminarien aus dem Weg geräumt werden. Also trat sie, nachdem sie Holm für dieses und das vorige Bad bezahlt hatte, ihren Gang zum Rathaus an.

»Ihr habt genau die richtige Zeit gewählt, Fräulein Engelke«, sagte der Diener am Rathausportal, »gerade sind die Verhöre und Vernehmungen für heute abgebrochen worden. Die beteiligten Herren vom Rat sind alle schon gegangen – bis auf Herrn Kellinghusen, der sich die Protokolle noch mal ansehen wollte.«

»Das trifft sich gut«, erwiderte Engelke, »mit Herrn Kellinghusen wollte ich sowieso sprechen, nachdem ich beim Notar war. Wo finde ich ihn?«

»Den Notar?«

»Herrn Kellinghusen.«

Der Diener wies ihr den Weg. Mandus Kellinghusen

hielt sich in einer der kleinen Amtsstuben rechts neben dem großen Saal auf. Er stand an einem hochbeinigen Schreibpult und blätterte, seine etwas kurzsichtigen Augen durch Vorhalten einer ungefügen eisernen Brille unterstützend, in einem Bündel eng beschriebener Papiere herum.

»O, Fräulein Engelke«, sagte er, als er ihrer gewahr wurde, »das ist sehr gut – sehr gut in der Tat.«

»Was denn, Herr Kellinghusen?« fragte Engelke, obwohl sie die Antwort bereits kannte. »Eigentlich bin ich nur hergekommen, um ein paar Verträge abzuholen, die mein Großvater für mich –«

»Ich bin informiert«, schnitt der Ratsherr ihr, weniger aus Unhöflichkeit, als aus Diensteifer, das Wort ab. »Diese Papiere liegen bereits fertig beim Notar nebenan. Aber zuvor hätte ich gerne –«

Diesmal fiel ihm Engelke in die Rede. »Ich weiß, Herr Kellinghusen. Es geht Euch um Bestätigung der Aussagen von Erik Holm – betreffend den Mord an Jürgen Burmeester. Seht Ihr, ich bin auch informiert.«

Kellinghusen lächelte. Das Lächeln – voller spitzbübischem Humor – verwandelte sein würdiges Mittvierziger-Gesicht für einen Augenblick in das eines Lausbuben. »Und? Könnt Ihr sie bestätigen?« fragte er und zwinkerte.

Engelke wußte nicht, ob dieses Zwinkern nur ein unwillkürliches Zucken seines Augenlids gewesen war, oder ob es tatsächlich ihr gegolten hatte. Dennoch fand sie es erstaunlich. »Das kommt ganz darauf an«, erwiderte sie.

Kellinghusen kehrte zur Sachlichkeit zurück. »Holm behauptet, Ihr, Fräulein Engelke, hättet ihn auf einen Mann in einem blauen Mantel hingewiesen, der Euren Verdacht geweckt hatte. Diesen Mann hättet Ihr nach eigener Aussage mit Jürgen Burmeester gesehen und streiten gehört – kurz bevor Burmeester ermordet wurde. Holm sagte bei mir aus, er habe diesen Mann mit dem auffälligen blauen Mantel in seinem Badehaus zu Gast gehabt und dort zufällig ein Gespräch belauscht, das der Blaumantel mit einem anderen Badegast führte.« Er klappte die beiden Schenkel der Brille zusammen, so daß die Linsen übereinander zu liegen kamen, und steckte das Instrument in die linke Ärmeltasche. »In diesem Gespräch«, setzte er seinen Bericht fort, »erwähnte der Blaumantel ganz offen, daß er Burmeester für immer hätte aus dem Weg schaffen müssen. Er habe zuviel gewußt, als daß man ihn hätte am Leben lassen können. Nun, Fräulein Engelke –«, er musterte sie aus wachen grauen Augen, »will ich von Euch wissen: Habt Ihr Holm tatsächlich auf diesen ominösen Mann mit dem blauen Mantel angesetzt?«

»Ja«, sagte Engelke trocken.

»Hmm.« Kellinghusen räusperte sich. Mit einer so eindeutigen und vor allem so knappen Antwort schien er nicht gerechnet zu haben. »Demnach ist Holms Aussage also korrekt, und Ihr würdet sogar möglicherweise den Mann bei einer Gegenüberstellung wiedererkennen – da Ihr ihn ja im Gespräch mit Jürgen Burmeester gesehen habt?«

»Ja«, kam Engelkes kurze Antwort.

Kellinghusen schien plötzlich aufgeregt. Er fingerte an seiner Ärmeltasche, fuhr hinein und kramte die Brille wieder hervor. Einen Augenblick überlegte er, während er das Ding auf- und wieder zuklappte. Dann räusperte er sich noch einmal. »Ich hatte von Anfang an den Eindruck, daß Ihr etwas wißt, Fräulein Engelke«, sagte er, »gibt es vielleicht noch mehr, was Ihr mir berichten könntet?«

»O ja«, gab Engelke nüchtern zurück, »ich kann Euch einen Fund präsentieren, den ich an der Mordstelle bei der Schusterbrücke gemacht habe – Ihr wißt doch, als ich am Abend des Mordes mit Bartel nach Spuren suchte.«

»Einen Fund?« Kellinghusens Augen begannen zu funkeln. »Was für einen Fund?«

Engelke nahm die silberne Mantelschließenhälfte aus ihrem Geldbeutel und reichte sie dem Ratsherrn. »Dies«, sagte sie. »Ich glaube, der Mörder hat es am Platz seiner Tat verloren. Vermutlich hat dort ein Kampf stattgefunden, und dieser Teil der Mantelschließe wurde dem Mörder von Burmeester abgerissen.«

Kellinghusen faßte nach dem Schmuckhaken und betrachtete ihn intensiv. Mehrere Atemzüge lang sagte er kein Wort, den Blick auf den kleinen Gegenstand geheftet, der in seiner Handfläche lag. »Ja«, murmelte er schließlich, »damit haben wir den Beweis, daß Rico tatsächlich Jürgen Burmeesters Mörder ist.« Er hob den Kopf und schaute Engelke mit leuchtenden Augen an. »An Ricos Mantel fehlt dieser Teil der Schließe.«

»Wer ist Rico?« Engelke heuchelte Unkenntnis.

»Der Anführer einer Mörderbande, die es sich zum Ziel gesetzt hatte, die Halfmoond zu kapern«, erklärte Kellinghusen nachsichtig. »Das könnt Ihr natürlich nicht wissen. Es ist eine lange Geschichte, Fräulein Engelke – und eine sehr abenteuerliche, das könnt Ihr mir glauben!«

»Die Halfmoond – das Schiff meines Onkels?« Auch wenn Engelke die Mundwinkel zuckten – sie mußte weiterhin die Überraschte spielen. »Aber die Halfmoond ist auf Fahrt nach England!«

»Gewesen«, sagte Kellinghusen. »Heute nachmittag ist sie wieder in den Hafen eingelaufen, und ihre Besatzung lieferte uns die mörderische Bande aus. Es hat übrigens auf dem Schiff einige Tote gegeben – aber dank eines blinden Passagiers – eines jungen Schauermanns, wie die Matrosen aussagten – konnte das Schlimmste verhindert werden.« Er wischte sich über die Stirn und legte dann das Schmuckstück und seine eiserne Brille sorgfältig nebeneinander auf den Deckel des Stehpultes. »Nun stellt sich die ungeklärte Frage, was Burmeester mit der Sache zu tun hatte. Nicht, daß es noch eine Rolle spielte – aber es interessiert mich brennend.«

Engelke mußte an Trude Burmeester denken, die Witwe, die so unschuldig und so ahnungslos war. Wenn es Kellinghusen gelang, das ganze Ausmaß der Untaten aufzudecken, an denen Jürgen Burmeester – freiwillig oder gezwungenermaßen – beteiligt gewesen war, dann würde Trude Burmeester fortan in Schimpf und Schande leben müssen. Was ihr Eheherr verbrochen hatte, würde sie, die ja noch am Leben war, schrecklich büßen müssen. Man würde sie schneiden und meiden – sie würde eine Ausgestoßene sein, so wie die Aussätzigen am Rand der Stadt.

Nein, Trude Burmeester durfte nicht in eine solche hoffnungslose Lage gebracht werden. »Wie Burmeester in das Bild hineinpaßt, ist doch völlig klar«, sagte Engelke. »Ich schätze, er hat Wind bekommen von der Sache mit der Halfmoond. Gesetzt den Fall, er hätte vorgehabt, dem Rat seine Kenntnisse mitzuteilen – er war ja sogar am Morgen vor seinem Tod in der Reichenstraße und wollte dringend meinen Onkel sprechen –«

»Natürlich!« Kellinghusen steckte die Hände in die weiten Ärmel seines Obergewandes und begann in der Amtsstube hin und her zu gehen. »Dem Verbrecher Rico wäre in diesem Fall nur ein Ausweg geblieben, wenn er den Anschlag auf die Halfmoond dennoch durchführen wollte ...«

»Richtig«, sagte Engelke. »Und genau diesen Ausweg hat er gewählt.«

Der Ratsherr blieb stehen und musterte Engelke unverhohlen, mit einem Blick, der Bewunderung ausdrückte. »Wißt Ihr, Fräulein Engelke«, murmelte er, »Ihr seid wirklich ein ausgesprochen kluges und vernünftiges Frauenzimmer. Ich bewundere das an Euch. Aber manchmal seid Ihr auch zum Fürchten mit Eurem Scharfsinn – alles, was recht ist!«

Beflügelt von dem Gedanken, daß Trude Burmeesters Ruf nicht mehr in Gefahr war, aber noch mehr von der seligen Gewißheit, daß ihr eigenes Leben sich einem wichtigen

Wendepunkt näherte, war Engelke in der sinkenden Dunkelheit, ihre Dokumente unter dem Arm, nach Hause gegangen.

Sie hatte Wiebke, ihre alte Kinderfrau, begrüßt, die ihrerseits nur etwas merkwürdig gelächelt und außer einem ›Guten Abend‹ nichts gesagt hatte. Und sie war nach dem Essen bald in ihre Kammer gegangen. Ihr Schlaf war süß und tief gewesen und voller wunderbarer Träume.

Am folgenden Tag war sie auf dem Rathaus. Sie gab ihre Aussagen zu Protokoll, absolvierte im Beisein von Erik Holm die Gegenüberstellung mit Rico und bestätigte, daß dieser Rico ebender gewesen sei, den sie im Streitgespräch mit Jürgen Burmeester gesehen und belauscht hatte. Sie freute sich darüber, daß niemand mehr daran dachte, in der Vergangenheit des Ermordeten herumzuwühlen und nachzuforschen, welcher Art die Verbindungen waren, die zwischen ihm und Rico bestanden hatten. Und sie amüsierte sich hinter einer gelassenen und ungerührten Miene köstlich darüber, daß niemand den geheimnisvollen jungen Hafenarbeiter finden konnte, der durch seine Warnung die Halfmoond samt ihrer Mannschaft gerettet hatte. In der ganzen Stadt forschten die Diener des Rats nach Geert, dem Schauermann – aber er sei spurlos verschwunden, sagte man Engelke.

»Vielleicht hat er 'ne Liebste«, meinte Engelke augenzwinkernd, »vielleicht ist er froh, daß er das Abenteuer heil überstanden hat und denkt jetzt eher daran, eine Familie zu gründen...?«

Am nächsten Tag fand der Prozeß auf dem Rathaus statt. Engelke nahm nicht daran teil. Sie hatte Kellinghusen darum gebeten, sie nicht in Person vorzuladen, sondern die Protokolle zu verwenden, die von ihren Aussagen angefertigt worden waren. Und Kellinghusen, der dem

Gericht vorsaß, hatte ihrem Wunsch gerne entsprochen. Er glaubte ihre vorgebrachte Befürchtung, direkte Beteiligung an diesem Verfahren könne ihrem Ruf als ehrbare Frau schaden, auf's Wort.

Aber Engelkes Bedenken waren nur vorgetäuscht. In Wirklichkeit wollte sie zu Hause sein, wenn Dierk kam. Die Sehnsucht nach ihm war inzwischen riesengroß. Engelke hatte sogar den Kontorgehilfen Urlaub gegeben und sich an die Durchsicht einiger Geschäftsbücher ihres Onkels gemacht, nur um auf andere Gedanken zu kommen. Denn die Zeit bis zu Dierks Ankunft wurde ihr unendlich lang.

Der Tag des Prozesses verging. Die Urteile gegen die Piraten wurden öffentlich verkündet. Sie lauteten auf Tod durch das Schwert – für alle.

Dierk kam nicht. Engelke wartete einen weiteren Tag. Karls eher wortkarger Bericht von der Vollstreckung der Urteile, die er sich mit all seinen Kindern angesehen hatte, ließ sie völlig kalt. Wie schillernd und aufregend Teetje ihr dagegen die Enthauptung der Verbrecher auf dem Grasbrook auch darstellte – selbst das berührte sie einfach nicht. »Ganz Hamburg war da – und als der Meister Rosenfeld in der roten Hose und mit dem Schwert in der Hand an sie rantrat, da haben sie alle gebettelt und geflennt wie die alten Weiber«, beendete Teetje seine flammende Schilderung. Er war schrecklich enttäuscht, als Engelke dazu nur sagte: »Was anderes war von diesen feigen Mördern doch nicht zu erwarten – oder?«

Am Abend dieses Tages hielt sie es nicht mehr aus. Sie fragte Mette, die vor dem Leinenkasten in der Diele Wäsche sortierte. »Mette, hat in letzter Zeit jemand nach mir gefragt – vielleicht, als ich außer Haus war?«

»Wie meint Ihr das, Fröl'n Engelke«, Mette schaute verständnislos drein. »In der Zeit, als Ihr auf Reisen wart?«

»Nein, nein«, erwiderte Engelke ungeduldig, »in den letzten Tagen!«

»Nee, Fröl'n Engelke.« Mette schüttelte den Kopf, daß die Zipfel ihres weißleinenen Kopftuches flogen. »Wer sollte denn wohl –«

»Also hat niemand hier vorgesprochen, und es ist überhaupt nichts passiert?« bohrte Engelke nach.

»Passiert...« Die Magd besann sich einen Augenblick. »Nee – wahrhaftig nix. Nur so'n Kerl war da... aber der hatte sich man bloß verlaufen.«

»Wann?« fragte Engelke. Sie verkrampfte die Hände ineinander. »Wann war das?«

»Na, vorgestern, als Ihr auf dem Rathaus wart«, sagte Mette. »Aber der wollte gar nich' in dies Haus, hat er gesagt.«

»Erzähl mir, wie das gewesen ist«, befahl Engelke. Ihre Stimme hatte den Klang verloren. »Ich will es ganz genau wissen. Wie sah er aus?«

Mette war verunsichert. »Nee aber auch, Fröl'n Engelke...«

»Wie sah er aus?«

»Gott – so'n großer, breitschultriger Kerl eben«, sagte Mette verwirrt, »blondes Haar – 'n Ende zu lang für 'n anständigen Menschen. Hatte die Haare sogar an den Seiten zu so zwei kleinen Zöpfen geflochten, damit sie ihm nich' in die Augen hängen...«

Er war dagewesen. Dierk war dagewesen. Schon vor zwei Tagen. »Weiter«, sagte Engelke zu ihrer Magd, »was dann?«

Mettes Blick war inzwischen beunruhigt. Sie wagte es kaum noch, Engelke anzusehen. »Dann«, stotterte sie, »na – denn sagt er, er will Geertje sprechen. Welche Geertje, sag' ich, 'ne Geertje gibt's hier nich'. Auch keine Gertrud? Nee, sag' ich, auch keine Gertrud. Wer soll das denn sein?« Ihre Worte flossen jetzt schnell und aufgeregt. »Das ist hier doch das Haus von Godert van Damme, sagt er. Ja, sag' ich, das is' das Haus von Godert van Damme. Und hier soll es keine Geertje geben – 'ne Magd namens Geertje? Mann, sag' ich, hier gibt es nur das Fräulein Engelke Geerts – die Nichte von Godert van Damme. Aber keinen Geert und keine Geertje und keine Gertrud. Und da –«, sie holte tief Luft, »da hat er ganz wilde Augen gemacht. Mir is richtig angst und bang geworden. So, sagt er, die Nichte von Godert van Damme. Die is wohl ziemlich reich? Ja, sag' ich, is sie. Was geht dich das an?« Mette unterbrach ihren hastig hervorgesprudelten Bericht.

»Und dann?« fragte Engelke rauh.

»Denn is er gegangen«, sagte Mette mit zitternder Stimme. »Hast recht, Deern, sagt er noch, fremder Leute Geld geht mich nix an. Ich schaff' mir selber welches. Und denn is er gegangen.«

»Hat er sonst nichts gesagt?«

»Nur, daß er sich wohl vergaloppiert hätte.« Mette rang die Hände. »Fröl'n Engelke – ich war man heilfroh, als der wieder weg war! Der hatte was Gewalttätiges... als ob er alles kurz und kleinschlagen wollte, so hat er mich angesehen!«

»Du hättest mich rufen sollen, Mette.« Mehr brachte Engelke nicht heraus. Ihre Worte hatten stumpf und spröde geklungen, wie eine gerissene Glocke. Steif wie eine Puppe drehte sie sich um und ging zur Wendeltreppe. Sie mußte die Einsamkeit ihrer Kammer erreichen, bevor sie in Gegenwart von Mette die Fassung und damit den Respekt der Magd verlor.

Dierk war dagewesen und wieder gegangen. Er würde nicht zurückkommen. Die Stufen der Wendeltreppe zogen sich endlos hin – mit jedem Schritt, den Engelke tat, entfernte sie sich weiter und immer weiter von Dierk. Etwas war schrecklich falsch gelaufen. Alles, alles hatte Engelke bedacht und in ihren goldenen Zukunftsplänen berücksichtigt – nur nicht seinen Stolz...

Wie hatte sie so blind sein können? Wie hatte sie die himmelhohen Standesunterschiede außer acht lassen können, die zwischen ihr und Dierk bestanden, und die ihm – einem Mann von Ehre – die Verbindung mit ihr unmöglich machten?

Mit fahrigen Bewegungen fummelte sie an der Klinge ihrer Kammertür, bekam sie endlich auf, stolperte hinein in die willkommene Finsternis. Sie tastete sich zu ihrem Bett vor, wollte sich einfach fallenlassen, spürte plötzlich magere, aber energische Arme, die sie zärtlich umfingen. »Fröl'n Engelke«, sagte die alte Wiebke sanft, »du hast einen Fehler gemacht. Aber auch ohne den Fehler wäre es nicht anders gekommen. Glaub einer alten Frau.«

»Ich weiß«, hauchte Engelke tonlos und klammerte sich verzweifelt an ihre alte Kinderfrau, »ich weiß! Was soll ich jetzt tun? Wiebke, ich laß ihn suchen! Ich kann ohne ihn nicht –«

»Still, schweig still.« Wiebkes knotige Hände strichen sacht über Engelkes Wangen und wischten die Tränen ab, die überreichlich hervorquollen. »Laß dir sagen, daß für alles eine Zeit ist. Eine Zeit für den Kummer, eine Zeit für die Arbeit, eine Zeit für das Glück.«

Engelke richtete sich in Wiebkes Armen auf. »Wie soll es weitergehen?« fragte sie mit erstickter Stimme, »weißt du, wie es weitergeht?«

»Nein, mein Kind. Ich kann dir nichts sagen.« Die alte Kinderfrau wiegte Engelke leise in ihren Armen. »Jetzt hab' Geduld. Du wirst dich nicht hängen lassen. Du wirst den Schmerz mit Haltung überstehen, Fröl'n Engelke Geerts.«

»Was hast du damit gemeint, daß es für alles eine Zeit gibt – auch für das Glück?« Engelke tastete nach dem silbernen Schmuckstück, das sie um den Hals trug. Es brannte in ihrer Hand, so wie die Sehnsucht nach Dierk in ihrer Seele brannte.

»Die Zeit für dein Glück ist noch nicht gekommen«, murmelte Wiebke.

»Mein Glück?« Engelke schluchzte auf und vergrub ihr

Gesicht an der knochigen Schulter ihrer einzigen Vertrauten. »Was kann mir denn jetzt noch Gutes begegnen?«

»Du wirst es schon abwarten müssen«, kam die Antwort der alten Kinderfrau. Sie umfing Engelke mit tröstender Zärtlichkeit. Aber ihre Stimme hatte bereits wieder die gewohnte Festigkeit und Strenge.

Hamburg im 14./15. Jahrhundert

1) Mariendom
2) Sankt Petri
3) Sankt Nicolai
4) Sankt Katharinen
5) Sankt Jakobi
6) Konvent der "Blagen Süstern"
7) Sankt Maria Magdalenen
8) Sankt Johannis
9) Heilig-Geist-Haus
10) Das Einbeck'sche Haus

▲ das Haus van Damme

◎ Holms Badestube

† der Tatort

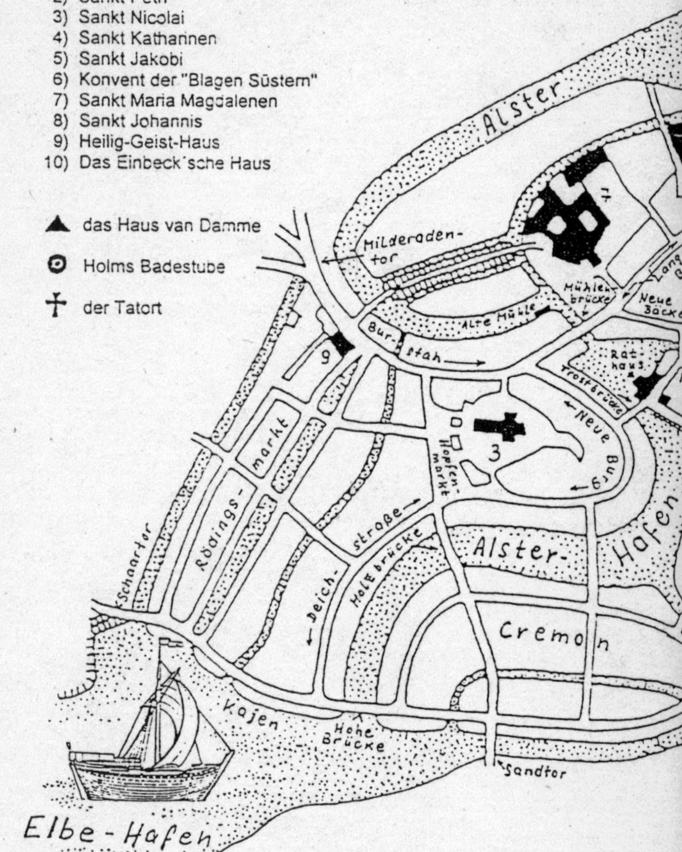

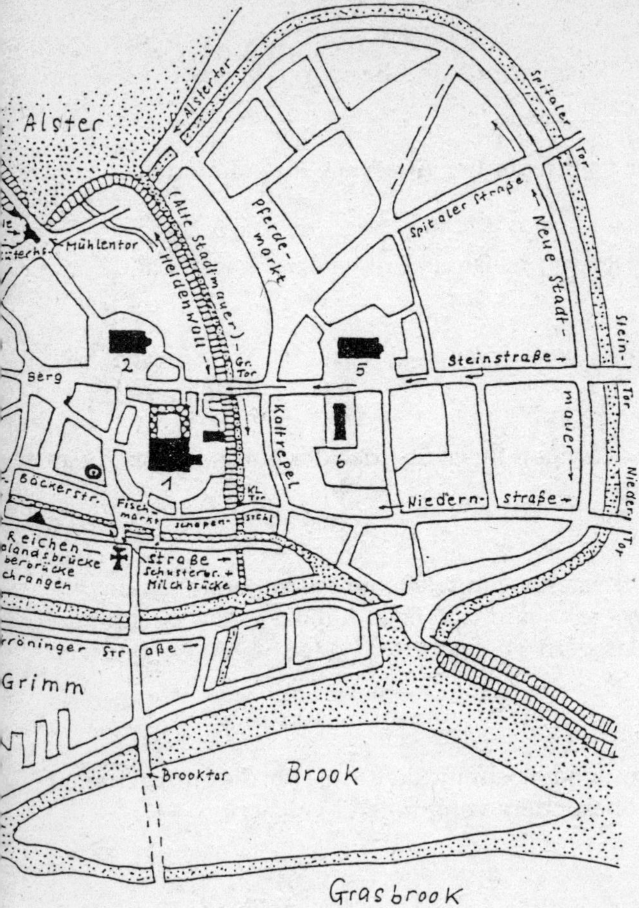

Alster
Alstertor
Spitaler Tor
Mühlentor
(Alte Stadtmauer)
Heidenwall
Pferdemarkt
Spitaler Straße
Neue Stadt
Stein-Tor
Steinstraße
Berg
Gr. Tor
2
5
6
1
Kattrepel
mauer
Bäckerstr.
Fischmarkt
Kl. Tor
Schopenstehl
Niedern-straße
Nieder Tor
Reichen-Straße
Schusterbr. + Milchbrücke
Grimm
Brooktor
Brook
Grasbrook

Einige Wort- und Begriffserklärungen

»Oors«
Deftiger plattdeutscher Ausdruck für »Hinterteil«

Fleet
Ein Wasserlauf; meist ein Entwässerungsgraben

Twiete
Eine Seiten-/Neben-/Querstraße

Auslucht
Ein balkonartiger, meist überdachter hölzerner Anbau an Häusern

Gugel
Bis an die Ellenbogen reichender Schulterkragen mit angenähter, sehr langzipfeliger Kapuze – ein Kleidungsstück, das gern von Arbeitern oder Seeleuten getragen wurde

Schapel
Eine Schnur oder Schmuckkette, die um die Stirn getragen wurde – besonders von jungen Mädchen